Biografie

Patricia Eckermann wurde in Bielefeld geboren. Nach einer Handwerkerlehre wurde sie Beamtin, sie kämpfte für die Gewerkschaft und studierte in Köln Theater-, Film- und Fernsehwissenschaft, Pädagogik und Anglistik.

Heute arbeitet sie als Fernsehautorin, engagiert sich für mehr Diversität in den Medien und veranstaltet Workshops zum Thema.

Auf Twitter findet man sie unter *@feireficia*

Mehr Infos gibt's auf *www.antagonisten.de*

Triggerwarnung

Manche Figuren in diesem Buch sind Rassisten. Auch das N-Wort kommt vor, ein Schimpfwort, das schon in den 1980er Jahren von Schwarzen Menschen in Deutschland konsequent abgelehnt wurde. Das N-Wort wird nicht ausgeschrieben, wer allerdings auch die Schreibweise N***r als verletzend empfindet, sollte nicht weiterlesen.

Für Anregungen und Feedback in Bezug auf triggernde Sprache oder Figurenzeichnung schreib mir eine Mail an: *post@antagonisten.de*

Patricia Eckermann

ELEKTRO KRAUSE

Erstausgabe

© 2021 Patricia Eckermann

Autorin: Patricia Eckermann
Umschlaggestaltung, Illustration: **mela**design.
Lektorat und Korrektorat: Judith Vogt
Layout: Judith Vogt

Verlag & Druck: tredition GmbH, Halenreie 40-44, 22359 Hamburg
ISBN: 978-3-347-13650-2

Bibliografische Information der Deutschen Nationalbibliothek:
Die Deutsche Nationalbibliothek verzeichnet diese Publikation in der Deutschen Nationalbibliografie; detaillierte bibliografische Daten sind im Internet über http://dnb.d-nb.de abrufbar.

It is not our differences that divide us.
It is our inability to recognize, accept,
and celebrate those differences.

zugeschrieben: Audre Lorde
black, lesbian, mother, warrior, poet

HOME AGAIN IN MILCHSCHNITTENHAUSEN

Wenn ich an 1989 denke, fällt mir nicht zuerst der Mauerfall ein. Auch nicht die erste Loveparade in Berlin. Oder die schwere Ölpest vor Alaska. Ich denke an Nazis. Zugegeben, als Schwarze Deutsche fallen mir immer erst Nazis ein, wenn es um mein Heimatland geht. Egal, um welches Jahr es sich handelt. Denn was auch immer sie uns in der Schule eingetrichtert haben: Die braune Brut war nie weg. Dafür war sie zu einflussreich. Man hat verzichtbaren hohen Tieren einen medienwirksamen Prozess gemacht, die eine oder andere Führungspersönlichkeit prestigeträchtig eingesperrt und den Rest verschont. Okay, ein paar feige Verpisser, darunter auch der Arsch, der uns das ganze Elend eingebrockt hat, haben sich vor Kriegsende selbst aus dem Leben gekugelt, aber der große Teil der Nazis ist einfach so durchgekommen. Schließlich ging es um das Wohl des Landes – und das fußt ja bekanntlich auf Wirtschaft und Wachstum. Was wiederum die ideale Spielwiese für das ganz große Geld ist. Und wenn es ums Geld geht, kennen die Nachfahren der Dichter und Denker nichts, das haben sie ja schon im Krieg bewiesen, als sie Nachbarn, Freunde und sogar Familienmitglieder verraten und an die Gestapo ausgeliefert haben. In der Folge zogen die braven, arischen Deutschen, angeblich nichtwissend, dass Juden, Sinti und Roma, Andersdenkende, Menschen mit Behinderungen, Schwarze und Queers auf grausamste

Art ermordet wurden, in deren leerstehende Häuser ein, übernahmen deren florierende Geschäfte und rissen sich deren wertvolle Kunstgegenstände unter die Nägel. Hätte man nach Kriegsende alle Nazis zur Rechenschaft gezogen, wäre unser Land heute vielleicht so sozial, antifaschistisch und zukunftsorientiert, wie es sich die wahren, aber leider wenig einflussreichen Demokraten damals erträumt haben. Und 1989 wäre auch für mich einfach nur das Jahr des Mauerfalls. Stattdessen aber ist es das Jahr, in dem ich auf die Zyankali-Nazi-Verschwörung stieß.

Es war September 1989, nur wenige Monate vor dem legendären Versprecher eines überforderten weißen Mannes, der Deutschland und die DDR wieder zu einem Land verschweißen sollte. Drüben, hinter der Mauer, brodelte es, immer mehr mutige Menschen gingen friedlich auf die Straße, um für ihre Freiheit und Selbstbestimmung einzustehen. Hier, vor der Mauer, erstarkte der Glaube an die Wiedervereinigung und sogar diejenigen von uns, die keine Verwandten in der DDR hatten, hofften, dass bald endlich wieder zusammenwuchs, was zusammengehörte.

Ich allerdings hoffte etwas anderes. Nämlich, dass ich nicht allzu lange in der Pampa würde bleiben müssen. Genauer gesagt in Sieglar, einem kleinen Ort in Troisdorf bei Köln. Am Tag zuvor war ich aus Bielefeld in dieses Nest gezogen, um im Elektrikerbetrieb meines Vaters – Nobby – auszuhelfen.

Seit einem Arbeitsunfall war Nobby nicht mehr wiederzuerkennen. Er war die meiste Zeit apathisch und absolut unfähig, den Betrieb zu führen – fand Frauke, die bei ihm eine Lehre zur Bürokauffrau machte und jetzt um ihren Ausbildungsplatz bangte. In einem endlosen Telefongespräch hatte sie mir erzählt, dass es unzählige

Kundenbeschwerden gab und kaum noch neue Aufträge eintrudelten. Da ich meinen Vater liebte und mich in meinem Job als Elektrikerin in Bielefeld sowieso unterfordert fühlte, kündigte ich kurzentschlossen und zog von heute auf morgen ins Rheinland. Meine Mutter Alice, eine stolze Schwarze Jamaikanerin, die für die Britische Armee arbeitete und jeden Tag drei Kreuze machte, dass sie seit vielen Jahren von Nobby geschieden war, setzte alles in Bewegung, um mich aufzuhalten. Sie hatte damals nach der Trennung dafür gesorgt, dass ich bei ihr in der ostwestfälischen Großstadt aufwuchs, umgeben von Schwarzen Identifikationsfiguren. Aber ich war schon immer ein Papa-Kind gewesen, und dass Nobby im Gegensatz zu mir so weiß wie ein Vampir war, änderte daran nichts. Es hatte uns im Gegenteil nur sensibler gemacht für die Dinge, die wir gemein hatten: unter anderem unsere Begeisterung für US-amerikanischen Hip-Hop, die Vorliebe für bayrisches Weißbier ... und unsere Fähigkeit, Geister zu sehen. Doch während Nobby die Gabe angenommen hatte und unter dem Radar als Geisterjäger arbeitete, wollte ich damit nichts zu tun haben. Es reichte mir, dass ich durch meine Hautfarbe auffiel, ich hatte keine Lust, auch noch als verrückt abgestempelt zu werden. Sollten die Leute doch allein mit den Polter- und Klopfgeistern, den Dämonen, den Wesenheiten aus anderen Dimensionen und den vielen schuldbeladenen Seelen der Verstorbenen fertigwerden, die im Krieg an allem Unrecht vorbeigesehen hatten und denen das Karma jetzt den verdienten Arschtritt verpasste, indem es ihnen den Weg ins Jenseits verwehrte.

***

»Du hättest wirklich nicht kommen müssen, Kassy. Ich krieg den Laden schon allein gestemmt.« Nobby sah mir zum ersten Mal in die Augen, seitdem ich am Tag zuvor angekommen war. Er sah mitgenommen aus: Seine Haut war viel zu kalkig-weiß, sogar für seine Verhältnisse, und seine Augenringe erinnerten an die eines Dauerkiffers. Ich dachte an meine Koffer oben im Dachzimmer, das Nobby immer für mich freihielt, obwohl ich schon seit Jahren nur noch selten und meist viel zu kurz bei ihm aufschlug. Auch diesmal würde ich nicht länger als nötig in Troisdorf bleiben. Vielleicht musste ich nicht mal alles auspacken. Vielleicht war mein Vater in ein, zwei Wochen wieder der Alte. Dann konnte ich ohne Zwischenstopp in OWL direkt nach England fliegen und endlich das Workcamp machen, von dem ich seit meinem Realschulabschluss träumte. Mit meinem Vater Nobby hatte dieser Fluchtimpuls nichts zu tun. Ich liebte ihn und war gern bei ihm zu Besuch, aber dieses Dorf hier war einfach nichts für mich. Ich brauchte die Großstadt, das bunte Nachtleben mit DJs, die die neuste Musik auflegten – und vor allem die Vielfalt der Hautfarben, Nationalitäten und Religionen. Denn wenn man selbst nicht die Norm ist, fühlt man sich denen zugehörig, die es auch nicht sind, egal, wie sehr sie sich von einem unterscheiden. Zu meinem Freundeskreis in Bielefeld gehörten Leute aus dem damaligen Jugoslawien, aus Griechenland, der Türkei, Sri Lanka und Großbritannien, aus Spanien, Portugal und Polen, aus Jamaika, Eritrea, Tunesien und Marokko. In Gegensatz dazu gab es hier in der rheinischen Pampa ausschließlich durchschnittsdeutsche Milchschnittengesichter – wenn man von KaySer und Errol absah, die einzigen Menschen neben Nobby und seinem Freund Peter, mit denen ich in diesem Dorf etwas anfangen konnte. Als Schwarze Frau – meine Haut ist so dunkel, dass selbst meine Mutter neben mir hell wirkt – fühlte ich mich hier wie auf dem Präsentierteller. Wenn ich vor die Tür trat, beobachteten mich Hunderte neugierige Augenpaare, ich konnte niemals einfach untergehen in der Masse, mich treiben lassen. Und da die Milchschnitten ständig miteinander tratschten – was soll man auch sonst tun, in einem Kaff, in dem Dreiviertel der Bevölkerung miteinander verwandt sind – wusste jeder über mich und meine Aktivitäten Bescheid. Wann immer ich meinen Vater zu Weihnachten, in den Sommerferien oder zum Geburtstag besuchte, war ich der Talk of the Town.

Nobby räusperte sich. Ich unterbrach meinen Gedankenkreisel. Von Frauke wusste ich, dass er nicht eben positiv darauf reagierte, wenn man ihn auf den Arbeitsunfall ansprach. Ich beschloss, das Thema behutsam anzugehen.

»Ich hatte keinen Bock mehr auf den Job in Bielefeld. Außerdem brauchst du jemanden, der dir aushilft. Oder hast du schon Ersatz für Arnulf gefunden?«

»Ich hab doch Peter.«

»Peter ist Frührentner«, wischte ich Nobbys Antwort beiseite. »Außerdem ist er kein Elektriker.«

Vorn, im Schaufensterbüro, hörte ich Peter schnauben.

»So ein paar Strippen zusammenzwirbeln kann ich ja wohl noch!«, empörte er sich. Anscheinend belauschten er und Frauke unser Gespräch. Kurz dachte ich darüber nach, die Tür zu schließen, doch hier im Lager, das gleichzeitig als Werkstatt diente und in dem zumindest früher noch der Spind mit Nobbys Geisterjägerwaffen gestanden hatte, gab es nur ein Kuppelfenster, das ins Flachdach eingelassen war und das weder für besonders viel Licht noch Luft sorgte. Sollten die beiden da draußen also ruhig zuhören.

Ich wusste, dass sie meine Sorge um Nobby teilten, auch wenn wir alle anders damit umgingen.

Nobbys Augen wurden wieder glasig und wanderten ins Unendliche. Verdammt. Ich wollte ihn noch so viel fragen!

»Papa?«

Er schwieg.

»Komm schon. Sag mir wenigstens, warum Arnulf gekündigt hat. Er stand kurz vor der Gesellenprüfung. Da schmeißt man doch nicht von jetzt auf gleich das Handtuch.« Nobby sah mich an. Beziehungsweise durch mich durch. Frauke hatte recht. Mein Vater hatte sich wirklich verändert. Vom energiegeladenen Sprücheklopfer war nichts mehr übriggeblieben. Dieser Arbeitsunfall hatte ihn komplett auf links gezogen. »Papa! Lass mich nicht hängen. Ich bin hier, um dir zu helfen. Du kannst Peter ja wohl unmöglich allein zum Kunden schicken. Starkstrom ist nichts für Laien. Das musst du doch am besten wissen!«

Nobby zog die Brauen zusammen. Seine faltige Haut war in den letzten Jahren noch faltiger geworden, das konnte auch der struppige Bart nicht verbergen, den er seit neuestem trug. In Kombination mit seinem chronischen Untergewicht, der über die Schädelplatte kriechenden Glatze und den schwarzen, ungebügelten Klamotten, sah er aus wie ein depressiver Philosophielehrer. Ich legte meine Hand auf seinen Arm und versuchte einen weiteren Anlauf.

»Ich übernehme deine Aufträge, bis du wieder fit bist. Okay?«

Nobbys Augen erwachten.

»Auf keinen Fall! Das ist viel zu gefährlich!«, polterte er.

»Ich bin ausgebildete Elektrikerin«, blaffte ich zurück. »Ich weiß, wie man mit Starkstrom umgeht. Und das anscheinend besser als du!« Einen Moment lang war ich wütend, weil er mir das nicht zutraute. Schließlich arbeitete ich seit Jahren in dem Beruf. Oder ging es hier nicht um den Elektrikerjob? Der Verdacht war mir schon einmal gekommen, vor ein paar Tagen, als Frauke am Telefon von Nobbys Wesensveränderung erzählt hatte. Stromschläge hatte er im Lauf seines Lebens nämlich schon einige erhalten, aber bisher war er danach immer wieder sehr schnell der Alte gewesen. »Was ist passiert, Papa?«, flüsterte ich. Wenn sich mein Verdacht bestätigte, dann hatte kein Arbeitsunfall, sondern ein Geisterkontakt Nobby traumatisiert. Besser, Peter und Frauke bekamen das nicht mit. »Hast du wirklich nur einen gewischt bekommen?«

Eine gefühlte Ewigkeit später verließ ich das Lager ebenso schlau, wie ich es betreten hatte. Nobby war nicht wieder aus seiner Lethargie erwacht. Ich hatte mich allerdings auch nicht getraut, ihn deutlicher auf einen möglichen Geisterkontakt anzusprechen, denn ich wollte verhindern, dass Frauke und Peter mitbekamen, dass Nobby und ich Geister sehen konnten. Mein Leben lang hatte mein Vater mir nämlich eingeschärft, dieses »Talent« geheim zu halten.

Während Nobby im Lager weiter vor sich hinstarrte, enterte ich das Schaufensterbüro. Der Raum war nicht sehr groß, rechteckig und besaß eine Fensterfläche, die fast die komplette Frontseite bedeckte. Sogar die Tür in der Ecke war weitestgehend aus Glas. Auf der Schaufensterscheibe stand in bronzefarbenen Lettern: »Elektrikermeisterbetrieb Krause: Schnell, kompetent, preiswert«. Vor Nobbys Einzug hatten der Betrieb und der angrenzende Kiosk zusammengehört und einen Raum gebildet. Die Wand, die jetzt beide Einheiten voneinander trennte, war dünner als die Fensterscheiben und genauso zugig. Zum Betrieb gehörte außerdem das kleine Lager mit der Werkbank und ein winziges, fensterloses Klo mit Dachluke, das Frauke mit Postern von Madonna, Cindy Lauper und Grace Jones dekoriert hatte.

Ich lehnte mich an die Theke, hinter der Frauke in einem Ordner blätterte. Dass sie Madonna-Fan war, sah man ihr auf den ersten Blick an. Zurzeit kopierte sie Madonnas Bad-Boy-Look: Sie trug kurze, blondgefärbte Haare mit dunklem Ansatz, hatte sich die ohnehin prominenten Augenbrauen dunkel nachgezogen und ihre Marilyn-Monroe-blasse Haut mit knallroten Lippen und einem künstlichen Leberfleck verziert, der allerdings an warmen Tagen gern mal im Gesicht herumwanderte. Über ihrem üppigen Busen trug sie ein tief ausgeschnittenes, weißes T-Shirt, darüber eine einen Tick zu große Lederjacke. Dazu schwarze Jeans, Turnschuhe, einen albernen Hut und jede Menge klirrender Ketten und Armreifen.

Sie klappte den Ordner zu und lächelte mich mitfühlend an. Nobbys Freund Peter, ein kleiner, dicker Mann mit breitem Schnubbi, der neben mir an der Theke lehnte, drehte sich neugierig zu mir ein. Sogar in meinen flachen Sicherheitsschuhen war ich anderthalb Köpfe größer als er.

»Bei Nobby alles im Lot?« Er faltete die Hände vor seinem kugelrunden Bauch und musterte mich mit eisgrauen Augen. Ich kannte Peter, seit Nobby hierhergezogen war und ich ihn das erste Mal nach seiner Scheidung von Alice besucht hatte. In all den Jahren hatte ich Peter als einen gutmütigen, absolut zuverlässigen, meist maulfaulen Menschen kennengelernt. Ein waschechter Solinger aus dem Bergischen Land, der lieber anpackte, als große Reden zu schwingen.

»Ich hab keine Ahnung«, stöhnte ich. »Ich erkenn Papa nicht wieder. Der guckt einfach durch mich durch.«

»Das macht er mit uns allen«, mischte sich Frauke ein. »Nimm das bloß nicht persönlich.«

»Nobby war immer aus dem Häuschen, wenn er wusste, dass du zu Besuch kommst, Kassy. Das ist auch diesmal so. Er kann grad nur nicht zeigen, wie froh er ist, dass du hier bist«, versuchte Peter, mich aufzumuntern. Ich war mir da nicht so sicher. Irgendwie hatte ich das Gefühl, dass Nobby mich lieber heute als morgen wieder loswerden wollte. Frauke lehnte sich zu uns über den Tresen.

»Peter hat Recht. Nobby freut sich total, dass du ihm aushilfst.« Sie reichte mir einen Zettel, auf den sie eine Adresse gekritzelt hatte. »Stromausfall in der Grundschule. Der Hausmeister war ziemlich angefressen. Nobby hat da erst letzte Woche eine neue Leitung gelegt. Kannst du dir das mal anschauen?«

»Und ihr wisst wirklich nichts Genaues über Nobbys Arbeitsunfall?«, fragte ich, schnappte mir den Zettel und vergrub ihn in der Hosentasche meines Blaumanns. Frauke warf Peter einen schwer zu deutenden Blick zu.

»Ich weiß nicht mal, *wie* Nobby an den Auftrag gekommen ist. Geschweige denn, *wo* er war. In meinen Unterlagen findet sich nichts.« Wieder so ein merkwürdiger Blick, den sie Peter zuwarf. Ich sah ihn an. Er hob abwehrend die Arme.

»Mit mir spricht er doch auch nicht.«

»Aber?«, hakte ich nach.

»Na ja …«, Peter suchte nach Worten, »ich glaub langsam nicht mehr an einen einfachen Stromschlag. Da muss noch irgendwas anderes passiert sein.«

»Vielleicht hatte er ja eine Nahtoderfahrung oder so«, flüsterte Frauke.

»Keine Ahnung.« Peter wackelte unbestimmt mit dem Kopf. »Irgendwas ist jedenfalls mit ihm.« Er sah auf seine Armbanduhr, zog einen Autoschlüssel aus der Hosentasche und warf ihn mir zu. »Sieh zu, dass du loskommst. Das Auto steht auf dem Parkplatz vorm Büdchen. Blauer Golf, weißte ja.«

***

Als ich den Wagen vor der Grundschule parkte, war gerade große Pause. Es herrschte das bekannte Bild: Ein Großteil der Jungs berserkte über den Schulhof und rempelte dabei bevorzugt schwächere Jungs und schüchterne Mädchen an. Gelangweilte Lehrer liefen Streife und sorgten halbherzig für Ordnung. Größere Mädchengruppen, zu denen wenige Jungs gehörten, spielten Gummitwist, sprangen seilchen, manche sogar im Double-Dutch. Die Kletterstangen und Klatschspiel-Gruppen schienen fest in Mädchenhand und an den im Schatten liegenden Schulhofwänden hockten anscheinend ausschließlich Jungs, die mit Murmeln spielten. Der Lärmpegel war unglaublich. Falls Nobby hier einen Fehler beim Verlegen neuer Leitungen gemacht hatte, konnte ich ihn gut verstehen. Wir beide waren empfindlich, was Geräusche, Gerüche und andere Informationen anging, die unaufhörlich auf uns einprasselten. Unsere Konzentration und Schlagfertigkeit litt, wenn das Informationsgewitter zu stark wurde. Heute nennt man das hypersensibel, es gibt Tonnen von Ratgebern und Studien zum Thema. Doch in den Achtzigern schoben wir es auf unsere Geistersehergabe und versuchten, irgendwie damit klarzukommen.

Ich öffnete den Kofferraum und sah auf das Durcheinander aus Kabeltrommeln, Bohrmaschinen, Stemmeisen, verschiedenen Hämmern und Gummimatten. Mit Arnulfs Kündigung war anscheinend auch die Ordnung aus dem Betrieb desertiert. Ich entdeckte den Werkzeugkasten, zog ihn mit einiger Anstrengung aus dem Chaos heraus und schmiss die Heckklappe zu. Das Schloss war defekt, das hatte mir Peter noch hinterhergerufen, als ich mich auf den Weg gemacht hatte, deshalb versuchte ich erst gar nicht, den Wagen abzuschließen. Auch die Fenster ließ ich heruntergekurbelt, es würde sowieso niemand auf die Idee kommen, die Karre zu klauen. Erstens, weil sie zerbeult war und sich rundherum in Rost auflöste und zweitens, weil sie selbst bei so durchschnittlichen Temperaturen wie heute unfassbar stank. Wer oder was auch immer darin verwest war, die olfaktorischen Überreste hatten sich unauslöschlich ins Innere des Wagens eingefressen, da halfen auch die vielen bunten Duftbäumchen nicht, mit denen Frauke den Geruch zu übertünchen versuchte.

Auf meinem Weg zum Schuleingang kam ich mir vor wie Moses, der das Wasser teilte. Nur dass es in meinem Fall kein Wasser war, das sich von mir zurückzog, sondern Kinder. Angst, Irritation, Abneigung – kein schönes Gefühl, wenn einem Kindergesichter sowas entgegenwerfen. Selbst die rotbäckigen, widerlichen Knirpse, die eben noch andere Kinder in den Staub gerempelt hatten und null Respekt vor ihren Lehrern zeigten, machten einen Bogen um mich. War ich etwa die erste Schwarze Person, die ihnen leibhaftig begegnete? Da blieb mein Blick an einem schmächtigen Jungen hängen, dessen Haut fast so dunkel wie meine war. Seinem Gesichtsausdruck nach war er gleichermaßen überrascht und froh, jemanden zu sehen, der hautfarbentechnisch in seine Richtung ging. Ich zwinkerte ihm freundlich zu, er winkte schüchtern zurück. Die Blicke der Jungen und Mädchen auf dem Schulhof, die neugierig zwischen uns hin- und hertitschten, ignorierten wir. Noch heute liebe ich diese Momente der Begegnung mit anderen Schwarzen, dieses kurze Bonding mit Fremden, auf der Straße, auf einer Party, in der Bahn. Momente, in denen wir uns wortlos grüßen, einander versichern, dass wir nicht allein sind. Dass wir wissen, was der andere durchmacht. Wie es ist, Schwarz unter Weißen zu sein, Rassismus zu erleben und ihn nicht klar benennen zu können – es sei denn, wir nehmen in Kauf, dafür von den Tätern belächelt, beschimpft oder sogar bestraft zu werden.

»Kann ich helfen?« Vor mir stand ein Lehrer, der stark nach Kunstunterricht aussah. Klamottenmäßig hing er noch in den Siebzigern fest. Trotz der angenehmen 20 Grad trug er eine dicke braune Cordhose, ein weißes Rüschenhemd, das Prince zu Beginn der Achtzigerjahre wieder hip gemacht hatte, und seine Füße steckten in gelben Holzklotschen. Sein helles, leicht gelbliches Gesicht war glattrasiert und ziemlich attraktiv, mit schmaler, ein wenig schiefer Nase, hellbraunen Fuchsaugen und straßenköterblonden, welligen Haaren, die ihm bis auf die Schulter fielen. »Ich bin Thomas. Kunst und Sport«, stellte er sich vor.

»Krause.« Ich ergriff seine ausgestreckte Hand. Sie war warm und sein Händedruck genau richtig, nicht zu schlaff und nicht zu fest. »Ich bin die Elektrikerin.«

»Ah, der Stromausfall«, nickte Thomas. »Kommen Sie. Ich bring Sie zum Hausmeister.«

Er legte mir seine Hand auf den Rücken und schob mich am Haupteingang vorbei zur Rückseite des Schulgebäudes. Dort führte eine kurze Treppe in den Keller, wo die Grundschüler in einer Art provisorischem Büdchen Milch, Kakao und Limonadenpäckchen für 80 Pfennige das Stück kaufen konnten. Kerzen auf einem zur Verkaufstheke umfunktionierten Biertisch deuteten darauf hin, dass ich hier genau richtig war.

»Hey, Jupp«, grüßte Kunstlehrer Thomas einen alten, grauhaarigen Mann mit grauen Augen im grauen Kittel. Sogar seine Gesundheitsschuhe waren grau. »Gleich wird's wieder Licht.«

»Das wird aber auch Zeit«, brummte der Angesprochene. Dann fielen seine Augen auf mich. Er zog missbilligend die Stirn in Falten. »Wer ist die denn? Wo ist der Krause?«

»Ich bin Krause«, antwortete ich und registrierte, wie mein Herzschlag sich spontan verselbständigte. Nazis und Rassisten, ob tot oder lebendig, erkenne ich sofort. Dafür hat unsereiner einen feinen Radar. Dieses Exemplar hier war nur ein ekliger Rassist, also nicht lebensgefährlich, wie zum Beispiel die Nazis, die in Bielefeld ihr Unwesen trieben, psychisch aber war er ebenso verletzend und unangenehm. Ich ballte die Fäuste und zählte bis zehn. Ich war nicht in dieses Dorf gekommen, um Nobbys Kundschaft noch weiter zu dezimieren. Deshalb schluckte ich meine bissigen Kommentare und zwang mich zu einem neutralen bis semi-freundlichen Gesichtsausdruck. »Was gibt es denn für ein Problem?«

Hausmeister Jupp deutete verächtlich zur Wand in seinem Rücken.

»Da hat der richtige Krause am Freitag geschlitzt und eine neue Leitung verlegt. Die Lampe«, er zeigte nach oben, über seinen Kopf, ohne mich aus den Augen zu lassen, »hat er auch montiert. Hat heute Morgen den Geist aufgegeben.«

Ich stellte meinen Werkzeugkasten ab und betätigte den Lichtschalter.

»Mädchen, am Lichtschalter liegt das nicht. So schlau war ich auch schon«, brummte Jupp. Der Schulgong ertönte. Kunstlehrer Thomas wandte sich mir zu.

»Ich muss dann mal. Kunst mit der 4a.«

»Danke fürs Bringen.« Ich lächelte. »Dann mal viel Spaß mit den kleinen Monstern.«

Thomas zögerte, sah nachdenklich zum Hausmeister hinüber und zog ab. Zurück blieb ich, mit einem auch auf den zweiten Blick durchweg unangenehmen grauen Zeitgenossen.

Draußen verebbte das Kindergeschrei, und bald hörte ich nur noch Jupps asthmatisches Röcheln in meinem Rücken. Er sah mir über die Schulter und beobachtete jeden meiner Handgriffe. Der würzige Mix aus Käsefuß und Zigarre, der mich von hinten umwaberte, war schwer auszuhalten, mehr als das nervten mich allerdings seine Fragen.

»Woher kommst du? Aus Afrika?«

»Aus Ostwestfalen«, antwortete ich einsilbig und versuchte mich nicht auch noch darüber zu ärgern, dass er mich einfach duzte.

»Nein. Ich meine wirklich«, beharrte er. »Du bist keine Deutsche, das sieht man doch.«

»Ich bin in Bielefeld geboren. Im Schatten des Teutoburger Walds, direkt beim Hermann. Deutscher geht nicht.«

»Und deine Eltern? Sind die aus Afrika?«

»Nein.« Ich schwieg, denn ich hatte keine Lust, diesem Trottel meinen Stammbaum zu erklären. Jupp räusperte sich. Ich hörte, wie er in seiner Tasche wühlte, kurz darauf vernahm ich ein metallisches Klicken.

»Und du bist also Elektrikerin? So richtig mit Meisterbrief?«, setzte er das Verhör fort und zog etwas durch die Nase. Vermutlich Schnupftabak. Wieder dieses metallische

Klicken. Am liebsten hätte ich ihm das Döschen durchs Nasenloch ins Hirn gestoßen.

»Noch bin ich Gesellin.«

»Eine N****in als Elektriker … Früher hätte es das nicht gegeben«, wunderte er sich. Ich wiederum wunderte mich, dass ich ihn für das N-Wort nicht unangespitzt in den Boden rammte. Aber er würde eh nicht begreifen, wie verletzend es war, deshalb schwieg ich, in der Hoffnung, dass Leute wie er über kurz oder lang aussterben würden. Heute weiß ich, wie falsch ich damals lag. Wenn heute jemand das N-Wort benutzt oder sich anderweitig rassistisch äußert, lasse ich das nicht mehr unkommentiert, egal wie einflussreich, sympathisch oder alt die Person ist. Das hat mich schon einige Jobs und Freundschaften gekostet – aber das ist eine andere Geschichte.

»Und warum heißt du Krause?«, bohrte Jupp weiter.

»Norbert Krause ist mein Vater.« Ich legte den Spannungsprüfer zur Seite. Die Leitung, die Nobby verlegt hatte, war in Ordnung, ebenso die neue Steckdose, zu der sie führte. Der Fehler lag entweder in der Lampe oder im alten Kabel, das zur Lampe führte. »Gibt's hier eine Leiter?«

Jupp grunzte empört.

»Natürlich. Da hinten in der Ecke. Neben dem Sicherungskasten.«

Ich entfernte mich aus seinem Dunstkreis, schraubte die Sicherung für den Keller raus und schnappte mir die Leiter. Kurz überlegte ich, Jupp zu bitten, mich zu sichern, denn das Teil sah nicht sehr vertrauenswürdig aus. Doch ich entschied mich dagegen, noch weniger als dem morschen Holz vertraute ich diesem ätzenden grauen Mann, der mir jetzt schon eine Viertelstunde meiner kostbaren Lebenszeit mit seiner rassistischen Weltsicht versaut hatte.

Oben auf der Leiter gab ich alles, damit der alte Zausel meine Höhenangst nicht mitbekam. In größeren Höhen zu arbeiten, war ein fester Bestandteil meines Jobs, trotzdem drehte sich mir dabei regelmäßig der Magen um, besonders, wenn ich ohne Absicherung, mit beiden Händen über Kopf, auf einer wackligen, morschen Leiter stand. Endlich fand ich das Problem: Ein Kabelbruch in einer uralten Lüsterklemme im Deckenhalter, die das Lampenkabel mit der Zuleitung aus der Decke verband. Ich entfernte die alte Klemme und zog eine neue aus meiner Hosentasche.

»Warum bist du ausgerechnet Elektriker geworden? Das viele Lernen fällt euch doch sicher schwer?«

Ich starrte genervt auf Jupp herab. Er war schon wieder dabei, sich eine Line Schnupftabak zu ziehen.

»Wem soll es schwerfallen? Frauen? Oder Schwarzen?«, fragte ich heiser. Langsam verließ mich meine anerzogene Geduld. Bevor Jupp antworten konnte, enterte eine dralle Blondine den Raum.

»Herr Kahn, in der 3a ist das Waschbecken verstopft. Können Sie sich das bitte kurz ansehen?«

Jupp steckte das Döschen in die Tasche seines Kittels, schnäuzte sich in ein nicht mehr ganz weißes Taschentuch und musterte mich unschlüssig.

»Hat das noch Zeit?«, fragte er die Blondine. »Ich muss hier aufpassen ...«

»Ich bin hier eh fertig«, unterbrach ich ihn. Das Ende des Lampenkabels steckte in der neuen Lüsterklemme, jetzt machte ich mich daran, das gebrochene Kabel etwas zu stutzen, abzuisolieren und ebenfalls in die Klemme zu stecken.

»Es ist wirklich dringend«, beharrte die Blondine. Jupp sah unschlüssig zu mir herauf. Ich zog die Lüsterklemme fest und schraubte den Deckenhalter zurück unter die Decke.

»Die Rechnung schicken wir wie immer per Post«, sagte ich und kletterte von der Leiter. Unten angekommen, klappte ich sie zusammen, schraubte die Sicherung wieder hinein und betätigte zur Kontrolle den Lichtschalter. Es wurde hell. Hausmeister Jupp brummte zufrieden. Ein Danke kam ihm natürlich nicht über die Lippen, aber das war mir herzlich egal. Ich konnte es kaum erwarten, aus diesem Kellerloch herauszukommen. Ob der alte Zausel den kleinen Jungen of Color auch so löcherte? Ihm das Gefühl gab, nicht dazuzugehören? Anders zu sein? Wenn ja, hoffte ich, dass der Knirps Eltern hatte, die ihn empowerten und die ihm beibrachten, sich gegen rassistische Sticheleien zu wehren. Microaggressions nannte Alice das. Man braucht ein dickes Fell, um davon nicht verletzt zu werden. Zum Glück hatte mich meine Mutter schon als Kleinkind darauf vorbereitet. Sie hatte lange Zeit in England gelebt, wo die Auseinandersetzung mit Rassismus sehr viel weiter fortgeschritten war als in Deutschland. Doch trotz ihrer Aufklärungsarbeit ließen mich solche Sticheleien damals nicht unbeeindruckt. Ehrlich gesagt treffen sie mich auch heute noch. Aber dank Alice wusste ich immer, dass ich okay bin und mich nicht vor weißen Menschen beweisen muss.

***

Als ich in den Betrieb zurückkehrte, war Peter schon wieder gegangen, denn für den Tag stand kein weiterer Einsatz an. Nobby hatte sich nach oben in seine Wohnung verzogen. Mir graute davor, den Rest des Tages Kabel und

Schrauben im Lager zu sortieren, deshalb ließ ich mir von Frauke Nobbys erledigte Aufträge der letzten Wochen zeigen. Viele waren es allerdings nicht, schon am frühen Nachmittag hatte ich einen guten Überblick darüber, wo Nobby gearbeitet hatte und auf welche Probleme er gestoßen war. Anscheinend alles eher harmlose Jobs, meist ging es um brüchige Stromkabel oder Leitungen, die er verlegt hatte. Ich arbeitete mich in seine Orga ein – die im Grunde nur aus einem Ordner bestand, in dem er für seine Verhältnisse erstaunlich akribisch protokollierte, was er beim jeweiligen Kunden getan, wie lange er dafür gebraucht und welche Materialen er benutzt hatte. Frauke machte daraus dann eine Rechnung, die Nobby nur noch unterschreiben musste. Nobbys Aufzeichnungen der letzten Aufträge waren einwandfrei, es gab also nichts für mich zu tun, deshalb verzog ich mich dann doch ins Lager, inspizierte die Bestände und überlegte, wohin mein Vater den Spind mit den Geisterjägerwaffen geräumt hatte. Vermutlich hoch in seine Wohnung. Aber warum? Die Geräte jedes Mal die Treppe hinunter und hinauf zu wuchten erschien mir widersinnig. Irgendwann kurz vor Feierabend, ich kannte die Lagerbestände inzwischen auswendig, hielt ich die Langeweile nicht mehr aus. Ich schnappte mir den Autoschlüssel und fuhr zu KaySer. Frauke konnte den Laden ohne mich abschließen.

KaySer und ich kannten uns seit unserer Teenagerzeit. Ihren Eltern gehörte der Schrottplatz, auf dem Nobby regelmäßig nach Bauteilen für seine Geisterjägerwaffen suchte. Ursprünglich hatte KaySer Bildhauerin werden wollen, doch nach dem Tod ihres Vaters vor ein paar Jahren hatte sie ihr Studium abgebrochen und sich erstmal um ihre Mutter gekümmert. Als diese dann zurück in ihre

Heimat Schottland zog, stand für KaySer fest, dass sie das Erbe ihres Vaters keinem Fremden überlassen wollte. Eine Künstlerin war sie trotzdem geworden: Sie schweißte faszinierende Gebilde aus Autowrackteilen zusammen und dekorierte damit den Schrottplatz.

Auf den ersten Blick wirkte KaySer maskulin, und das nicht nur, weil sie wie ein Mann rumlief, meist mit derben Schuhen, schlabbrigen Jeans und karierten Hemden. Sie war groß, kräftig gebaut, mit starken Armen, flacher Brust und muskulösen Beinen. Ihr Gesicht war markant, mit breiten Wangenknochen, einem eckigen Kinn und algengrünen Augen. Die lockigen roten Haare, die an den Seiten abrasiert waren und auf ihrem Kopf eine Handbreit in die Höhe standen, hatte sie von ihrer Mutter geerbt, die großen, quadratischen Hände und den sinnlichen Mund von ihrem Vater.

Ich schloss mein Fahrrad auf dem kleinen Parkplatz ab, der zum Schrottplatz gehörte. Direkt daneben, eingerahmt von KaySers neuesten Werken, zwei beeindruckenden Flugdrachen mit Flügeln aus verrosteten Autotüren, stand ein kleines Haus, in dem KaySer wohnte und in dem sich ihr chaotisches Büro befand. Ähnlich wie Nobby war KaySer eine Niete, wenn es um Ordnung und Struktur ging. Kein Wunder, dass sie fast ihre ganze Zeit auf dem Schrottplatz verbrachte.

Das Büro war leer, die Tür verschlossen, KaySer also vermutlich in ihrem Element. Und richtig, ich hörte sie in einiger Entfernung hämmern und schweißen. Eine etwa zwei Meter hohe Steinmauer, die mit bunten Graffitis besprayt war, schloss sich an das Haus an und schützte das Innere des Schrottplatzes vor neugierigen Blicken. Nur die Spitzen der Schrottberge, der uralte Kran und eine stahlblaue Schrottpresse, die in der Abendsonne funkelte, lugten darüber hinaus. Ich zog die weißlackierte Stahltür in der Mauer auf und ging auf den Geräuschherd zu.

KaySer schweißte zwei Metallplatten aneinander und produzierte dabei einen imposanten Funkenkranz, der wild um sie herum irrlichterte. Ich blieb mit zwei Metern Abstand neben ihr stehen. Sie trug ihre »Arbeitskleidung«: Sicherheitsschuhe, abgewetzte Jeans und ein kariertes, feuerfestes Hemd in den Farben des Clans ihrer Mutter, also grün, blau und rot. In Kombination mit dem Schweißhelm sah sie aus wie eine Gladiatorin im Karnevalskostüm. Als sie mich bemerkte, klappte sie ihren Helm nach oben und grinste breit.

»Krause! Ich dachte schon, du willst mich nicht sehen!«

»Ich bin erst gestern Abend angekommen«, grinste ich zurück. »Musste mich erstmal um Nobby kümmern.« KaySer legte Schweißgerät und Helm zur Seite, zog die Arbeitshandschuhe aus und nahm mich in den Arm.

»Besser spät als nie. Wie geht's dir, Kleine?« Sie war die Einzige, die mich so nennen konnte, denn trotz meiner einsvierundachtzig überragte sie mich um einen halben Kopf.

»Ich vermisse die Großstadt«, antwortete ich und dachte an die ängstlichen Kinderaugen. Und an die nervigen Fragen von Hausmeister Jupp.

»Du wirst ja nicht ewig bleiben müssen«, lachte KaySer und zog mich zu einem Wohnmobil, das zwar nicht mehr fahrtüchtig war, dafür aber umso liebevoller eingerichtet. Die meiste Zeit des Jahres hielt sich KaySer hier auf, ins Haus ging sie nur, um zu duschen, etwas zu kochen oder weil sie Bürokram erledigen musste. »Setz dich«, sagte sie und deutete auf die zwei Campingstühle vor dem Wagen unter einer verwitterten Markise. Dazwischen stand ein wurmstichiger Holztisch. »Ich hab uns extra Weißbier gekauft.« Sie verschwand im Inneren des Wagens. »Hast du Hunger?«

»Nee, danke.« Ich fläzte mich auf einen der beiden Stühle und schaute in den blutorangefarbenen Abendhimmel. Kurz darauf kam KaySer mit zwei Bierflaschen zurück und ließ sich in den anderen Stuhl fallen. Sie zog ein Feuerzeug aus der Hemdtasche, öffnete die Flaschen, und wir stießen scheppernd an.

»Slàinte Mhath«, prostete KaySer.

»Cheers«, prostete ich zurück. Das Bier schmeckte angenehm süffig und wenig bitter. Das musste ich unbedingt mal für Nobby und mich besorgen. Vielleicht gelang es mir damit, ihn etwas länger aus seinem Schneckenhaus zu locken. KaySer verzog den Mund.

»Was?«

»Nix«, wehrte sie ab. »Ich guck nur. Kommt selten genug vor, dass sich so eine Schönheit auf meinen Schrottplatz verirrt.«

»Quatsch«, überging ich ihr Kompliment, »ich bin doch regelmäßig hier.«

»Das warst du mal.« Sie lehnte sich zurück. »Aber in den letzten Jahren sehen wir uns doch eigentlich nur noch zu Weihnachten. Okay, und die paar Tage im Sommer, wenn du zu Nobbys Geburtstag kommst.« Sie prostete mir zu. »Schön, dass du erstmal eine Weile bleibst.« Ich wusste nicht, was ich sagen sollte. KaySer lachte leise.

»Du willst hier schnellstmöglich wieder weg. Zurück nach Bielefeld. Stimmt's?«

»Ja. … Nein«, stotterte ich.

»Was jetzt?«

»Ich will hier nicht bleiben, das stimmt. Aber ich muss nicht zurück nach OWL.«

KaySer sah überrascht aus.

»Das sind ja mal ganz neue Töne. Weiß Alice schon davon?«

»Ich bin erwachsen«, entgegnete ich schärfer als geplant. »Meine Mutter muss sich langsam mal damit abfinden, dass ich meine eigenen Entscheidungen treffe.«

»Hört, hört …« KaySer steckte den Zeigefinger in die Bierflasche und ließ ihn mit einem lauten Knall herausploppen. »Das Küken ist flügge geworden. Hätte ich nicht schon einen Crush on you, ich würd mich glatt in dich verknallen.«

Ich verdrehte geschmeichelt die Augen. Seit wir uns kannten, flirtete KaySer mit mir. Als wir fünfzehn waren, hatten wir sogar einmal geknutscht, im Sommer am Fühlinger See in Köln. Damals wollte ich wissen, ob ich vielleicht lesbisch war, denn ich hatte als Einzige in meiner Klasse kein Interesse an Jungs. KaySers Küsse hatten mir geschmeckt und auch die Streicheleinheiten hatten sich okay angefühlt. Aber so richtig geflasht war ich nach unserem Schäferstündchen nicht gewesen. Was vermutlich auch daran lag, dass Nobby uns in flagranti erwischt hatte. Noch Jahre später gab er den liberalen Vater und behandelte KaySer wie meinen Freund. Während KaySer das gut gefiel – Nobbys Reaktion empowerte sie –, nervte mich seine plakative Toleranz. Dass ich mir die Frage gestellt hatte, ob ich hetero oder homo war, lag jetzt schon Jahre zurück. In der Zwischenzeit waren KaySer und ich beste Freundinnen geworden und Nobby hatte begriffen, dass er sich besser aus meinem Liebesleben heraushielt.

»Wie läuft es eigentlich mit Branco«, wechselte KaySer das Thema. Ich winkte genervt ab und beobachte das kleine Rudel Fledermäuse, das in der aufkommenden Dämmerung über uns seine Kreise zog. Überall zwischen den Schrottbergen und Skulpturen hatte KaySer verschieden große Tonkrüge mit Pflanzen aufgestellt, die die verschiedensten Insekten anlockten. Tagsüber tummelten jede Menge Bienen und Schmetterlinge auf dem Schrottplatz und abends kam die Fledermausbande. »Seid ihr noch zusammen?«, setzte KaySer nach, »Oder hast du dich endlich getrennt?«

»Musste ich gar nicht. Er hat Schluss gemacht, nachdem ich seinen Antrag abgelehnt habe.«

KaySer verschluckte sich und sah mich fassungslos an.

»Er hat was?« Sie stellte die Bierflasche ab und zog einen Joint aus der Hosentasche. In der Nähe der holländischen Grenze zu wohnen, hatte schon in den Achtzigern seine Vorteile. »Erzähl. Aber nicht die Kurzversion. Ich will die peinlichen Details.« Sie lehnte sich zurück und entzündete die selbstgedrehte Zigarette. Sie rauchte Gras immer pur, genau wie mir war ihr Tabak zuwider. Sofort lag der beruhigende Geruch von Cannabis in der Luft.

»Na schön«, ließ ich mich nicht lange bitten und nahm ihr den Joint ab. »Kurz nach Nobbys Arbeitsunfall …«

»… habt ihr das erste Mal gepoppt. Ich weiß«, unterbrach mich KaySer ungeduldig. »Komm zum Wesentlichen.«

»Entweder, ich erzähl dir die Story, wie ich es will, oder du kannst es dir selbst zusammenreimen.«

KaySer verschloss ihre Lippen mit einem unsichtbaren Reißverschluss und nahm mir den Joint aus der Hand.

»Ich hatte schon da nicht das Gefühl, dass wir gut zusammenpassen«, nahm ich meinen Erzählfaden wieder auf. »Betttechnisch, mein ich. Aber ich wollte ihn auch nicht nur aus diesem Grund in den Wind schießen.«

»Warum nicht? Also ich ...« KaySer verstummte und hob die Hände, als sie meinen Gesichtsausdruck sah. »Okay, okay. Ich bin ja schon still.«

»Wir haben es langsam angehen lassen. Er ist unglaublich nett, musst du wissen.« KaySer gähnte theatralisch. Selbst ich war gelangweilt, als ich mich reden hörte. »Er ist klug«, schob ich hinterher. »Nächstes Jahr schließt er sein Jura-Studium ab. Er startet sicher richtig durch.«

»Schön für ihn.« KaySer hielt mir den Joint hin. Ich lehnte ab. Das Zeug, das sie rauchte, konnte einen Elefanten sedieren. Nicht zu vergleichen mit dem Gras, das in Bielefeld kursierte. »Weiter im Text«, animierte sie mich.

»Als ich ihm gesteckt hab, dass ich meinen Job kündige und zu Nobby ziehe, war er nicht besonders begeistert. Von wegen Fernbeziehung. Am Freitag hat er mich dann zum Essen eingeladen.« Ich machte eine dramatische Pause.

»Und in der Nachspeise hat er dir dann einen Ring versteckt?«

»Schlimmer. Er hat 'nem Rosenverkäufer zwanzig Rosen abgekauft ...«

»Arrrghhhh ...« KaySer schlug die Hände vor die Augen. »Peinlicher geht's ja wohl nicht.«

»Selbst, wenn ich gewollt hätte ...«, stimmte ich ihr lachend zu, »in dem Moment hätte ich nicht Ja sagen können.«

»Und dann?«

»Ist er abgerauscht. Seitdem hab ich nichts mehr von ihm gehört. Meine Klamotten hat er mir noch in derselben Nacht in einem Karton vor die Tür gestellt.«

»Was für 'ne Wurst.« KaySer exte den Joint und spülte mit dem Rest Weizen in ihrer Flasche nach. »Noch ein Bier?«

»Wasser wär mir lieber«, gähnte ich. »Ich muss noch nach Hause radeln.«

»Quatsch. Du schläfst hier. Wie in alten Zeiten. Wird eine sternenklare Nacht heute. Ich hol uns die Matratze raus.« Sie zeigte auf das aus Schrott zusammengeschweißte Bettgestell, das in der Nähe stand.

»Na gut. Ich helf dir.« Ich folgte ihr durch einen klirrenden Holzperlenvorhang in das Wohnmobil, einen ausgebauten Mercedes-Kastenwagen. Gleich am Eingang, hinter dem Fahrersitz, lag eine gemütliche Matratze auf einem Sockel. Schlängelte man sich am Bett vorbei in den hinteren Teil des Wagens, erreichte man eine Küchenzeile, die KaySer allerdings nur zum Teekochen benutzte. Außerdem stand da noch ein Telefon: Wenn es drüben im Haus klingelte, konnte KaySer den Anruf entspannt hier annehmen. Auf der Fahrerseite, zwischen Matratze und Küchenzeile, waren hinter einem Vorhang Toiletteneimer und Duschschlauch versteckt, beides benutzte KaySer allerdings nie.

Wir schleppten die Matratze aus dem Wagen und legten sie aufs Bettgestell, warfen erst das Bettzeug und dann uns auf die Laken. Der Himmel verdunkelte sich von Minute zu Minute. Bald war das Orange der Sonne verschwunden, und die Sterne leuchteten auf. Sie erschienen mir unfassbar hell, im Gegensatz zu Bielefeld gab es hier kaum Licht, das einem die Sicht verdarb.

»Schon ein Grund, die Einöde zu lieben, oder?« KaySer sah nicht in den Himmel. Sie musterte mich, das Kinn auf die Hand gestützt, und in ihrem Mundwinkel klebte schon der nächste Joint. Ich stieß ihren Ellenbogen zur Seite, und sie sackte rücklings aufs Kissen. Lachend zog sie ihr Feuerzeug aus der Brusttasche. »Hast du endlich mal mit Errol gesprochen?«

Errol. Allein sein Name ließ mein Herz aussetzen. Mit einer Mischung aus Scham, Frust, Verzweiflung und Herzschmerz dachte ich an unsere letzte Begegnung. Statt zu antworten, presste ich die Zähne aufeinander.

»Ich hab euch gewarnt …« KaySer entzündete das Feuerzeug und hielt den Joint in die Flamme. Sie paffte zwei, dreimal daran und reichte ihn mir. Ich nahm einen Zug und stellte mich den Gefühlen, die mein Innerstes bedrängten.

»Ich trau mich einfach nicht. Was soll ich ihm sagen? Dass ich es schön fand? Dass ich mir eine Wiederholung wünsche?«

»'ne Schnuppe! Haste gesehen?« KaySer zeigte in den Sternenhimmel.

Ich nickte abwesend, dabei hatte ich nicht mal hochgeguckt.

»Ich hätte auf dich hören sollen. Sex mit dem besten Freund ist eine Eins-A-Schnapsidee.«

KaySer brummte zustimmend. Für eine Weile starrten wir stumm in den Himmel.

»Wenn du eure Freundschaft retten willst – und darum bitte ich doch dringendst«, sie sah mich ernst an, »dann musst du endlich mit ihm sprechen. Ihr müsst das aus der Welt schaffen. Was auch immer da eigentlich ist zwischen euch.«

Ich wusste es ehrlich gestanden ebenso wenig wie sie. Zwischen Errol und mir hatte es irgendwie schon immer geknistert. Er war mit sechzehn mit seinen Eltern nach Troisdorf gezogen, kennengelernt hatte ich ihn über KaySer. Die beiden spielten im selben Fußballverein. KaySer war eine herausragende Torhüterin, und als Errols Team vor einem entscheidenden Spiel ohne Torwart dastand, sprang sie kurzerhand ein – ohne dass der Gegner oder die Schiedsrichter erfuhren, dass sie eine Frau war. Dass der Name Kay sowohl einen Mann als auch eine Frau bezeichnen konnte, hatte sich damals noch nicht herumgesprochen, und zusammen mit ihrer maskulinen Erscheinung kamen erst recht keine Zweifel an ihrer Männlichkeit auf. Das Spiel ging damals unentschieden aus, ein wesentlicher Schritt in Richtung Meisterschaft, die Errols Team dann auch tatsächlich gewann. Seitdem war KaySer im Verein so etwas wie eine Heldin, auch, wenn sie ihre aktive Karriere mit Beginn ihres Studiums an den Nagel gehängt hatte und seitdem nur noch sporadisch mitkickte.

»Er kommt seine Eltern besuchen«, ließ KaySer die Bombe platzen. »Zumindest ist das seine offizielle Begründung.« Obwohl ich sie nicht ansah, wusste ich, dass sie grinste. Mein Magen krampfte sich zusammen. Errol war auf dem Weg hierher?

»Schön für ihn«, antwortete ich so ausdruckslos wie möglich.

»Sag mal! Hast du mir nicht zugehört?« KaySer klang genervt. »Ihr zwei seid meine besten Freunde. Schlimm genug, dass du in Bielefeld wohnst und er nach Berlin gezogen ist. Ich will, dass ihr euch wieder zusammenrauft! Ich habe keinen Bock auf diese awkward moments!«

Im Grunde hatte sie Recht. Der One-Night-Stand zwischen Errol und mir lag über ein halbes Jahr zurück. Wenn ich unsere Freundschaft retten wollte, mussten wir uns endlich aussprechen.

»Was genau hat dein Dad eigentlich?«, wechselte KaySer dankenswerterweise das Thema. »Die Goldap aus der Bäckerei meint, er ist kaum wiederzuerkennen.«

»Er ist immer noch Nobby«, antwortete ich ratlos. »Aber seine Energie ist vollkommen flöten gegangen. Die meiste Zeit sitzt er bloß rum und starrt in die Luft.«

»Hoffentlich kommt er schnell wieder auf die Beine. Ich mag deinen Dad.«

Ich wusste, dass KaySer die Wahrheit sagte. Lügen war nicht ihr Ding. Wenn sie jemanden oder etwas nicht mochte, dann sagte sie das entweder – oder sie schwieg.

»Du kriegst doch viel mit hier im Dorf«, fragte ich. »Hast du irgendwas gehört, was erklären könnte, warum ihn der Unfall so verändert hat?«

»Leider nicht.« KaySer schnippte den aufgerauchten Jolly zur Seite in den Blumenkübel mit Sonnenblumen. »Aber hast du schon mal Peter gefragt? Also ich meine unter vier Augen?«

Überrascht drehte ich mich zu KaySer.

»Sag nicht, Nobby hat ihn eingeweiht!«

»Und ob er das hat. Willst du auch ein Wasser?« Sie stand auf und verschwand im Wohnmobil. Ich starrte fassungslos in das Sternenmeer über mir. Da! Noch eine Sternschnuppe! Ich schloss die Augen und wünschte mir, dass Nobby bald wieder der Alte sein würde. Warum hatte er Peter eingeweiht? Er war immer strikt dagegen gewesen, Nicht-Sehenden von unserer Gabe zu erzählen. Schon, dass KaySer Bescheid wusste, hatte er damals nicht gutgeheißen. Aber ich hatte sie einweihen müssen, andernfalls hätten KaySer und ich den Geisterkontakt nicht überlebt. Es war im Kölner Untergrund gewesen, ich war fünfzehn geworden und KaySer hatte mir eine

Führung zum Geburtstag geschenkt. Der Geist, nur noch ein Abdruck der negativen Charaktereigenschaft eines in der Römerzeit verstorbenen Verbrechers, hatte uns mit einem Steinschlag vom Rest der Gruppe getrennt und war drauf und dran gewesen, uns unter einer weiteren Steinlawine zu begraben. Um uns zu retten, erlaubte ich ihm, mich als Channel zu benutzen, in der Hoffnung, dass er verschwinden würde. Ich sollte recht behalten: Der Geist fuhr in mich ein und erzählte von dem Mordanschlag, dem er zum Opfer gefallen war. Danach verschwand er auf Nimmerwiedersehen. Meine verdrehten Augen, die spukige Stimme, mit der ich gesprochen hatte und all die Dinge, die ich gesagt hatte, verrieten KaySer deutlich, dass ich nicht nur einen Scherz gemacht hatte. Mir blieb also nichts anderes übrig, als ihr die Wahrheit zu erzählen – über meine Gabe, über die verschiedenen Wesenheiten, die unter dem Oberbegriff »Geist« durch die Welt spukten, und über Nobbys Zweitjob als Geisterjäger, bei dem ich ihn unterstützte, wenn ich zu Besuch war. Seitdem weiß KaySer, dass Nobby und ich im Fall eines Geisterkontakts Migräne bekommen und dass Normalsterbliche wie sie von einer plötzlichen Übelkeit und Schwindel befallen werden, ein Zustand, den KaySer seitdem treffsicher erkennt.

Ich zuckte zusammen, als KaySer sich auf die Matratze setzte. Sie gab mir eine Flasche Wasser, ihre hatte sie schon halb geext.

»Warum sollte mein Vater Peter einweihen?«, setzte ich unser Gespräch fort. »Wenn er Hilfe brauchte, hat er doch sonst immer dich gefragt.«

KaySer schraubte ihre Flasche zu, stellte sie neben dem Bett ab und legte sich wieder neben mich.

»Vielleicht, weil er jemanden zum Reden braucht? Peter und Nobby sind beste Freunde, so wie wir zwei beiden. Da Geheimnisse voreinander zu haben, ist doch ätzend.«

Ich nickte widerwillig.

»Aber mir hat er immer gepredigt, wie gefährlich so ein Mitwisser ist. Was, wenn Peter sich verquatscht? Nicht auszudenken, wenn das hier in Tratschhausen die Runde macht.«

KaySer knuffte mir auf den Oberarm.

»Bei Peter musst du dir nun wirklich keine Sorgen machen. Schon vergessen, dass er ein Bergischer Jung ist? Der redet doch kaum zehn Worte am Tag. Außerdem ist er herrlich pragmatisch. Der glaubt nicht an Gott, nicht ans Schicksal und schon gar nicht an Geister.«

»Hä?« Ich versuchte zu verstehen, was das bedeuten sollte. »Soll das heißen, er glaubt Nobby nicht?«

»Er glaubt, dass Nobby dran glaubt.« KaySer gähnte. »Und er tut alles, um Nobby zu helfen. Das muss reichen.«

»Keine Ahnung, ob ich kapiere, was das heißt.« Ich dachte darüber nach, aber ich war plötzlich total müde. »Meinst du, dass Peter dabei war, als Nobby den Unfall hatte?«

KaySer streifte die Schuhe von den Füßen, ohne dabei ihre Hände zu benutzen.

»Peter war zu der Zeit in Kur. Ich weiß das noch ganz genau, weil es Nobbys Geburtstag war.«

Ich schwieg schuldbewusst. Normalerweise wäre ich an seinem Geburtstag in Troisdorf gewesen und hätte ihm helfen können. Dann wäre das alles nicht passiert. Aber in diesem Jahr war mein Chef spontan auf eine Messe gefahren, und ich hatte alle Aufträge allein übernehmen müssen. KaySer setzte sich auf und zog Hose und Arbeitshemd aus. In ihrer Männerunterwäsche sah sie phantastisch aus. Auf ihrem linken Oberarm prangte das Tattoo einer etwa bierdeckel-großen Doppelaxt.

»Dein Dad hat mir an dem Morgen auf den Anrufbeantworter gesprochen. Er hat nicht wirklich gesagt, was er wollte, nur, dass er meine Hilfe braucht.« KaySer schlüpfte unter die Bettdecke, die Socken behielt sie an. »Aber als ich am Mittag nach Hause kam und ihn zurückgerufen habe, hab ich nur noch Frauke erwischt. Er war längst losgefahren. Mit Arnulf.«

Auch ich zog meine Klamotten aus, einschließlich der Socken. Im Gegensatz zu KaySer trug ich allerdings kein Tanktop oder sonstiges Unterhemd. Kurz überlegte ich, mein Arbeits-T-Shirt anzubehalten, aber dann entschied ich mich dagegen. KaySer würde es nicht missverstehen, wenn ich »oben ohne« schlief, unsere Beziehung hatten wir schon vor Jahren geklärt.

»Dass Nobby dich angerufen hat, kann nur bedeuten, dass es um einen Geisterjob ging«, nahm ich den Faden wieder auf. »Dich fragt er doch immer, wenn er den BRAUN-1000 mitnehmen will.« Ich dachte an den Staubsauger, den Nobby umgebaut hatte, ein schweres, stylishes Monstrum aus den 70er Jahren, mit dem er übernatürliche Wesen in ihre atomaren Bestandteile zerfetzte. Seit einem Bandscheibenvorfall vor einigen Jahren konnte er das Gerät nicht mehr allein tragen und bat deshalb KaySer um Hilfe – und nun anscheinend auch Peter. Moment. Was hatte KaySer eben noch gesagt? »Warte mal. Er hat Arnulf mitgenommen?«

»Jepp.« KaySer gähnte ein zweites Mal. »Was bedeutet, dass es entweder doch ein ganz normaler Elektrikerjob war ...«

»… oder Nobby hat mit einem gefährlichen Geisterkontakt gerechnet und wusste, dass er Unterstützung braucht. Notfalls sogar die vom Azubi«, beendete ich den Satz. Wenn mein Verdacht stimmte und ein Geist Nobbys Zustand verursacht hatte, wie lange würde es dauern, bis er wieder der Alte war und ich dieses gottverdammte Nest verlassen konnte? Ich musste unbedingt herausfinden, was genau an Nobbys Geburtstag passiert war.

***

Die Nacht unter dem Sternenhimmel war sensationell. Wir beobachteten jede Menge Sternschnuppen, KaySer zeigte mir zum x-ten Mal die diversen Sternenbilder und ich fragte sie nach ihrem Liebesleben aus. Leider schlief sie während meines Verhörs ein. Alles, was ich rausbekam, war, dass ihre neueste Flamme eine Handballerin war, die Maja hieß, in Köln Ehrenfeld wohnte und ihr Abitur am Abendgymnasium nachholte.

Rabengekrächze und Kaffeeduft weckten mich am nächsten Morgen. Es war kurz nach sieben, und hinter der Mauer, die den Schrottplatz umgab, war die Sonne längst aufgegangen. Auf den metallisch funkelnden Bergen aus Autoteilen hockten einige fette Raben und stritten miteinander. Für einen Augenblick hoffte ich, dass es Geister waren, die versuchten, meine Aufmerksamkeit zu wecken. Schon immer hatte ich mir gewünscht, dass sich mir eines Tages ein Geistertier anschloss. Am liebsten ein Hund, den nur ich sehen konnte und der mir zur Seite stand, wenn ich einer gefährlichen Wesenheit begegnete. Oder der mit seiner Anwesenheit Menschen, die ich nicht leiden konnte, zum Kotzen brachte. Abwegig war der Wunsch nicht, viele

Geistersichtige wurden von den Seelen verstorbener Tiere begleitet. Bei Nobby waren es Raben, was nochmal einen Sonderfall darstellte, denn in diesem Fall schließt sich nicht nur ein einzelnes Tier an, sondern die Gesamtheit aller Geisterraben. Sie hörten auf seine Kommandos und hatten ihm schon bei so manchem Einsatz geholfen. Leider hatte ich nicht einen Hauch von Kopfschmerzen. Mit anderen Worten: die Raben, die mich aus dem Schlaf gerissen hatten, waren höchst lebendig.

Enttäuscht schälte ich mich aus dem Bett. Ich hatte noch eine Stunde, bevor ich im Betrieb sein musste, konnte es also ruhig angehen lassen. Ich ignorierte das dunkle Rabengekrächze, das in meinen unausgeschlafenen Ohren wie höhnisches Gelächter klang, und zog mich in aller Ruhe an. KaySer trug schon wieder ihre Arbeitsklamotten. Sie hatte ein anderes Tanktop an und ihre Haare waren nass, offensichtlich war sie schon im Haus gewesen und hatte geduscht. Auf dem Tisch zwischen den Campingstühlen stand eine Schale mit Obst. Da ich Kaffee nur gern roch, ihn geschmacklich aber zum Kotzen fand, hatte KaySer mir einen Tee gemacht. Ich schnappte mir einen Apfel, schaufelte löffelweise Zucker in meine Tasse und nahm mir die Zeit zum Wachwerden. KaySer, die wusste, dass ich so früh am Morgen noch nicht gesprächig war, verzog sich an ihren Schweißplatz. Kurz darauf schleppte ich die Matratze samt Bettzeug ins Wohnmobil und verabschiedete mich – alles weitestgehend wortlos.

Als ich mit dem Fahrrad vor dem Betrieb ankam, war es kurz vor acht und die Tür noch verschlossen. Ich öffnete den Eingang zum Treppenhaus, lief nach oben in mein kleines Reich unterm Dach, sprang unter die Dusche und wechselte meine Kleidung. Im Grunde hatte ich kein

Problem damit, mehrere Tage in denselben Sachen rumzu-
laufen, aber das T-Shirt hatte ich eh wechseln wollen. Ich
konnte gut darauf verzichten, dass Nobby oder Peter wieder
auf falsche Gedanken kamen und mir und KaySer eine Af-
färe unterstellten. Außerdem war es gut möglich, dass Errol
aufkreuzte. Für unsere erste Begegnung nach mehr als sechs
Monaten wollte ich so gut wie möglich aussehen und rie-
chen – auch wenn ich mir immer noch nicht darüber klar
war, was ich eigentlich von ihm wollte. Ich entschied mich
für ein knallrotes T-Shirt. Darauf war das Konterfei von
Ice Cube abgebildet, einem Mitglied der Hip-Hop-Crew
N.W.A., doch sein Gesicht verschwand hinter dem Latz
meiner Arbeitshose. Ich kämmte meinen Afro und drückte
ihn zusammen, so dass er meinen Kopf wie eine schwarze,
ebenmäßige Sonnenkorona umkränzte. Kurz überlegte ich,
roten Lipgloss aufzulegen. Ich schminkte mich nur selten –
was zum großen Teil daran lag, dass es in diesem verdammten Land keine brauchbaren Produkte für nicht-weiße Menschen gab. Bei Make-up machte mir das nichts aus, das war
eh nicht so mein Ding, aber auch die Lippenstifte waren
angepasst an die bundesdeutsche Milchschnitten-Norm.
In London fand ich schon eher Schminke, die mich wie einen Menschen und nicht wie einen schlecht geschminkten
Clown aussehen ließ, doch deswegen kiloweise Übergepäck
aus dem Urlaub anzuschleppen, sah ich nicht ein. Und in
den Afro-Shops, in denen viele meiner Schwarzen Freundinnen mit Wurzeln in den afrikanischen Ländern einkauf-
ten, fühlte ich mich mit meinem karibischen Hintergrund
irgendwie fehl am Platz. Ich starrte auf den knallroten Lipgloss in meiner Hand. Die Farbe schrie förmlich nach Aufmerksamkeit. Also schraubte ich die Kappe wieder drauf

und schmierte mir stattdessen etwas Argan-Öl auf die Lippen. Das würde es auch tun.

Fünf nach acht betrat ich den Betrieb. Draußen, auf dem Parkplatz vor dem Büdchen, räumte Peter den Kofferraum von Nobbys Golf auf. Drinnen stand Frauke hinter der Theke und blätterte durch den Auftragsordner. Aus dem Radio auf dem Tresen dröhnte irgendein trashiger Hard-Rock-Scheiß gesungen von fiepsigen Männerstimmen. Ich konnte mir die garantiert weißen Jungs direkt vorstellen: spindeldürre Beine in Lederhosen, Muskelshirts, lange, blonde Zottelhaare und immer drei Gramm zu viel im Kopf, von welcher Droge auch immer.

»Dein Vater will mit dir sprechen.« Frauke deutete Richtung Lager. Ich unterdrückte ein Grinsen. Gerade mal kurz nach acht und Fraukes aufgeklebter Schönheitsfleck war schon auf ihren rechten Nasenflügel verrutscht. Das versprach, ein interessanter Wandertag zu werden.

»Wie geht's ihm heute?«

»Er lässt das Radio dudeln und hat noch nicht den Sender gewechselt. Noch Fragen?«

Die hatte ich nicht. Im Gegensatz zu mir, die ich schlechte Nichttänzermusik über mich ergehen lassen konnte, ohne auszurasten, war Nobbys musikalische Toleranz kaum vorhanden. Er hörte klassische Musik, Jazz – und Hip-Hop. Letzteres vermutlich, weil es das war, was ich heiß und innig liebte – neben Reggae und schottischer Folkmusik, aber dafür konnte sich Nobby nur in Ausnahmefällen begeistern. Dass er den *The-Final-Countdown*-Verschnitt aus dem Radio noch nicht ausgemacht hatte, war ein deutliches Zeichen dafür, dass er auch heute nicht in seiner besten Form war.

Im Lager fand ich ihn vor dem Regal mit den Werkzeugen. Er hatte einen Lappen in der Hand und wienerte damit über einen Schlagbohrer.

»Hey, Papa.« Ich setzte mich auf die Werkbank, auf der das übliche Chaos herrschte. Da Nobby nicht antwortete, begann ich in einer Übersprunghandlung, für Ordnung zu sorgen und fischte die abgeschnittenen Kabelenden aus dem Haufen aus Werkzeugen, Schrauben, Lötzinn und Platinenteilen. Ich hatte eine Menge gesammelt, als Nobby sich vor mir aufbaute. Jetzt sah er völlig normal aus.

»Hey, Kassy. Hab dich gar nicht reinkommen sehen. Hast du gut geschlafen? Ich hab den Lattenrost repariert. Hast du gemerkt?«

»Na sicher. Ist perfekt«, log ich lächelnd. Ihm zu erzählen, dass ich die Nacht auf dem Schrottplatz verbracht hatte, ging nur von der Zeit ab, in der er ansprechbar sein würde. »Ich hab mit KaySer gesprochen«, kam ich deshalb gleich auf den Punkt. »Mal ehrlich, Papa: Was ist wirklich passiert bei deinem Arbeitsunfall?« Ich warf einen Blick zur Tür. Diesmal hatte ich sie zugezogen, alles, was wir besprachen, würde unter uns bleiben. »Das war ein GK. Oder?«

Nobbys Gesicht zog sich zusammen wie das von Kermit aus der Muppet Show, wenn Miss Piggy ihn mal wieder nervte.

»Warum willst du das wissen?« Seine Stimme war rau. »Du willst doch nichts mit Geistern zu tun haben.«

»Ich will vor allem, dass du wieder auf die Beine kommst. Und dass du deinen Laden nicht schließen musst.« Ich legte meine Hand auf seinen Arm. Den Kabelprüll, den ich noch in der anderen Hand hielt, warf ich zurück auf die Werkbank. Nobby zog an seinem Ohrläppchen, ein untrügliches

Zeichen dafür, dass er etwas vor mir verheimlichen wollte.
»Sag schon, Papa!« Ich sah ihn aufmunternd an. »Ich bin schon groß, weißt du?«

Nobby lächelte und legte den Kopf schief.

»Selbst, wenn es ein GK gewesen wäre …« Er brach ab und zog seinen Arm zurück.

»Ja? Lass dir doch nicht jedes Wort aus der Nase ziehen!«

Nobby presste die Lippen zusammen und schwieg.

»Ich finde raus, was passiert ist«, drohte ich ihm. »Mit deiner Hilfe oder ohne dich.«

Jetzt war es an Nobby, meinen Arm zu packen. Seine Finger umklammerten mein Handgelenk wie ein Schraubstock.

»Kassy, ich hab mir immer gewünscht, dass du wieder einsteigst. Aber jetzt ist es zu spät!« Er lächelte freudlos. »Du bist schon seit Jahren raus aus dem Geschäft. Im Grunde warst du ja nie richtig drin. Die paar Male, die du mir hier geholfen hast, haben dich nicht auf das vorbereitet, was da draußen lauert.«

»Ich habe den Job eine ganze Weile gemacht«, verteidigte ich mich. Dabei hatte er recht. In Bielefeld war ich nur wenige Monate lang als Geisterjägerin umhergezogen. In der Zeit war ich nur harmlosen Geistern der untersten Stufe 1 begegnet. Mit bösartigen oder gefährlichen Wesenheiten hatte ich es nicht zu tun bekommen. Ich versuchte, mir nicht anmerken zu lassen, wie sehr mich Nobbys Worte verunsicherten. Normalerweise verharmloste er jeden Geisterkontakt. Selbst der Geist, der KaySer und mich damals fast unter einer Steinlawine begraben hatte, war für ihn ein armer Wicht, der im Grunde nichts Böses im Schilde geführt hatte. Dass Nobby mir so vehement davon abriet, das Wesen zu jagen, dem er begegnet war, wo er doch sonst alles versuchte, mich fürs Geisterjägerbusiness zu begeistern, war kein gutes Zeichen. Trotzdem. Mein Entschluss stand fest.

»Papa, du kannst mir das nicht ausreden. Ich habe zwar nicht deine Erfahrung, aber ich weiß, was ich tun muss.« Ich lächelte ihn an und versuchte dabei, zuversichtlich auszusehen. »Ich brauch nur deine Waffen. Und deine Hilfe wäre natürlich auch nicht schlecht«, setzte ich nach.

»Vergiss es!« Nobbys Augen löcherten mich mit der Intensität eines Militär-Lasers. »Ich will nicht, dass du dich da einmischst. Und meine Waffen kriegst du auch nicht.«

In diesem Moment klopfte es und Frauke kam durch die Tür. Sie wedelte mit einem Notizzettel.

»Anruf aus dem Neubaugebiet. Die brauchen asap Hilfe.«

Ich drehte mich zu Nobby um, vielleicht hatte er ja Lust, den Auftrag zu übernehmen. Doch seine Augen waren schon wieder auf unendlich gestellt.

***

Im Neubaugebiet wartete der Bauherr auf mich, ein selbstgefälliger Mittdreißiger mit solariumverbrannter Haut. Er trug einen zerknitterten, dunkelblauen Leinenanzug, ein weißes, zu weit aufgeknöpftes Leinenhemd und alberne Collegeschuhe, an denen noch alberneren Zierschnürsenkel baumelten. Auf seiner Stirn, im Sonnenlicht, funkelte eine Porsche-Sonnenbrille. Zusammen mit den zurückgegelten, nahezu farblosen Haaren signalisierte er schon von Weitem, dass er Geld hatte, Klasse aber nicht. Ich parkte den Golf in der Hofeinfahrt seines gläsernen Bungalows, musste aber sofort umparken, weil er Angst hatte, dass mein Wagen Öl verlor und die aus Italien importierten Pflastersteine versaute. Geld macht unfrei, dachte ich wie so oft und verbarg meine jetzt schon grenzenlose Abneigung hinter einem aufgesetzten, professionellen Lächeln.

Der Bungalow selbst war phantastisch. Ein kantiges Gebilde, in Glas eingefasst. Und dabei so geschickt verwinkelt, dass sogar das Bad von Licht durchflutet und gleichzeitig vor neugierigen Blicken geschützt war. Der Architekt hatte ganze Arbeit geleistet. Was den selbstgefälligen Bauherrn allerdings nicht davon abhielt, in einer Tour über die angeblichen baulichen Mängel zu klagen. Mal war es die hässliche Marmormaserung in der Gästetoilette, mal der schlecht gegossene Estrich in der Küche oder der Kamin, der einige Zentimeter größer hätte sein müssen. Ich kommentierte seine Tirade nicht, sondern machte mich daran, eine protzige Designerlampe an der Wand im Schlafzimmer zu installieren.

»Versace«, erklärte er großherrschaftlich und deutete stolz auf den braunen Lampenschirm mit dem Abdruck eines goldenen Kopfes, der von einem Muster umkränzt war, das wohl antik aussehen sollte.

»Schick«, log ich versiert. Als Elektrikerin kam ich in so manche Wohnung, bei der es mich schüttelte. Je reicher die Leute waren, desto protziger und geschmackloser wurde es meist. Es sei denn, man bekam es mit dem Geldadel zu tun, also Leuten, die über Generationen oder viele Jahrhunderte zu den obersten Zehntausend gehörten. Denen merkte man meist nicht an, dass sie reich waren, vielleicht weil sie nicht das Bedürfnis verspürten, anderen zu zeigen, wie viel Kohle sie auf der Bank hatten. Mister Neureich allerdings schien ein ziemlich frischer Selfmade-Millionär zu sein, der sein Selbstbewusstsein aus dem Neid seiner Umwelt zog.

»Hat mich eine ganze Stange Geld gekostet, das Lämpchen. Direktimport. Aus Italien.«

»Wie die Pflastersteine?«, warf ich dazwischen, »Selber Container?«

Er sah mich an, als hätte ich sie nicht alle.

»Natürlich nicht. Die Lampe kam per Spezialtransport. Zwei Mitarbeiter von Versace haben sie geliefert. Heute Morgen.«

War klar, dass der Typ null Humor hatte. Vermutlich hatte er seine Kohle damit gemacht, dass er dem Teufel sein Lachen verkauft hatte.

»Sie sind nicht aus der Stadt?«, fragte er. Aus dem Augenwinkel sah ich, dass er ohne Socken in seinen Collegeslippern stand. Seine Füße waren ebenso künstlich braun, wie der Rest seiner Haut. Vielleicht machte er sein Geld ja mit Solarien?

»Ich bin neu hergezogen. Unterstütze meinen Vater«, antwortete ich und schraubte weiter an der Lampe herum. Die Kabel hatte ich verbunden, jetzt musste ich das hässliche Teil nur noch an der Wand festmachen.

In dem Moment kam die Migräne: Die Schmerzen setzten ein und meine Sicht färbte sich sepiafarben. Um das kurz zu erklären: Die Welt, wie wir sie kennen, ist nur ein Teil des großen Ganzen. Neben ihr, im Grunde eigentlich fest mit ihr verwoben, gibt es die Zwischenwelt. Wie ein feines Pilzgeflecht durchwebt sie unsere Realität, teilt mit ihr denselben Raum. Getrennt sind Welt und Zwischenwelt durch eine Membran. Die sorgt dafür, dass sämtliche Geistwesen, die in der Zwischenwelt existieren, nicht in unsere Welt switchen können. Manchmal allerdings reißt die

Membran ein, das hat meist natürliche Gründe, und der Riss verschließt sich so schnell, wie er aufgetreten ist. Switcht in dieser Zeit allerdings ein Geistwesen in unsere Welt und begegnet einem Menschen, spricht man von einem Geisterkontakt. Schwache Geister oder auch sehr kleine Risse, bei denen kein Geist switchen kann, verursachen nur minimale Kopfschmerzen. Doch je größer der Riss ist oder je mächtiger und damit gefährlicher ein Geist ist, desto stärker ist die Migräne. Normalerweise nahm ich vorbeugend Tabletten mit dem Wirkstoff Mutterkorn, um meine Geistersichtigkeit und damit auch die Schmerzen komplett zu unterdrücken. Aber der Umzug und Nobbys Zustand hatten mich abgelenkt, die letzte Tablette hatte ich vor über einer Woche genommen. Verdammt. Ich beschloss, dem Grund meiner Migräne nachzugehen. Besser, ich wusste, mit was ich es zu tun hatte und ob es ratsam war, zu verschwinden. Ich sah mich im Schlafzimmer um. Kein Geist in Sicht, und die Schmerzen hielten sich in Grenzen. Neben mir spielte der Bauherr immer noch Mister Wichtig.

»Ich wohne auch erst seit kurzem hier. Im Hotel. Allerdings nur vier Sterne«, er lachte, »aber was will man machen. Man nimmt, was man kriegt. Mal Lust, auszugehen? Ich kenne da einen schicken Italiener in Köln. Die beste Pasta nördlich von Italien.«

Was für ein nerviger, aufgeblasener Typ! Aber ich wollte mich nicht über ihn aufregen, sondern rausfinden, ob irgendwo im Haus ein Geist geswitcht war. Ich ließ den Schraubendreher fallen und verließ das Schlafzimmer. Hinter mir zog Mister Wichtig lautstark die Luft ein.

»Nicht auf den Boden! Das ist echtes Tropenholz! Das kriegt man hier eigentlich gar nicht! Und die Lampe! Frau Krause! Nicht, dass die mir so die Wand verkratzt!«

Draußen vor dem Schlafzimmer nahmen die Schmerzen zu, allerdings waren sie immer noch gut auszuhalten. Entweder, die Membran war nur gerissen, ohne dass ein Geist in der Nähe war, oder der Geist, der hier spukte, war harmlos.

In der Küche wurde ich fündig. Über dem Herd, ein gutes Stück vor der Wand auf Brusthöhe, loderte ein etwa ein Meter langer Riss. Er sah aus wie das Auge einer Katze, die Pupille pechschwarz und spitz nach oben und unten zulaufend, umgeben von einer Iris aus dunkelroten, züngelnden Flammen. Beeindruckend, besonders, weil ich dank der Migräne alles andere drumherum in gelbbraunen Farben wahrnahm. Einen Geist sah ich nicht. Hinter mir betrat der Bauherr den Raum.

»Hier ist alles in Ordnung«, tönte er. »Bitte kümmern Sie sich um die Lampe im Schlafzimmer! Der Boden ist glücklicherweise nicht beschädigt. Aber wenn ich die Wand neu streichen lassen muss, weil die Lampe sie zerkratzt hat, dann muss ich Ihnen das in Rechnung stellen.«

Der Riss zog sich langsam wieder zusammen. Die Pupille wurde zusehends schmaler und verschwand schließlich ganz, zum Schluss züngelten nur noch die roten Flammen, bis auch sie komplett verschwunden waren. Ich atmete auf. Die Migräne war weg. Und die sepia-gefärbte Welt wurde auch wieder normal bunt.

»Kommen Sie denn jetzt bitte?« Der Bauherr klang einigermaßen genervt. »Ich bezahle ja auch ihre Arbeitszeit.«

Ich zog einen Phasenprüfer aus meinem Blaumann und steckte ihn in die Steckdose neben dem Herd.

»Muss nur was checken«, log ich. »Nicht, dass die Lampe an der falschen Phase hängt und durchbrennt.« Ich warf ihm einen verschwörerischen Blick zu.

»Designer-Lampen ... Sie wissen schon ... Da kann man nicht vorsichtig genug sein.«

Er sah mich erschrocken an.

»Ist denn alles in Ordnung?«

Ich ließ mir nicht anmerken, wie viel Spaß es mir machte, ihn dermaßen zu verschaukeln und brummte dramatisch.

»Alles Top. Versace halt«, beruhigte ich ihn und steckte den Phasenprüfer wieder ein.

Mit einem saftigen Trinkgeld von 20 DM verließ ich den Bungalow. Auf die Einladung zum Essen war Mister Wichtig glücklicherweise nicht mehr zurückgekommen.

Tote und lebendige Nazis

Zurück im Betrieb lief ich erst einmal hoch in mein Dachzimmer und suchte nach den Migränetabletten, mit denen ich meine Gabe unterdrücken konnte. Dummerweise musste ich feststellen, dass ich sie in Bielefeld liegengelassen hatte. Nicht einmal die Tabletten ohne Mutterkorn, die meine Geistersichtigkeit zwar nicht unterdrücken, wohl aber die Schmerzen drosseln konnten, hatte ich dabei! Beides waren starke Schmerzmittel, die man nur mit Rezept bekam, ich musste also sobald wie möglich einen Arzt aufsuchen und sie mir verschreiben lassen. Genervt über meine Sorglosigkeit stapfte ich hinunter zu Frauke.

»Na? Alles gut gegangen im Neubaugebiet?«, empfing sie mich. Ihr Schönheitsfleck klebte jetzt wie ein hinduistisches Bindi auf ihrem dritten Auge, mittig zwischen den Brauen.

»War easy«, antwortete ich und schnappte mir Nobbys Orga-Ordner, um das Montageprotokoll abzuheften. »Kann sein, dass der Typ noch eine Rechnung schickt, weil er eine Wand neu streichen muss.«

Frauke sah mich verständnislos an.

»Neureicher Trottel. Ich hab die Lampe montiert, und er meint, dass ich dabei die Wand zerkratzt hab.«

»Ach so«, Frauke winkte lässig ab. »Dann warte ich erstmal, ob da was kommt. Falls ja, pass ich die Rechnung einfach nach oben an.«

So viel kreativen Problemlösungsgeist hatte ich ihr gar nicht zugetraut. Ich klappte den Ordner zu.

»Wo sind denn Nobby und Peter?«

»Peter musste zum Arzt. Hat mal wieder Rücken. Nobby hat ihn hingefahren.«

Ich dachte an Peters Lada. Er hatte die alte Schüssel bei KaySer auf dem Schrottplatz erstanden und sie ganz allein fahrtüchtig gemacht. Nobby hasste den Wagen, denn durch die billige Frontscheibe hatte man eine verzerrte Sicht auf die Straße. Bemerkenswert, dass er angeboten hatte, Peter zu fahren.

»Gibt es schon einen neuen Auftrag?« Ich hoffte inständig, dass der heutige Tag nicht genauso langweilig würde wie der gestrige.

»Bisher noch nicht«, enttäuschte Frauke meine Zuversicht. »Aber du musst eh gleich erstmal zur Mieterversammlung. Nobby kommt garantiert nicht rechtzeitig zurück.«

»Eine Versammlung? Warum? Wo?« Ich hatte plötzlich das starke Gefühl, dass Nobby mir den schwarzen Peter zugeschoben hatte. Deswegen fuhr er so bereitwillig mit Peters Lada durch die Gegend! Öde Versammlungen hasste Nobby ebenso wie ich. Und wenn ich mich richtig erinnerte, konnte er seinen Vermieter und dessen Brut nicht ausstehen. Mit der Fahrt in Peters Lada hatte er eindeutig das kleine Übel gewählt.

»Ihr trefft euch nebenan, bei Costa im Büdchen. Wird nicht lang dauern. Ihr seid ja nur zu dritt.« Sie lächelte breit. »Oder besser: zu viert. Du, Costa, der Vermieter und Tim. Tim ist Costas Zivi«, erklärte sie mir, und ich ahnte sofort, dass sie bis über beide Ohren verknallt war. Manche Leute machen ein spezielles Gesicht, wenn sie vor dem

Spiegel stehen oder fotografiert werden. Frauke machte ein spezielles Gesicht, wenn sie jemandem gegenüberstand, – oder nur an jemanden dachte –, in den sie verknallt war. »Ein supersüßer Typ«, schwärmte sie und strich eine nicht vorhandene Haarsträhne aus ihrem Gesicht. Dabei verschob sie den Schönheitsfleck links neben ihre Nase. Ich zwang mich, ihr weiter in die Augen zu schauen. Anfangs hatten Nobby und Peter sie noch regelmäßig darauf hingewiesen, wenn das Ding in ihrem Gesicht herumwanderte, aber das hatte nur zur Folge gehabt, dass Frauke alle fünf Minuten zur Toilette gelaufen war, um zu checken, ob der Fleck noch perfekt saß. Ihn und seine diversen Positionen zu ignorieren, erwies sich als wesentlich schlauer.

»Tim ist so süß, wie Costa ätzend ist«, fuhr sie fort. »Der glaubt, nur, weil er im Rollstuhl sitzt, kann er den ganzen Tag motzen. Was ich auch mache, immer ist es falsch. Entweder ist er sauer, weil ich ihm nicht vernünftig helfe. Oder er beschwert sich, weil ich einfach mit anpacke und ihn nicht vorher frage, ob ich helfen darf.«

»Na ja«, warf ich ein, »einfach helfen, ohne zu fragen ist ja auch ziemlich übergriffig …«

Doch Frauke war nicht an meiner Meinung interessiert.

»Der sollte froh sein! Ohne meine Hilfe ist der doch aufgeschmissen.«

»Aber er ist ein erwachsener Mann. Er kann gut selbst einschätzen, wann er deine …«

»Ein Depp ist der«, beharrte Frauke.

Ich konnte mich gut an Costa erinnern. Ein intelligenter Typ mit spitzem Humor, der viel zu neugierig war. Letztes Jahr zu Weihnachten hatte er das Büdchen frisch übernommen. Damals hatte er allerdings noch einen Zivi namens Paul an seiner Seite gehabt. Dass Costa im Rollstuhl saß, lag daran, dass er OI hatte, was im Volksmund als Glasknochen bezeichnet wurde. Er musste vorsichtig sein, denn seine Knochen konnten bei geringen Belastungen brechen. Er war ein gewitzter Geschäftsmann und hatte das Büdchen, das jahrelang einen Besitzer nach dem anderen verschlissen hatte und nie viel Geld einbrachte, in eine Goldgrube verwandelt. Nobby mochte Costa, und soweit ich wusste, verbrachte er seine Frühstücks- und Mittagspausen meist bei ihm im Laden. Ich hätte für die Dauer meines Aufenthalts am liebsten einen Bogen um Costa gemacht, denn seit ich mangels Alternativen die Kondome für den One-Night-Stand im Büdchen gekauft hatte und Errol am nächsten Morgen ausgerechnet da seinen Kaffee trinken musste, wusste Costa natürlich Bescheid. Er hatte mich damals mit neugierigen Fragen gelöchert – die Aussicht, gleich wieder von ihm verhört zu werden, war nicht eben berauschend. Und dass Costa die Sache vergessen hatte oder diskret auf sich beruhen lassen würde, war, soweit ich ihn kannte, höchst unwahrscheinlich.

»Wann geht denn der Bumms los?«, maulte ich. Frauke werkelte am Radio herum und suchte einen anderen Sender. Erst, als Enyas Geknödel abbrach, merkte ich, wie mich der Song genervt hatte. Ich entspannte mich augenblicklich.

»In einer halben Stunde, um zwölf.« Jetzt quäkte Bonnie Tylers Stimme durch den Raum, doch Frauke drehte glücklicherweise weiter am Rad.

»Und wenn der Job im Neubaugebiet länger gedauert hätte?«

»Dann wär ich eingesprungen.« Madonnas Stimme schrillte aus dem Radio und Frauke sang sofort mit. Mir sagte der Song nichts, er klang, wie all die anderen

Madonna-Songs, die ich auch nicht ausstehen konnte. Ich ließ Frauke singen – sie sang dann doch noch überraschend schlechter als Madonna selbst – und verzog mich ins Lager. Dort packte ich mein Frühstück aus, Laugenbrezel, die ich auf dem Rückweg in der Bäckerei gekauft hatte – nicht, ohne einen schönen Gruß von der Besitzerin Frau Goldap für meinen Vater mit auf den Weg zu bekommen.

***

Pünktlich um zwölf betrat ich das Büdchen. Costa und sein Zivi waren nirgends zu sehen. Stattdessen bekam ich Migräne, und meine Sicht färbte sich in den vertrauten Sepiamodus ein. Ich warf einen Blick über den Tresen zum Regal mit den Spirituosen. Absinth wäre eine weitere Möglichkeit gewesen, die Schmerzen zumindest herunterzupegeln. Aber leider entdeckte ich nur Korn, Jägermeister, Killepitsch, Asbach Uralt und jede Menge verstaubte Weinflaschen. Ich hoffte, dass sich auch hier nur ein Riss auftun würde, der kurz darauf von selbst wieder verschwand. Leider kam es anders: Direkt neben mir schälte sich ein Geist aus dem Nichts. Ein Opa mit faltiger, gelber Haut, viel zu kleinen Ohren und einer in der Mitte gespaltenen Knollennase. Kaum hatte er mich entdeckt, wandelte sich sein Gesicht zu einer abweisenden, empörten Fratze.

»Eine N***rrrin im Deutschen Rrrreich? Unfassbarrr!«

Genau aus diesem Grund hatte ich mich vor einigen Jahren gegen das Geisterjägerbusiness entschieden: Die meisten Geister, die damals in den Achtzigern herumspukten, waren verstorbene Nazis. Oder tote Rassisten, die sich die Finger zwar nicht selbst schmutzig gemacht hatten, die aber während der Nazizeit wussten, was ablief, oder die es zumindest geahnt hatten und geschehen ließen. Viele dieser Geister steckten in der Zwischenwelt fest, die anderen suchten die Orte heim, an denen sie gestorben waren oder an denen sie gelebt hatten. Alle wollten natürlich ins Jenseits übergehen und dort ihre Freunde und Familien treffen. Nobby glaubte daran, dass jeder eine zweite Chance bekommen sollte und half, wo er konnte. Ich dagegen fand, dass diese Geister es verdient hatten, in ihrem ganz persönlichen Fegefeuer steckenzubleiben.

»Das hierrrr ist mein Haus! Was suchst du hierrrr?« Der Nazi-Opa-Geist, den ich im Gegensatz zur gelblich-bräunlich eingefärbten Umgebung normalbunt wahrnahm, trug beigefarbene Hosen, ein grünes Hemd und Hosenträger. Seine Figur war rundlich, aber ihm war noch anzusehen, dass er als junger Mann sicher sportlich gewesen war. Aus seinem rechten Ohr floss ein verräterisches Rinnsal rotgefärbter Flüssigkeit. Anscheinend war er an einem Schädelbasisbruch gestorben. Mein Mitleid hielt sich in Grenzen.

»Ich wohne hier«, antwortete ich, in der Hoffnung, dass ich ihn damit ärgern konnte. Er reagierte wie erwartet.

»In meinem Haus? Eine N***rrrin? Das warrr nicht derrr Plan!«

»Der Plan ist so ziemlich in die Hose gegangen, Opa«, sagte ich. Meine Kopfschmerzen waren nicht besonders stark, von diesem Geist ging also keine Gefahr aus. Er nervte einfach nur.

»Wieso kannst du mich überrrhaupt sehen?«, fragte er irritiert.

»Glaub mir: Ich würde es lieber nicht können.« Ich wunderte mich, dass Nobby ihn noch nicht ins Jenseits befördert hatte. Wenn er seit Costas Büdchenübernahme regelmäßig hier war, musste er dem Geist doch schon öfters begegnet sein.

»Du kannst mich sehen, also kannst du mirrr auch behilflich sein«, schlug der Nazi-Opa-Geist einen anderen Ton an. Seine Stimme klang schneidig und fordernd. »Mein Brrruderrr hat mich auf dem Gewissen. Er heirrrratete meine Frrrau …«

»Das interessiert mich nicht«, ging ich dazwischen. »Erzähl das jemandem, der dir helfen will.«

Er sah mich fassungslos an.

»Werrr bist du? Immerrr noch die Schwarrrze Schmach im Rrrheinland? Empörrrend!« Der Nazi-Opa-Geist fuchtelte mit den Armen. »Das ist mein Haus! Was machst du hierrr?«

Endlich begriff ich: Er hatte Geisterdemenz. Es lohnte nicht, mit ihm zu diskutieren. Je länger ein Geist in der Welt herumspukte, desto größer war die Gefahr, dass sein Gedächtnis versagte und er sich nichts mehr merken konnte – außer der Schuld oder dem Geheimnis, das er mit in den Tod genommen hatte.

Die Tür zum Lager schwang auf und Costa rollte herein. Er trug Knickerbockerhosen und Weste zum Hemd und auf seiner Nase thronte eine schwarze Hornbrille. Style hatte er, auch wenn das in diesem Kaff vermutlich niemand wertschätzte. Sein Rollstuhl war eine aufgepimpte Eigenkonstruktion, die mit einem elektrischen Motor fuhr. Nobby, KaySer und Peter hatten das Ding nach Costas Maßgaben gebaut. Von Nobby wusste ich, dass der Rollstuhl außergewöhnlich war, was er allerdings nicht erwähnt hatte, war, dass das Teil grandios aussah, so als wäre es einem Jules-Verne-Buch entsprungen. Hinter Costa kam ein blonder, etwa zwei Meter großer, gutgebauter Junge zum Vorschein.

Das musste Tim sein, von dem Frauke schwärmte. Neben mir klappte dem Nazi-Opa der Kiefer runter. Während er auf Costa starrte, etwas von »unwertem Leben« salbaderte und zum wiederholten Mal erzählte, dass das hier sein Haus sei, warfen Costa und Tim einander einen routinierten Blick zu. Tim ging schnurstracks hinter den Tresen, öffnete eine Schublade und zog ein rundes Döschen hervor. Er schraubte es auf und hielt es Costa hin. Der steckte einen Zeigefinger ins Döschen und rieb ihn unter seine Nasenlöcher. Tim tat dasselbe, dann schraubte er die Dose zu, legte sie zurück in die Schublade und stellte den Kassettenrecorder an. Sofort schallte Public Enemy durch den Raum, und der Nazi-Opa-Geist löste sich entsetzt auf. Ich wollte nicht glauben, was ich gesehen hatte.

»Ist das Riechpaste?«, fragte ich überrascht. Costa sah mich verständnislos an. »Mach mal leiser!«, rief ich Tim zu. Er tat mir den Gefallen und stellte die Musik aus.

»Hallo Kassy. Ja, ich freu mich auch, dich zu sehen«, überging Costa meine Frage. Tim winkte mir zu und setzte sich auf den Hocker vor dem Spielautomaten neben der Tür. Er zog einen Kaugummistreifen aus seiner Jeans und stopfte ihn sich in den Mund. Ich konnte Frauke verstehen. Dieser Junge sah selbst beim Kaugummikauen absolut phantastisch aus. Der Nazi-Opa-Geist hätte vermutlich »arrrisch« gesagt, und Leni Riefenstahl hätte entzückt ihre Kamera hervorgekramt. Aber ich hoffte, ihr Geist blieb mir heute erspart.

»Hey Costa, hallo Tim«, besann ich mich auf meine Manieren. Dabei starrte ich neugierig auf die durchsichtige Paste unter den Nasenlöchern der Jungs. »Was habt ihr euch da hingeschmiert? Riechpaste?«

Tim nickte, gleichzeitig schüttelte Costa den Kopf.

»Was? Ja oder nein?«

Costa warf Tim einen strafenden Blick zu.

»'tschuldigung, Costa. Ich dachte … weil sie doch auch Geister sehen kann …«, stotterte Tim.

Auch? Das wurde ja immer besser. Mein Vater hatte anscheinend nicht nur Peter in seine Geisterseherskills eingeweiht. Costa seufzte schwer, doch das Grinsen in seinem Gesicht bewies, dass er es kaum erwarten konnte, mich aufzuklären.

»Der alte Bernd hat uns ziemlich genervt. Wollte mich loswerden.« Er lachte und offenbarte eine Phalanx spitzer, weißer Zähne. »Mit Behinderten hat er es nicht so.«

»Bernd?« Ich ahnte, dass ich nicht den schlauesten Eindruck machte und riss mich zusammen. »Der Geist heißt Bernd?«

»Ein alter Nazi, der hier im Haus gestorben ist«, antwortete Tim.

»Er wurde ermordet. Von seinem eigenen Bruder«, ergänzte Costa. »Geister-Bernd war bei der SA, sein Bruder bei der SS. Der mörderische SS-Bruder hat dann Bernds Witwe geheiratet.«

»Oh«, murmelte ich überfordert.

»Irgendwann, als Bernd uns zu sehr genervt hat, hat Nobby uns deine Paste gegeben, damit wir es besser aushalten können, wenn er auftaucht.«

»Ihr wisst, dass *ich* die Paste entwickelt habe?« Was zum Teufel hatte Nobby den beiden eigentlich noch erzählt? Langsam glaubte ich, dass mein Vater schon vor seinem Unfall eine Wesensveränderung durchgemacht hatte. Was war bitte aus seinem Verschwiegenheitsgrundsatz geworden?

»Nobby wollte uns nur helfen. Wir mussten schwören, das alles für uns zu behalten.« Ich musste unbedingt Ordnung in dieses Informationsgewitter bekommen.

»Noch mal von vorn«, begann ich. »Könnt ihr Geister sehen?«

»Nein«, antworteten Costa und Tim gleichzeitig.

»Aber wir wissen, dass Bernd wieder da ist, wenn uns übel wird ...«, sagte Costa.

»Und schwindlig«, ergänzte Tim.

Ich schnaubte überfordert. »Warum hat Nobby diesen Geister-Bernd nicht einfach ins Jenseits befördert? Dann wärt ihr das Problem los, und er hätte euch nicht einweihen müssen.«

»Geister-Bernd ist erst erlöst, wenn sein Sohn erfährt, dass sein Vater nur der Onkel ist.«

Tim musste mir meine Verwirrung angesehen haben.

»Der Sohn von Geister-Bernd glaubt, dass dessen SS-Bruder sein Vater ist«, erklärte er mir.

»Und dieser SS-Bruder ist unser Vermieter.« Costa schob seine Brille zurecht. »Das heißt: er *war* unser Vermieter. Jetzt hockt er im Altenheim und hat seinem Sohn, äh ... Neffen Detlef das Haus überschrieben.«

Langsam verstand ich, warum mein Vater lieber die Büdchen-Jungs eingeweiht hatte, als dem Geist zu helfen. Wie oft hatte sich Nobby über den Vermieter und seinen Sohn geärgert. Wenn Nobby Geister-Bernd geholfen hätte, ins Jenseits einzugehen, hätte er ihm und seinem Sohn Detlef auch geholfen, eine Last abzuwerfen und Frieden zu finden. Das ging anscheinend selbst Nobby zu weit. Geistern gab er gern eine zweite Chance. Aber bei lebendigen Rassisten war er ebenso unbarmherzig wie ich.

»Wie oft spukt Bernd hier rum? Und taucht er nur hier bei euch im Büdchen auf?« Im Grunde kannte ich die Antwort. Ich war Geister-Bernd heute zum ersten Mal begegnet. Die Migränetabletten, mit denen ich meine Gabe unterdrückte, nahm ich aber erst seit knapp drei Jahren. Wenn der Geist auch woanders im Haus herumspukte, hätte ich ihm zumindest in den Jahren davor bei einem meiner vielen Besuche begegnen müssen.

»In letzter Zeit erscheint er zwei, dreimal im Monat. Früher ließ er sich manchmal wochenlang nicht blicken. Nobby meint, das hat mit seiner Geisterdemenz zu tun.«

»Ist Geister-Bernd eigentlich noch da?«, fragte Tim. Ich schüttelte gedankenverloren den Kopf. Erleichtert wischten die zwei die Paste unter ihren Nasen weg.

»Sagt mal«, wechselte ich das Thema, »was wisst ihr eigentlich über Nobbys Arbeitsunfall?« Da Costa und Tim eingeweiht waren, konnte ich ja jetzt Tacheles mit ihnen reden.

»Sag uns lieber, ob das zwischen dir und Errol was Ernstes geworden ist«, ignorierte Costa meine Frage. »Du weißt schon … euer Schäferstündchen.« Tim sah mich neugierig an. Mir stieg das Blut ins Gesicht.

»Ich wüsste nicht, was euch das angeht«, fauchte ich.

»Immerhin habe ich den Amor gespielt«, grinste Costa unbekümmert. »Da ist es doch nur natürlich, dass ich erfahre, ob meine Bemühungen von Erfolg gekrönt sind.«

»Du brauchst gar nicht so gestelzt zu reden. Das zwischen Errol und mir geht nur uns etwas an«, versetzte ich mürrisch. »Antworte lieber auf meine Frage. Ich mach mir wirklich Sorgen um meinen Vater.«

»Keine Ahnung, was da passiert ist. Oder wo er war«, sagte Costa, jetzt wieder völlig ernst. Ich sah zu Tim, doch der wusste anscheinend noch weniger Bescheid und gähnte nur.

»Vermutlich ist sein Tracker angesprungen«, spekulierte Costa.

»Sein Tracker?«

»Nobbys neueste Erfindung. Der registriert diese Komponistenfrequenz. Oder besser, deren Veränderung.«

Ich verstand kein Wort.

»Costa meint die Schumannfrequenz«, warf Tim ein.

»Ja, stimmt. So hieß die.« Costa nahm seine Brille ab und putzte sie. Ohne das schwarze Gestell, das seine Augen stark verkleinerte, wirkte er wie ein anderer Mensch. »Die Membran, die die Welten trennt ... wenn die kurz davor ist, einzureißen, dann stört das in der näheren Umgebung diese ... Schumannfrequenz. Nobbys Tracker misst diese Veränderungen und prognostiziert, wo, wann und für wie lange sich ein Riss auftut. Die größeren Risse, und die, die wahrscheinlich künstlich erzeugt wurden, meldet er.«

Ich war überrascht. Warum hatte mir Nobby nichts davon erzählt? Ich jagte zwar keine Geister mehr, nicht einmal mit ihm zusammen. Aber für die Technik, die dahintersteckte, interessierte ich mich brennend. Ich hatte in den letzten Jahren nicht nur die Riechpaste entwickelt, sondern auch einige Geräte zur Geisterabwehr für ihn konstruiert. Zum Beispiel die Mäklait, eine Taschenlampe, die ich so umgebaut hatte, dass sie ultraviolettes Licht ausstrahlte, das einer natürlich gerissenen Membran dabei half, schneller wieder zusammenzuwachsen. Besonders stolz war ich auf die Polaroid: Durch das Suchfeld konnte man Geister sehen, die sich direkt hinter der Membran befanden. Die verschiedenen Wesenheiten erschienen dabei in verschiedenen Farben – und die wiederum verrieten, ob sie gefährlich oder eher harmlos waren. Plötzlich fühlte es sich falsch an, dass ich mich seit Jahren nicht mehr für Nobbys Geisterjägerei interessiert hatte.

»Auf welche Entfernung registriert der Tracker so einen Riss?«, fragte ich Costa.

»Er scannt im Umkreis von 50 Kilometern und macht Alarm, sobald die flammende Iris erscheint. Dann dauert es im Schnitt eine Stunde, bevor sich die Pupille öffnet. Je nach Größe und Ursprung des Risses kann das aber auch deutlich kürzer oder länger sein. Aber das weißt du ja. Einen eventuellen Geisterswitch meldet das Gerät nochmal extra.«

»Wie groß ist der Tracker?«, fragte ich ehrlich beeindruckt. »Ist er mobil?«

»Leider nicht. Das Ding ist ziemlich unförmig.« Costa deutete auf eine Stelle hinter dem Tresen. »Ich habe ihn die meiste Zeit hier. Sobald er Alarm schlägt, informiert Tim deinen Vater.«

Ich ging um den Tresen herum und sah mir das Gerät an. Ein wuchtiger Kasten mit kleinen Monitoren, Antennen, Platinen, diversen Kabeln und einem angeschlossenen Messschreiber. Mein Vater war einfach genial!

»Wo wir eh dabei sind, alle Karten auf den Tisch zu legen«, Costa setzte seine Brille wieder auf, »ich habe Nobbys Geistersekretariat übernommen und das Ganze professioneller aufgezogen. Tim hat überall Flyer verteilt, ich hab Kontakte zu Politikern, Halbwelt und Kirche hergestellt. Leute, bei denen es spukt und die das Problem diskret aus der Welt schaffen wollen, rufen hier im Büdchen an. Nobby fährt dann raus und kümmert sich drum. Die Bezahlung erfolgt bar auf die Kralle. Das Business boomt, aber seit Nobbys Unfall muss ich die Anfragen an Klaas weiterleiten, einen Geisterjäger in Holland. Der hilft gern aus, kann aber nicht ewig für zwei arbeiten. Wäre schön, wenn du für deinen Dad einspringen könntest.«

Bevor ich dankend ablehnen konnte, bimmelte das Türglöckchen, und ein Mittvierziger im Anzug kam herein. Das musste Detlef, der Sohn von Geister-Bernd sein. Detlef war ihm wie aus dem Gesicht geschnitten. Wie der demente Nazi-Opa-Geist hatte er kleine, unattraktive Ohren, eine Knollennase – allerdings ohne Kerbe darauf – und eine Attitüde, die sofort deutlich machte, dass er sowohl mit Costa als auch mit mir ein Problem hatte.

»Ich wurde in der Kanzlei aufgehalten, lassen sie uns direkt loslegen«, sparte er sich sowohl die Begrüßung als auch eine Entschuldigung für seine Verspätung. »Wo ist denn Herr Krause?« Er sah verärgert auf seine Uhr. »Zeit ist Geld, das sollte er als Handwerker doch wohl wissen.«

»Mein Vater lässt sich entschuldigen. Ich vertrete ihn.« Ich hielt ihm das Formular hin, das Frauke mir in die Hand gedrückt hatte. Darauf stand, dass ich in Nobbys Sinne bei der Mieterversammlung mitstimmen durfte. »Mein Name ist Kassandra Krause.«

»Ritter. Detlef Ritter. Lassen Sie stecken. Mitzuentscheiden gibt es eh nichts«, antwortete er. »Ihr Vater hat gar nicht erwähnt, dass Sie …« Den Rest des Satzes ließ er in der Luft hängen, während er mich von unten bis oben musterte. Dann zog er einen handtellergroßen Block aus der Brusttasche seines Anzugs und schlug ihn auf.

»Gibt es eine Tagesordnung?« Costa hatte jetzt ebenfalls Stift und Schreibblock in der Hand. Der Vermieter legte irritiert die Stirn in Falten und starrte auf ihn herab.

»Ich wüsste nicht, warum. Ich bin nur hier, um mich über den Zustand meiner Immobilie zu erkundigen.

Drüben im Betrieb und oben im Haus war ich eben schon. Fräulein Frauke war so nett und hat mich herumgeführt.« Er warf mir einen kurzen Blick zu und bohrte seine kalten Augen dann wieder in Costa. »Jetzt möchte ich das Lager und den Kiosk inspizieren.«

Mich schauderte es bei dem Gedanken, dass Detlef in meinem Dachzimmer herumgestöbert hatte. Während ich versuchte, meine Gesichtszüge im Zaum zu halten, war Costa die Freundlichkeit in Person.

»Aber natürlich, Herr Ritter.« Er sah zu Tim, der immer noch kaugummikauend vor dem Spielautomaten saß. »Tim, würdest du den Herren bitte rumführen?«

»Klar, Chef.« Tim sprang auf und ging zu Detlef. »Fangen wir hinten bei den Zeitschriften an.« Während Tim den Vermieter durch den Verkaufsraum führte, rückte ich näher zu Costa an den Tresen. Inzwischen feierte ich Nobby innerlich dafür, dass er dem ollen Bernd nicht ins Jenseits verhalf.

»Was für ein Arschloch«, flüsterte ich. »Im Vergleich zu Detlef ist Geister-Bernd ja ein Ausbund an Nettigkeit.«

»Steinreicher Unternehmer und Diskothekenbesitzer mit Kontakten in die Rockerszene«, wisperte Costa. »Man munkelt, dass er seine eigene Immobilie abgefackelt hat, um an die Asche von der Versicherung zu kommen. Will in die große Politik.« Costa ließ seinen Blick schweifen. Als Tim und der Vermieter durch die Tür neben dem Tresen im Lager verschwanden, knüpfte er nahtlos da an, wo wir vorhin unterbrochen wurden.

»Kannst du dir vorstellen, Nobby bei der Geisterjagd zu vertreten? Solange, bis er wieder auf dem Damm ist?«

»Ich konstruiere dir liebend gern neue Geräte«, wehrte ich ab. »Aber auf die Jagd nach Nazi-Geistern soll lieber dieser Holländer gehen.«

Das Pokerlächeln verschwand aus Costas Gesicht.

»Im Ernst, Krause. Da draußen braut sich was zusammen. Im Umkreis von fünfzehn Kilometern reißt inzwischen fast täglich irgendwo die Membran auf. Und wenn man dem Tracker glauben kann, hat inzwischen über die Hälfte der Risse keinen natürlichen Ursprung mehr. Wir glauben, dass da Geisterschleuser am Werk sind. Die lotsen im großen Stil Wesen aus der Zwischenwelt.«

»Zu welchem Zweck?«

»Keine Ahnung. Fest steht nur: wenn sich die Risse weiter häufen und noch mehr Geister switchen, bricht bald Chaos aus. Denn wenn erstmal im Bewusstsein der Öffentlichkeit ankommt, dass es Geister tatsächlich gibt … und dass sie unter uns herumspuken, dann drehen die Leute durch. Wir müssen rausfinden, warum die Membran ständig reißt! Nobby glaubt, dass ein technisches Gerät dafür verantwortlich ist, das ein ganz bestimmtes Set von Frequenzen erzeugt.«

»Gut möglich, die Membran mit speziellen Frequenzen zu verletzen«, sagte ich. »Aber warum sollte jemand viele Geister in die Welt holen wollen? Und dann auch noch jeden Tag an einer anderen Stelle? Warum erschafft man keinen stabileren Riss, durch den gleich ein paar Hundert oder Tausend auf einmal switchen können?«

Costa sah mich ratlos an. Schräg hinter ihm kehrten der Vermieter und ein ziemlich genervt aussehender Tim aus dem Lager zurück. So auffällig, wie Detlef den Zivi anschmachtete, war ihm offenbar nicht entgangen, dass Tim in jeder Hinsicht eine Zehn mit Sternchen war. Tim schien Detlef allerdings ebenso widerlich zu finden wie ich. Und etwas an der Art seiner Ablehnung machte mir klar, dass Tim auf Männer stand. Und er hatte Übung darin, unerwünschte Verehrer wortlos abblitzen zu lassen.

»Überleg es dir nochmal, Krause. Wir könnten deine Hilfe wirklich dringend gebrauchen«, drängte Costa. Ich zögerte. Die unnatürlichen Risse in der Membran waren in der Tat besorgniserregend. Und ich wollte Nobby nicht hängen lassen. Andererseits war ich aus der Übung, ich hatte jahrelang keine Geister mehr gejagt. Sollte ich jetzt wieder damit anfangen, auf mich allein gestellt, ohne Nobby, der mir im Ernstfall zur Seite stand? Was, wenn ich an einen gefährlichen Geist geriet?

»Ich weiß nicht«, brummte ich unsicher. »Vielleicht im allerschlimmsten Notfall. Wenn dieser Holländer nicht einspringen kann.«

Costa nickte und schob seine Brille zurecht. Dann manövrierte er seinen Rollstuhl so, dass er den Vermieter gut im Blick hatte. Keine Sekunde zu früh, denn Detlef legte sofort los.

»Das Lager ist viel zu voll«, schnauzte er und starrte auf seinen Notizblock. »Das Altpapier und die Getränkekisten müssen da raus. Und dieser Spielautomat«, er deutete mit dem Kopf zur Seite, wo Tim sich schon wieder hingesetzt hatte, »kann auch nicht hier stehen bleiben. Entweder Sie entrümpeln endlich und schmeißen das Monstrum weg, oder Sie suchen sich einen neuen Laden. Ich habe genug Interessenten, die lieber heute als morgen hier rein wollen.«

Costa setzte sein Haifisch-Lächeln auf und schob seine Brille zurecht.

»Mein Mietvertrag gilt noch für die nächsten zehn Jahre, Herr Ritter. Den habe ich mit Ihrem Vater abgeschlossen.

Zum Lager: Was und wie viel ich da lagere, ist meine Sache. Und der Spielautomat bleibt auch, wo er ist.«

»Kleiner Mann«, knurrte der Vermieter, »Sie haben den Vertrag nur bekommen, weil mein Vater unpässlich war. Normalerweise hätte er sich persönlich davon überzeugt, ob Sie als Mieter überhaupt in Frage kommen. Jetzt bin ich hier am Zug. Und ich verspreche Ihnen, dass Sie schneller auf der Straße sitzen, als Sie …«

»So eine Drohung, vor Zeugen … das ist ziemlich unklug«, ging ich dazwischen. Detlef wandte sich von Costa ab und fokussierte mich. Seine Augen waren zu engen Schlitzen verzogen, und seine Kiefer malmten aufeinander. Ich schätzte, dass ich es mit knapp neunzig Kilo gerade noch gezügelter Wut zu tun hatte. Ich ballte die Fäuste, für den Fall, dass Detlef seine pomadige Contenance verlor und beobachtete aus dem Augenwinkel, dass auch Tim in Stellung ging. Doch Detlef beruhigte sich, und anstatt handgreiflich zu werden, steckte er mit großer Geste den Notizblock weg.

»Sie sollten froh sein, dass Sie in Deutschland leben dürfen«, sagte er. Seine Stimme klang wie Samt und in seinen Mundwinkeln hockte ein falsches Lächeln. »Mischen Sie sich nicht in unsere Angelegenheiten ein.«

»Das ist mein Land, genauso, wie es Ihres ist«, konterte ich. »Ihre rassistischen Sprüche können Sie sich sonstwo hinstecken, die treffen mich nicht.« Das war zwar eine Lüge, aber er musste ja nicht wissen, wie sehr mich Rassismus traf.

»Hör mir mal gut zu!« Nun verlor er langsam doch die Beherrschung. »Dass dein Vater hier wohnt, kann ich nicht ändern. Aber dass du dich unterm Dach einnistest, das kannst du vergessen. Kannst dir schon mal eine neue Bleibe suchen!«

»Sorry, aber das muss ich nicht. Mein Vater ist regulärer Mieter, ich bin bei ihm zu Gast. Dagegen gibt es kein Gesetz. Und jetzt entschuldigen Sie mich bitte. Ich muss arbeiten.«

Costa und ich nickten uns stumm zu und ich verließ das Büdchen mit erhobenem Kopf. Auf dem Weg nach draußen klopfte mir Tim anerkennend auf die Schulter. Außer Sichtweite, auf dem Parkplatz, atmete ich erstmal durch. Mein Herz polterte, und mein Magen krampfte zusammen. Das alles hier machte mich krank. Die Kleingeistigkeit der Menschen, der Rassismus, der demente Nazi-Geist … Nobby musste bald wieder der Alte werden, damit ich so schnell wie möglich aus diesem Kaff verschwinden konnte.

Damals dachte ich noch, dass es nur um meinen Vater ging. Von der Katastrophe, die uns alle bedrohte, ahnte ich noch nichts …

NOBBYS GEISTERORDNER

ALS ich die Tür zum Betrieb öffnete, telefonierte Frauke mit einem Kunden. Über dem anderen Ohr trug sie den Kopfhörer ihres Walkmans und hörte die Eurythmics. Trotz des schlechten, scheppernden Sounds hörte ich Annie Lennox *»we too, are one«* singen. Ich fragte mich, wie viel von der Musik der Kunde am anderen Ende mitbekam. Vielleicht war ja die übertriebene Lautstärke der Grund dafür, dass Frauke offensichtlich Probleme hatte, seine Terminwünsche zu verstehen. Vor dem Tresen lehnte Peter mit einer unangezündeten Zigarette im Mundwinkel. Er hatte einen Zettel in der Hand, trug einen verwaschenen Blaumann, der seinen kugelrunden Bauch spektakulär in Szene setzte und sah ungeduldig auf seine Armbanduhr, ein viel zu dünnes Teil, das vom Dickicht der Haare auf seinem Unterarm überwuchert war. Ich stellte mich neben Peter und lächelte Frauke freundlich zu. Ihr Schönheitsfleck saß wieder da, wo er hingehörte. Sie hielt die Telefonmuschel zu und beugte sich zu mir über den Tresen.

»Ich bin gleich bei dir, Krause.«

»He! Davor bin erstmal ich dran«, mopperte Peter. »Oder gib mir doch einfach den Autoschlüss…« Er brach ab. Frauke, die konzentriert in den Hörer lauschte, hielt ihm eine erhobene Faust mit ausgestreckten Fingern entgegen, Zeigefinger und kleiner Finger nach oben abgespreizt und den Daumen fest auf die Fingerkuppen von Mittel- und

Ringfinger gepresst: den sogenannten »Schweigefuchs«. Die Geste war eindeutig: Sie konnte keine Störungen gebrauchen.

»Wer zum Teufel hat sich bitte den Walkman ausgedacht!«, schnaubte Peter. »Das ist doch eine totale Fehlkonstruktion! Mit so nem Ding auf den Ohren ist keiner mehr ansprechbar. Und das Gedudel hört man trotzdem noch.«

»Aber doch sehr viel leiser«, grinste ich. »Und auch sehr viel weniger gut, das musst du zugeben.«

Jetzt musste auch Peter lachen.

»Unser Fräulein Frauke ist schon ein Kaliber für sich«, stöhnte er. Dann klopfte er entschlossen auf den Tresen. »Ich hol mir den Schlüssel einfach selbst. Bin ja schon groß.« Er warf mir einen verschwörerischen Blick zu, ging um den Tresen herum, schob die überraschte Frauke zur Seite und fischte den Schlüsselbund aus einem Kästchen neben dem Telefon. Frauke starrte ihn irritiert an. Zuerst sah es aus, als ob sie Peter eine Szene machen wollte, doch dann überlegte sie es sich anders. Sie fischte einen zweiten Schlüssel aus ihrer Hosentasche und drückte ihn in seine Hand.

»Auf dem Rücksitz liegt eine Einkaufstüte«, flüsterte sie, wieder mit der Hand über der Sprechmuschel. »Stellst du die bitte in meiner Wohnung ab? Einfach in den Flur, das wär lieb. Die Adresse kennst du ja.«

Peter stöhnte ergeben.

»Bin dann mal beim Kunden, die neuen Sicherungen ausliefern«, brummte er mir zu. Er nahm die Kiste, die auf dem Sideboard an der gegenüberliegenden Wand stand und verließ den Laden Richtung Parkplatz. Draußen blieb er allerdings erstmal stehen, stellte die Kiste ab und entzündete die Kippe in seinem Mundwinkel. Drinnen am Tresen hatte Frauke endlich einen passenden Termin gefunden.

»Alles klar, Herr Heusermann. Übernächste Woche Mittwoch, elf Uhr. Ist notiert.« Sie legte auf und stieß erleichtert die Luft aus. »Was für ein ätzender Typ! Aber zu dir. Was kann ich für dich tun?«

»Ich hab eben mit Costa und Tim über Nobbys Unfall gesprochen.«

»Ist der nicht süß?«, grätschte Frauke verliebt dazwischen. »Tim, meine ich. Und er sieht nicht nur gut aus. Er hat eine Lehre zum Fernmeldehandwerker gemacht und will studieren, wenn sein Zivildienst rum ist.«

»Ein Sahneschnittchen«, stimmte ich ihr zu.

»Leider ist er viel zu schüchtern«, stöhnte sie. »Ich glaube, er hatte noch nie 'ne Freundin.«

Und *ich* glaubte, dass daraus in diesem Leben auch nichts mehr werden würde. Die Blicke, die Tim und Detlef einander zugeworfen hatten, – auch wenn Tims Blicke vernichtend gewesen waren –, hatten für mein Gefühl eine eindeutige Sprache gesprochen. Aber das sagte ich natürlich nicht. Denn vielleicht liebte Tim ja Männer *und* Frauen.

»Nochmal wegen Nobby«, lenkte ich unser Gespräch zurück auf das eigentliche Thema. »KaySer sagt, der Unfall ist an Nobbys Geburtstag passiert. Kannst du dich da noch an irgendwas anderes erinnern? Denk nach. Jedes Detail ist wichtig.«

Frauke legte ihre Stirn in Falten. Sie nahm sogar die Kopfhörer ab und stellte den Walkman aus. »Das war der Tag, an dem auch Arnulf gekündigt hat. Warte mal.« Sie ging zum Regal, das hinter ihr an der Wand befestigt war.

Es bestand aus zusammengenagelten, schwarz angemalten Obstkisten und war mit Ordnern, losen Papieren und Büromaterial vollgestopft.

»Wenn, dann steht es hier drinnen.« Frauke zog einen Ordner heraus und legte ihn zwischen uns auf den Tresen, so, dass wir beide halbwegs gut reinsehen konnten. Auf dem Deckel stand »Ausbildungsprotokolle Frauke Henkel, 2. Lehrjahr«. Sie klappte den Ordner auf und blätterte zurück auf das entsprechende Datum. »Hier. Guck.«

Ich versuchte, ihre Schrift zu entziffern. Stand da irgendwas von Inventur? Sie fuhr mit dem Finger über die Seite und tippte auf eine Stelle weiter unten.

»Wusste ich es doch. Ich war an dem Tag in der Berufsschule. Und Nobby und Arnulf haben klar Schiff im Lager gemacht.« Sie blätterte um. »Am nächsten Morgen lag Arnulfs Kündigung auf dem Tresen.«

»Hast du ihn seitdem nochmal gesprochen? Hat er gesagt, warum er hingeschmissen hat?«

»Das ist ja das Merkwürdige.« Frauke klappte den Ordner zu und stellte ihn zurück ins Regal. »Er ist nie wieder aufgetaucht. Hat nicht mal angerufen. Dabei waren wir eigentlich ganz gut befreundet.«

Jetzt war ich mir sicher: Arnulf hatte einen Geisterkontakt gehabt, den er nicht so leicht wegstecken konnte. Aber warum hatte Nobby ihn mitgenommen? Warum hatte er nicht auf KaySers Rückruf gewartet? Oder den Riss einfach ignoriert?

Nicht überall im Bundesgebiet gab es Geisterjäger. In vielen Gegenden riss die Membran auf, ohne dass gleich jemand zur Stelle war, der mögliche Geisterswitche verhinderte oder gefährliche Geister vernichtete. Trotzdem blieben die Menschen dort weitestgehend unbehelligt von

Geistern, Dämonen und anderen Wesenheiten. Das beste Beispiel dafür war Bielefeld.

Ein Jahr lang hatte ich mich dort als einzige Geisterjägerin herumgetrieben. Doch davon abgesehen, dass diese heimliche Nebentätigkeit ständig mit meinem Elektrikerjob kollidierte und mir regelmäßig dazwischenfunkte, wenn ich meine Freunde treffen wollte, änderte sich in Geisterdingen nichts Wesentliches.

Irgendwann begriff ich es dann: Es spielte keine Rolle, was ich tat. Ich half zwar vielen Seelen ins Jenseits und vernichtete einige unbequeme Wesen, aber für jeden Geist, den ich quitt wurde, strömten weitere in die Welt. Also hängte ich den Geisterjägerjob an den Nagel und kümmerte mich nur noch um mich selbst. Und die Welt drehte sich einfach weiter. Nichts wurde schlimmer, kein Chaos brach aus.

»Krause?« Frauke sah mich an. Sie hatte schon wieder den Walkman-Kopfhörer über dem Ohr und legte den Telefonhörer zurück auf die Gabel. »Das war Nobby. Er ist in der Bäckerei Goldap und wartet da auf Peter. Wenn du ihn brauchst, sollst du da anrufen. Ich mach Schluss für heute, okay?«

»Ja, klar. Danke, Frauke.«

Das war *die* Gelegenheit. Nobby war nicht im Haus, also konnte ich endlich herausfinden, wo er seine Waffen lagerte.

***

Das Lager war ein flacher Anbau hinter dem eigentlichen Haus. Im rechteckigen Raum war es selbst im Hochsommer bei strahlendem Sonnenschein düster wie in einer Familiengruft. Nur leider nicht so kühl. Die dünnen, schlecht verputzten Backsteinwände heizten sich im Sommer ebenso schnell auf, wie sie im Winter die Kälte hereinließen. Bis auf das milchige, vermutlich noch nie geputzte Kuppelfenster auf dem wildpflanzenbewachsenen Flachdach gab es im Lager keine Fenster, nur einige vereinzelte Glasbausteine auf etwa zwei Metern Höhe, die ein kreativer Maurer ringsherum in die Wand gemauert hatte. Doch die waren ebenso vom Knaas der Jahre bedeckt wie das Kuppelfenster und spendeten mehr Dunkelheit als Licht. An allen vier Wänden des Lagers, die Nobby und ich vor vielen Jahren bei einer seiner Vater-Tochter-Bonding-Aktionen knallgrün gestrichen hatten, standen tiefe, schwarz lackierte Metallregale voller Werkzeuge und Kisten, Kästen und Kartons mit Schrauben, Nägeln, Dübeln, elektronischen Bauteilen, Platinen, Kabeln und sonstigem Zeug. Neben der Tür hatte Nobby einen Bereich des Regals zu einer Teeküche umfunktioniert, davor lehnten drei Klappstühle samt Klapptisch. In der Mitte des Raumes stand eine geräumige Werkbank, darauf ein Lötkolben samt Lötzinn, Werkzeug, eine Platine und eine Schale mit Transistoren, Widerständen, Kondensatoren und verschiedenen integrierten Bauteilen. Daneben lag ein Zeichenblock für technische Zeichner. Mit dem Schaltplan, den Nobby darauf skizziert hatte, konnte ich nichts anfangen. Ich setzte mich auf den Drehhocker, ein altes, schweres Möbel aus Metall und Holz, drehte mich mit Schwung mehrmals um meine eigene Achse und ließ den Blick schweifen. Wo bewahrte Nobby seine Geisterjägerwaffen auf? Warum hatte er sie überhaupt weggeräumt? In meiner Kindheit hatte er seine Waffen in einem Spind gelagert, hinten im Raum, neben dem Spind mit den Arbeitsklamotten. Doch inzwischen gab es im Lager nur noch Regale. Die Klamotten hingen an Haken, die an den Regalen befestigt waren, Waffen und andere Geräte konnte ich nirgends entdecken.

Ich stand auf und drehte an dem uralten Bakelit-Lichtschalter, der neben der Kaffeemaschine an der Wand montiert war. Eine Neonröhre sprang laut knisternd an und grelles, kaltes Licht erhellte den Raum. Jetzt fiel mir eine unförmige schwarze Tasche auf, die ganz unten im Regal hinter den Klappstühlen versteckt lag. Ich schob Stühle und Klapptisch zur Seite und zog die Tasche hervor. Darin befand sich Nobbys ganzer Stolz: der BRAUN-1000. Ein Staubsauger aus den Siebzigerjahren, den er in Spanien gekauft und zu einem Geistervernichter umgebaut hatte. Die Konstruktion hatte es in sich: Sobald die Saugdüse eine Wesenheit erfasste, sog sie sie ein und löste sie in ihre atomaren Bestandteile auf. Die Bezeichnung »Vernichter« war allerdings etwas hochgegriffen, denn es konnte passieren, dass die Atome wieder zueinanderfanden und der Geist sozusagen wiederauferstand. Deshalb war Nobby irgendwann dazu übergegangen, den gefüllten Staubsaugerbeutel nicht einfach auszuleeren, sondern ihn durch einen Riss in die Zwischenwelt zu werfen. Das war zwar nicht billig, denn das Material für die Beutel kostete einiges, aber es garantierte, dass Nobby denselben Geist nicht mehrmals jagen musste.

Ich sah mir nochmal den Schaltplan an, den Nobby skizziert hatte. Endlich erkannte ich, was er da im Sinn hatte: Er versuchte, den BRAUN-1000 soweit zu optimieren, dass Geister bis auf ihre subatomaren Bestandteile zerfetzt wurden und somit ausgeschlossen war, dass sie sich wieder zusammensetzten. Ich packte den Staubsauger zurück in die Tasche und ließ meinen Blick weiter wandern.

Fehlanzeige. All die anderen Geräte zur Geisterjagt befanden sich definitiv nicht im Lager.

Es klopfte. Die Tür öffnete sich langsam, als zöge er einen dramatischen Vorhang für sich auf.

Errol.

Mir schossen tausend Dinge gleichzeitig durch den Kopf. Warum schneite er einfach so herein? Wie sollte ich mich verhalten? Sollte ich den One-Night-Stand ansprechen? Darauf hoffen, dass er das Thema skippte? Was wollte ich überhaupt von Errol? Ich war ja nicht verliebt. Oder doch? Er passte null zu mir! Wir waren komplett verschieden. Er studierte Germanistik und Philosophie. Boxte Thai und hatte keinen Schimmer von Technik. Nicht mal Interesse! Ich hatte einen Realschulabschluss. Und dann eine Lehre beim Scholz gemacht. Ambitionen, selbst Meisterin zu werden: Fehlanzeige. Und sportlich war ich auch nicht. Wenn wir diskutierten, staunten wir regelmäßig über die verschiedenen Realitäten, in denen wir lebten. Errol auf der Karriereleiter, sowohl die Medien als auch die Politik standen ihm offen. Auch wenn er es mit seinem türkischen Nachnamen deutlich schwerer hatte, würde er Karriere machen und mal Einfluss haben, das war mir damals schon klar. Und dagegen ich: Als Schwarze Frau stand ich per se auf der untersten Stufe aller Leitern in diesem Land. Meine Hautfarbe verfrachtete mich auf den ersten Anblick in die unterste Schublade, meine körperlichen Geschlechtsteile wiesen mir dazu die Buchstabenfolge xyz zu. Mit anderen Worten: Bevor ich das bekam, was »jedem« zustand, waren erstmal alle anderen an der Reihe. Doch auch wenn Errol mir gegenüber das Privileg hatte, ein Mann zu sein: Für die Milchschnittengesichter da draußen gehörten wir beide nicht richtig dazu. Das schweißte uns natürlich zusammen. Unsere Strategien, mit unseren Benachteiligungen klar zu kommen, waren allerdings vollkommen unterschiedlich. Errol hängte sich voll rein, er wollte allen beweisen, was in ihm steckte. Ich hatte für mich beschlossen, dass die anderen mir egal waren. Damit fuhr ich die meiste Zeit ganz gut. Doch immer, wenn ich Errol begegnete und wir ins Reden kamen, kamen mir Zweifel. Vielleicht wäre es ja doch besser, deutlicher Stellung zu beziehen? Mich gegen diese Ungerechtigkeit zur Wehr zu setzen? Meinen Platz einzufordern, und etwas aus mir zu machen, auf das ich stolz sein konnte – egal, wie viele Steine man mir in den Weg warf?

Errol enterte geradezu den Raum. Er trug Jeans, Stahlkappenboots und ein weißes T-Shirt. In der Hand hielt er eine verspiegelte Sonnenbrille und eine rostrote Bomberjacke. Wie so oft bewunderte ich seinen schönen Body. Manchmal stellte ich mir vor, ein Mann zu sein, ein Mann mit einem Körper genau wie Errol. Er war nur wenige Zentimeter kleiner als ich, schlank und muskulös, hatte aber keine peinlichen Muckibudenmuskeln. Seine Haut war auch im Winter gebräunt, jetzt im Sommer sogar richtig dunkel. Die Augen waren fast schwarz, ebenso seine Haare, die an den Seiten kurzrasiert waren und ihm in einer rabenfederglänzenden Tolle in die Stirn fielen. Dass ich jetzt auch noch wusste, dass er im Bett ein zärtlicher Stürmer war, machte es nicht einfacher, mich nicht wie ein verknallter Teenager zu benehmen. Ich schüttelte mich und griff nach dem nächstbesten Gegenstand auf der Werkbank. Ein abgenudelter Schraubendreher. War das ein Zeichen? Und wenn ja: wofür?

»Willst du mich erstechen?« Errol nahm mich in den Arm, und wir küssten uns auf den Mund. Ein harmloser

Kuss, weit entfernt von Uhura und Kirk in *Star Trek – Raumschiff Enterprise*, näher dran am Bruderkuss zwischen Honecker und Breschnew. Ich legte den Schraubendreher weg und lehnte mich an die Werkbank.

»Was treibt dich ins Dorf zurück?«

»KaySer hat gepetzt. Sie meinte, du bist erstmal 'ne Weile hier?«

»Mal sehen.« Ich grinste, aber an der Art, wie sich meine Wangen anfühlten, wusste ich, dass es nicht besonders echt rüberkam. Errol ließ sich vor mir auf den Drehstuhl fallen. Sein Kopf befand sich jetzt auf Höhe meines Busens und ich stellte mir vor, wie ich in seinen Haaren strubbelte, ihn an mich zog und dann langsam die Träger meiner Latzhose abstreifte und mein T-Shirt lupfte.

»Wie gehts deinem Vater?«, löschte er unwissentlich mein Kopfkino ab. Er zog den Stuhl etwas zur Seite und stieß sich mit den Füßen ab. Er rotierte ziemlich schnell, zog die Beine an und umfasste mit den Händen die Sitzfläche. Früher hatten wir richtige Wettbewerbe veranstaltet, wer in einer Minute mehr Umdrehungen schaffte. Errol hatte immer gewonnen.

»Ich war vor knapp zwei Wochen schon mal hier«, erzählte er. »Hab Nobby getroffen, als ich mit meinen Eltern unterwegs war. Das war kurz nach dem Unfall. Er war ganz schön …« Errol suchte nach Worten, »… er war ziemlich neben der Spur. Hat was von Geistern und Dämonen erzählt. Und dass die Welt sich bald in die Hölle verwandeln wird.«

Ich schob das Werkzeug auf der Werkbank zur Seite und setzte mich. »Der fängt sich schon wieder. Und bis dahin springe ich für ihn ein.«

»Und wenn das Monate dauert?«

Bitte, bitte nicht, dachte ich, sagte aber: »Egal, hab eh gekündigt in Bielefeld.« Errol schien zu überlegen. Der Drehstuhl war ziemlich weit hochgedreht. Er stand auf und drehte ihn wieder herab.

»Krause, es geht mich nichts an«, sagte er, »aber hast du schon mal drüber nachgedacht, deinen Vater in eine Klinik zu schicken? Vielleicht ist er ja schizophren oder so?«

»Nobby ist in Ordnung«, blockte ich ab. »Der kommt schon wieder auf die Beine.«

»Was, wenn nicht? Wenn er jetzt ständig Geister und Apokalypsen sieht?«

»Ja, was dann? Vielleicht sieht er ja als einziger klar. Wer sagt dir denn, dass es keine Geister gibt?«

»Der gesunde Menschenverstand?«

Ich rollte mit den Augen. Wieder so ein Beweis, dass wir zwei absolut nicht kompatibel waren. Ich beschloss, seine Spitze zu ignorieren, denn ich hatte keine Lust auf eine weitere Grundsatzdiskussion über übernatürliche Phänomene. »Weißt du, wie Nobbys Unfall passiert ist? Hat er dir oder deinen Eltern irgendwas erzählt?«, fragte ich stattdessen. Errol hatte den Drehstuhl bis zum Anschlag runtergedreht und setzte sich wieder.

»Ich weiß nur von einem schweren Stromschlag. Und dass er Glück hatte, dass er überlebt hat.« Er zögerte. »Nur mal angenommen, es gäbe tatsächlich Geister und Dämonen ...«

Ich sah ihn überrascht an. »Was ist denn mit dir los?«, grinste ich. »Verwandelst du dich doch in einen Esoteriker?«

»Vergiss es.« Errol nahm Schwung und begann wieder, sich zu drehen. Seine Augen waren geschlossen. Sonnenbrille und Bomberjacke hatte er auf den Boden fallen

lassen. »Mich interessiert nur, was der Unterschied ist.«
Er stieß sich nochmal mit dem Fuß ab und kreiste jetzt in
einem Affentempo um die eigene Achse. »Zwischen Geistern und Dämonen, mein ich.«

Ich gab mir einen Ruck. Normalerweise diskutierte ich
nicht gern über solche Themen mit ihm. Errol war zwar
religiös, aber nicht gläubig. Was so viel bedeutete, dass er
zwar getauft und konfirmiert war und an hohen Feiertagen
in die Kirche ging. Aber während andere zu Gott, Allah,
Buddha oder dem Spirit beteten, glaubte er nur an die Erkenntnisse der Wissenschaft. An ein Universum, das zwar
schöpfend wirkte, allerdings ohne jede Intention. Auch
deshalb hatte ich ihm nie von meinen Geisterseherskills
erzählt. Dass ich neugierig war auf alles, was die Wissenschaft nicht erklären konnte, hatte er natürlich trotzdem
mitbekommen.

»Dämonen und Geister«, begann ich, ohne zu wissen,
wie der Satz enden sollte, »das sind Wesenheiten, die au
ßerhalb unserer Realität existieren.«

»Außerhalb…? Aha.« Er hielt die Augen geschlossen,
klammerte sich an die Sitzfläche und kreiste weiter um die
eigene Achse. Solange ich ihn kannte, hatte ihn alles magisch angezogen, was sich drehte. »Und weiter?«

»Unsere Welt ist das, was wir kennen«, dozierte ich.
»Wir wissen, wie die Natur funktioniert und wir haben
physikalische Gesetze, mit denen wir Ereignisse vorhersagen können.«

Errol brummte zustimmend und stieß sich mit dem Fuß
ab, um sich wieder schneller zu drehen.

»Außerhalb unserer bekannten Realität gibt es aber
noch mehr Dimensionen.« Ich achtete darauf, keine esoterischen Ausdrücke zu verwenden. Je wissenschaftlicher

mein Vokabular, desto seriöser würde er finden, was ich ihm erzählte. »Manche Dimensionen sind so verschieden von unserer, dass die Wesen, die dort existieren, auch eine grundverschiedene Entwicklung durchgemacht haben. Für unsere Augen sehen sie nicht menschlich, sondern wie Monster aus. Dämonisch und furchteinflößend. Und manchmal benehmen sie sich auch so.«

»Also sind Dämonen nichts anderes als Geister aus anderen Realitäten? Aus Parallelwelten? Ist Geist dann so was wie ein Oberbegriff?«

»Könnte man so sagen.« Ganz so einfach war es zwar nicht, aber einen Endlosvortrag über die komplizierte Klassifizierung von Geistern, Dämonen, Seelen und anderen Wesenheiten wollte ich ihm ersparen. Ich erinnerte mich nur zu gut an den langweiligen Sommer im Geisterjäger-Camp, in das Nobby mich kurz nach meinem dreizehnten Geburtstag verfrachtet hatte. Außerdem war ich neugierig, woher Errols plötzliches Interesse kam. »Warum fragst du? Glaubst du jetzt doch an Übernatürliches?«

Errol stoppte den Drehstuhl. Er öffnete die Augen und sah mich auf eine Weise an, als überlegte er, wie ich wohl auf das reagieren würde, was ihm auf der Zunge lag. »Ich hab meinen Opa gesehen«, begann er dann. »Vor drei Wochen, nachts in der Küche. Am nächsten Tag hat meine Mutter angerufen und erzählt, dass er in der Nacht gestorben ist.« Er strich sich über die Arme und präsentierte mir seine Gänsehaut. Ich starrte bewundernd auf das Spiel seiner Unterarmmuskeln.

»So was kommt öfter vor, als du denkst«, fokussierte ich mich zurück auf das Gespräch. Ich wollte auf keinen Fall, dass er die Sache irgendwann als Hirngespinst abtat. Sein Opa hatte ihm noch etwas mitgeteilt, anscheinend ohne

Worte. Es war wichtig, dass Errol herausfand, was es war. Das ging aber nur, wenn er sich damit beschäftigte und nicht, indem er die Begegnung auf Nimmerwiederdenken verdrängte. Ich setzte zu einer Erklärung an. »Kinder und Sterbende sehen am häufigsten Verstorbene. Aber es gibt auch viele andere, die schon mal einen Geisterkontakt hatten. Die meisten reden nur nicht drüber, weil sie Angst haben, sich lächerlich zu machen. Dabei gab es mal Zeiten, da wussten alle, dass die Toten sich manchmal verabschieden kommen. Und auch, dass sie an einem Menschen hängenbleiben können. Oder an einem Ort.«

Errols Augen weiteten sich. Dann straffte er sich und schlug einen neutralen Ton an. »Du glaubst, die Seele von meinem Opa steckt fest?«

»Hast du deinen Opa seit der Todesnacht nochmal gesehen?«

Errol schüttelte den Kopf, dabei fiel die Haartolle über seiner Stirn auseinander. Er strich sie mit einer lässigen Bewegung zurück in Form. »Nur dieses eine Mal in der Küche.«

»Dann hat er sich nur von dir verabschiedet und ist längst da, wo die anderen Seelen sind. Der taucht nicht wieder auf. Höchstens mal, um zu schauen, wie es dir geht.«

Errol schien das Thema nicht geheuer zu sein. Er sah auf seine Uhr und sprang vom Stuhl. »Sorry, Krause. Ich hab meinen Eltern versprochen, pünktlich zum Essen zu kommen.« Er klaubte Sonnenbrille und Bomberjacke vom Boden und stürzte zur Tür. »Bock, morgen zu frühstücken? Ich bring die Brötchen, du die Marmelade?« Bevor ich darauf antworten konnte, hatte er das Lager schon verlassen.

*＊＊

Nachdem Errol gegangen war, räumte ich die Werkbank auf und checkte nochmal, ob außer dem BRAUN-1000 nicht doch irgendwo Waffen versteckt waren. Kurz überlegte ich, oben in Nobbys Wohnung weiterzusuchen, aber dafür war es zu spät geworden. Also vertrieb ich mir die Zeit mit Radiohören und fegte nebenbei das Schaufensterbüro – bis ein ärgerlich unreflektierter Beitrag zum Thema Skinheads begann. Einige meiner Bielefelder Freunde waren Skinheads, und ein Teil meiner Familie lebte in England. Ich kannte mich bei dem Thema also etwas aus. Zumindest mehr als der Moderator, der alle Skins in eine Schublade packte. Für ihn waren es allesamt rassistische, rechtsradikale Proleten, die den Teds und Mods nicht das Wasser reichen konnten. So viel privilegierte weiße Ignoranz machte mich wütend. Er erwähnte mit keinem Wort, dass die Skinheads in ihren Ursprüngen eine Working-Class-Bewegung waren, die in den Sechzigerjahren aus der englischen und jamaikanischen Arbeiterschicht entstand. Und auch wenn die Szene inzwischen von rechten Spinnern dominiert wurde: politisch neutrale Glatzen gab es noch zuhauf, dazu eine kleine, aber feine Gruppe linker Skins, die sich klar von Rassismus abgrenzte. Zur Ablenkung rief ich ein paar Freunde in OWL an. Den Radiobeitrag hatten die Skinheads unter ihnen glücklicherweise nicht mitbekommen. Gegen Mitternacht hatte ich mit allen mir wichtigen Leuten gesprochen, nur mit meiner Mutter mal wieder nicht.

Oben, in meinem Dachzimmer, lagen die geöffneten Koffer wie ein Mahnmal vor dem Bett. Ich dachte kurz darüber nach, sie endlich auszupacken, war aber zu müde.

Außerdem erinnerten sie mich daran, dass ich hier schnell wieder wegwollte. Egal wohin, Hauptsache Großstadt! Ein Ort, in der *weiß* nur eine Nuance und nicht der dominierende Farbton war. Ich träumte seit Jahren von einem Workcamp in London, dort hatte ich mich immer zugehörig gefühlt – auch wenn es da natürlich ebenfalls Rassismus gab. Ein Halbbruder meiner Mutter wohnte in Camden, seine Kinder waren in meinem Alter. Immer, wenn ich sie besuchte, war ich fasziniert, wie selbstverständlich Schwarze Menschen und andere People of Color dort zum Stadtbild gehörten. Und wie verschieden und selbstbewusst die Schwarzen Briten waren! Nicht nur die Hautfarben variierten, auch Haarstrukturen und Frisuren, Klamottenstyles, Attitudes, Musikgeschmäcker, kulturelle Backgrounds … bis hin zu den Tanzmoves! Eine Woche London gab mir jedes Mal die Zuversicht, dass auch meine Individualität ein Recht auf Entfaltung hatte und dass es egal war, wie andere mich haben wollten, oder was sie von mir dachten.

***

Am nächsten Morgen riss mich der Wecker aus dem Tiefschlaf. Minutenlang bewegte ich mich wie ferngesteuert. Unter der Dusche holte ich mir fast einen Gefrierbrand. Als ich endlich unten im Treppenhaus stand, bemerkte ich, dass ich mein Geld vergessen hatte. Ich rannte wieder hoch, schnappte mir den Brustbeutel, den ich damals wie ein Portemonnaie in der hinteren Hosentasche trug und ging ins Büdchen, um Marmelade fürs Frühstück mit Errol zu kaufen. Von Costa und Tim keine Spur. Nur Peter war da. Er gähnte ausgiebig und legte einige abgezählte Münzen neben die Kasse.

»Geld einfach hinlegen. Die Jungs sind im Lager. Kann länger dauern«, sagte er zur Begrüßung. Ich grüßte wortlos zurück. Die Marmelade stand im Regal direkt gegenüber der Kasse. Ich nahm ein Glas, kramte nach meinem Kleingeld und häufte es neben Peters säuberlich gestapelten Münzturm auf.

Als Peter und ich das Büro betraten, war Frauke schon da. Sie trug hochhackige Pumps, ein cremefarbenes, schulterfreies Pettycoatkleid, ihre Haare waren perfekt gestylt, die Finger lackiert. Ihr falscher Leberfleck saß an der richtigen Stelle und ihre Lippen glänzten knallrot.

»Wow«, nahm mir Peter das Wort aus dem Mund. »Du siehst aus wie ein Hollywood-Star auf dem roten Teppich.«

»Was steht denn Großes an?«, fragte ich neugierig. »Hast du später noch ein Date?« Frauke und Peter warfen mir einen ungläubigen Blick zu. Offensichtlich hatte ich etwas Wesentliches nicht mitbekommen.

»Heute ist doch das Shooting für die Zeitung«, erklärte Peter. Frauke lächelte stolz.

»Eine Foto-Love-Story für die Wochenendausgabe«, flötete sie und auf ihren Wangen bildeten sich glückselige Cluster roter Flecken. »Ich bin die Hauptfigur. Die holen mich gleich ab. Das ist doch okay, oder?«

»Na klar«, antwortete ich. »Ist für heute ein Auftrag reingekommen?«

»Leider nein.« Sie schüttete Wasser aus einer Flasche in den Messbecher der Kaffeemaschine und verschwand damit im Lager. Zurück im Büro sprach sie weiter, als wäre sie nie draußen gewesen. »Ich weiß ja, dass du Telefondienst hasst. Ich hab Nobby gebeten, für mich einzuspringen.«

»Nobby und Kundenkontakt? In dem Zustand?« Keine gute Idee, dachte ich.

»Ich bin ja auch noch da«, warf Peter ein. »Datum und Adresse ins Auftragsbuch schreiben kann ja nicht so schwer sein.«

Ich zeigte ihm den Daumen hoch, fischte eine Flasche stilles Wasser aus dem Kasten hinter dem Tresen und verzog mich ins Lager. Dort kippte ich das Wasser in den Teekocher. Die Kaffeemaschine daneben verströmte schon herrlichen Kaffeegeruch. Während das Teewasser langsam dem Siedepunkt entgegenbrodelte, stellte ich zwei Klappstühle und den Tisch auf. Eine Tischdecke fand ich nicht, also funktionierte ich zwei Blätter von Nobbys Zeichenblock zu Platzdeckchen um.

Im Regal fand ich zwei Sorten Pflaumenmus, handgemacht von Frau Goldap. Außerdem gekochte Eier vom Pfarrer und den marokkanischen Minztee, den Errol in unsere Vater-Tochter-Routine eingespeist hatte. Anfangs hatten wir den Tee nur getrunken, wenn Errol uns besuchte. Inzwischen war es unser Lieblingstee geworden. Ich suchte die zwei schönsten Teller aus dem Stapel mit Geschirr, dazu zwei Tassen mit dickem Rand.

»Morgen Kassy.« Nobby lehnte in der Tür. Er sah ausgeruht aus. Und klar.

»Alles gut, Papa? Hast du gut geschlafen?«

»Jau, hab ich. Wie ein Stein.« Er kam einen Schritt näher und steckte die Hände in die Hosentaschen. »Wen erwartest du?« Nobby sah zum Tisch.

»Errol«, antwortete ich einsilbiger, als ich es geplant hatte. Aber mehr Wörter brachte ich nicht zustande.

Das Wasser kochte. Ich setzte den Pfefferminztee auf und stellte das Radio an. Laut genug, dass es die Stille vertrieb, aber so leise, dass meine Ohren sich nicht die Mühe machten, zuzuhören. Nobby nahm die jetzt volle Kaffeekanne von der Wärmeplatte. Bevor er aus der Tür verschwunden war, drehte er sich nochmal um.

»Kannst du später ins Seniorenheim fahren? Nur ein paar kleine Sachen.«

Na toll. Um Altenheime, Krankenhäuser und Friedhöfe machte ich sonst einen Bogen. Die Gefahr, da auf nervige Geister zu stoßen, war überproportional groß. Warum hatte ich bloß meine Medikamente in Bielefeld vergessen?

»Hast du Migränetabletten? Mit Mutterkorn?«, fragte ich ihn.

»Wieso willst du deine Gabe unterdrücken? Es hat seinen Sinn, dass du sie hast!«

»Dann wenigstens normale Tabletten gegen Migräne?«

»Kassy, das ist pure Chemie! Setzt sich alles im Körper ab.«

»Gras?«

»THC und Malochen verträgt sich nicht.«

»Absinth?«

»Alkohol? Im Straßenverkehr?«

»Peter könnte mich doch fahren.«

Nobby schwieg. Er fand es schrecklich, dass ich meine Gabe die meiste Zeit unterdrückte, denn er hielt es für unsere Pflicht, sie zu nutzen. Dass ich Tabletten mit Mutterkorn nahm, die meine Geistersichtigkeit total aushebelten, gefiel ihm überhaupt nicht. Er selbst trank höchstens mal Absinth. Nur nach Feierabend natürlich, denn das Zeug war unfassbar hochprozentig. Ich konnte Alkohol nicht ausstehen und noch weniger gut vertragen, deshalb hatte ich früher tropfenweise Wermut-Urtinktur eingenommen. Der Wermut betäubte nur die Kopfschmerzen, die mit einem Geisterkontakt oder einem Riss einhergingen. Die Geistersichtigkeit beeinträchtigte das Kraut nicht, egal, in welcher Form man es einnahm. Bei Gras war es genauso, nur legte das THC zusätzlich einen kitschig bunten Disney-Glitzer-Filter über die Geistererscheinungen und die sonst düster gefärbte Sepia-Welt.

»Ich habe oben noch eine halbe Flasche.« Nobby sah mich an. »Soll ich die holen?«

»Lass mal.« Ich hatte es mir doch anders überlegt. »Ich fahr lieber vorher noch zum Arzt und lass mir ein Rezept verschreiben.«

Nobby schien etwas entgegnen zu wollen. Doch dann schüttelte er sich nur und ließ mich allein. Draußen zog ein Unwetter auf, der Himmel verdunkelte sich rasend schnell. Im Lager wurde es zappenduster, da half auch das Licht nicht, das durch die geöffnete Tür aus dem Büro hereinfiel. Auf das kalte, flackernde Licht der Neonlampe konnte ich getrost verzichten, deshalb zündete ich Kerzen an, die ich aus der Weihnachtskrimskramskiste im Regal fischte. Ich war gerade fertig, als draußen die Sturzflut losbrach. Errol stand zeitgleich in der Tür. In seinen schwarzen Haaren glitzerten einige Regentropfen, der Regenhölle war er gerade so entkommen. Wieder dieser Bruderkuss zur Begrüßung, dabei blitzte gute Laune in seinen Augen. Ich entspannte mich. Wir setzten uns, tranken stark gesüßten Pfefferminztee und brachten einander auf den neuesten Stand. Ich erzählte von Branco und dem übereilten Heiratsantrag – von dem Errol allerdings schon wusste, weil KaySer mal wieder getratscht hatte. Errol schwärmte von Katja, der Tochter eines Politikers, die ihn allerdings noch zappeln ließ. Während ich ihm zuhörte, spürte ich in mich hinein: War ich eifersüchtig? Und wenn ja, worauf? Dass ich nicht mehr diejenige war, für die er brannte? Oder war ich nur wütend auf mich selbst? Weil ich mich freiwillig downgegraded hatte, von der »BFF« zur bloßen Nummer in Errols One-Night-Stand-Liste? Dann begriff ich: Es gab keinen Grund für schlechte Gefühle. Denn ich wollte gar nicht mit ihm zusammen sein. Okay, ich konnte nicht ausschließen, dass ich vielleicht hin und wieder seinen Körper wollte. Aber mehr war definitiv nicht. Als hätte er meine Gedanken erraten, schlug Errol einen anderen Ton an.

»Tut mir leid, dass ich mich nicht gemeldet habe. Also damals. Danach, mein ich.« Er fischte das einzige Croissant aus der Brötchentüte und tunkte es in den Flatschen Marmelade auf seinem Teller.

»Schon okay«, sagte ich. Er musste ja nicht wissen, wie mich die Funkstille beschäftigt hatte.

»Obwohl, eigentlich«, schmatzte er, »hab ich's ja probiert. Direkt am Tag danach. Hab dir auf den Anrufbeantworter gesprochen.«

Ja sicher. Allerdings auf den Anrufbeantworter in Bielefeld. Hätte er mich wirklich sprechen wollen, hätte er bei Nobby in Troisdorf angerufen. Oder er wäre vor seiner Abreise nach Berlin nochmal kurz vorbeigekommen. Aber auch das sagte ich nicht, sondern: »Und ich hab zurückgerufen.« Ich zog irgendwas mit Körnern aus der Tüte. Kurz überlegte ich, es wieder zurückzulegen. Brötchen und Körner, in meiner Welt passte das nicht zusammen. »Ein paarmal hab ich dir auf Band gesprochen. Die Nachrichten hast du doch gekriegt?«

»Unsere Nacht vergesse ich nie«, skippte er die Antwort. »Der Sex war phantastisch.«

Was sollte ich darauf antworten? *Finde ich auch?* Oder: *Du, danke, kann ich nur zurückgeben?* Ich erinnerte mich daran, wie weich sich seine Haut unter meinen Fingern angefühlt hatte. Wie einfühlsam er mich hatte spüren lassen, dass er mich wollte. Die Muskeln unter seiner braunen Haut. Seine Fingerspitzen in meinem Nacken, auf meinen Lippen, zwischen meinen Schenkeln. Wie er mich angesehen hatte. Mit diesen offenen Augen, die kein Geheimnis daraus machten, dass es ihm um den Spaß ging. Dass ich mich fallen lassen und ihm vertrauen konnte.

»…wir alles richtig gemacht«, schraubte sich Errols Stimme zurück in mein Ohr. Ich pulte die Körner vom Brötchen und versuchte, an etwas anderes zu denken als an den Sex. »Das ändert doch nichts zwischen uns?« Er sah mich an, mit diesem Hundeblick, der es einem schwer machte, ihm etwas abzuschlagen. »Ich meld mich ab jetzt auch immer sofort zurück, wenn du anrufst. Versprochen.«

»Versprich nichts, was du nicht halten kannst«, lachte ich. Errol war eine Niete, wenn es um den Telefon-Knigge ging. Er rief nie zurück und hinterließ auf Anrufbeantwortern meist kryptische Nachrichten. Dass er einen Studentenjob im Telefondienst bei einem Meinungsforschungsinstitut hatte, war eigentlich unfassbar.

Im Radio begann ein neuer Song: *Israelites*.

»Desmond Dekker!« Ich drehte lauter. Errol verschränkte die Hände im Nacken und beobachtete mich belustigt. Ich sang trotzdem mit, bis der Song ausfadete.

»Immer wieder erstaunlich, dass du so gar nicht singen kannst«, foppte er mich.

»Kann ja auch nicht jeder Weiße nicht tanzen«, konterte ich grinsend und drehte das Radio wieder leiser. Dabei fiel mein Blick auf die schwarze Tasche mit dem BRAUN-1000 im Regal. »Sag mal, ist dir eigentlich noch irgendwas eingefallen zu Nobbys Unfall?«

Errol nahm mir das entkörnte Brötchen ab, riss es auseinander und wischte mit einer Hälfte den Rest Marmelade von seinem Teller. »Nobby hat so einen Ordner. So ein schwarzrotes Teil. Kurz nach dem Unfall hab ich meine Eltern besucht und ein paar Mal nach Nobby gesehen. Er hat ständig drin rumgekritzelt. Vielleicht steht da ja was drin?«

Er konnte nur die Geisterprotokolle meinen. Früher hatte Nobby vor und nach jedem Einsatz notiert, was er erlebt hatte. Irgendwann hatte er allerdings damit aufgehört. Wenn Errols Beobachtung stimmte und Nobby den Ordner reaktiviert hatte, stand darin garantiert, was vorgefallen war.

Wir tranken noch eine zweite Kanne Pfefferminztee, danach musste ich los ins Seniorenheim. Meinen Zwischenstopp bei der Dorfärztin hätte ich mir allerdings sparen können. Die Ärztin war auf einer Fortbildung, und die Vertretung praktizierte im Dorf nebenan. Glücklicherweise machte ich mir umsonst Sorgen über eine mögliche Migräne-Attacke im Altenheim. Kein Riss tat sich auf und auch kein Geist ließ sich blicken. Ich wechselte in aller Ruhe eine Sicherung im Haupttrakt aus, schloss einen Herd in der Küche an und verlegte einige Steckdosen. Erst am Nachmittag machte ich mich auf den Rückweg in den Betrieb.

Es hatte aufgehört zu regnen, und die Sonne strahlte von einem nahezu wolkenlosen Himmel. Nobby und Peter saßen auf Klappstühlen vor dem Haus. Peter blätterte in einer Illustrierten und las von Zeit zu Zeit daraus vor. Neben ihm starrte Nobby stumpf ins Nichts. Frauke war zu ihrem Fotoshooting aufgebrochen. Da kein neuer Auftrag eingetrudelt war, fuhr ich direkt weiter zu KaySer. Für den Fall, dass doch noch jemand anrufen sollte, konnte Peter mich dort erreichen.

***

KaySer steckte mitten im Schaffensprozess, als ich beim Schrottplatz ankam. Sie bearbeitete eine gebogene Metallfläche mit einer groben Feile. Das Kunstwerk hatte noch keine Form, die ich eindeutig identifizieren konnte. Es sah aus wie eine Mischung aus Mann und Frau, hatte aber auch etwas Tierhaftes, und an einen Roboter musste ich auch denken. Ich wusste, dass KaySer es hasste, ihre Kunstwerke zu erklären, deshalb fragte ich sie erst gar nicht, was es werden sollte. Stattdessen erzählte ich ihr, dass Errol und ich endlich geredet hatten.

»Weiß ich doch«, grinste sie. »Errol war schon hier. Er ist total erleichtert, dass ihr das so gut hingekriegt habt.«

Ich sprang über die Regenpfützen zum Wohnmobil und ließ mich auf einen der beiden Campingstühle fallen. KaySer arbeitete hochkonzentriert weiter. Jeder ihrer Handgriffe saß. Sie bewegte sich selbstbewusst und athletisch. Ihr markantes, keltisches Gesicht sah aus wie in Stein gemeißelt. Nicht zum ersten Mal fiel mir auf, wie attraktiv ich sie fand. Anziehend attraktiv. War ich vielleicht doch an ihr interessiert? Oder an Frauen im Allgemeinen? Woran merkte man überhaupt, ob man hetero oder homo war? Konnte man auch phasenweise erst das eine und dann das andere sein? Oder beides gleichzeitig? War es überhaupt nötig, sich in eine dieser Schubladen einzuordnen?

»Krause, mir ist noch was eingefallen!« KaySer legte die Feile zur Seite und setzte sich zu mir auf den zweiten Campingstuhl. »Nobby hat mir mal was von einem geheimen Raum erzählt. Das muss kurz nach dem Unfall gewesen sein.«

Ich wurde hellhörig. »Wo soll der sein?«

»Keine Ahnung. Hat er mir nicht verraten. Und auch nicht, wozu er ihn überhaupt braucht.«

»Vielleicht bewahrt er da ja seine Waffen auf«, überlegte ich laut.

KaySer sah mich überrascht an. »Sind die nicht mehr im Spind?«

»Im Lager liegt nur der BRAUN-1000. Den Spind gibt's nicht mehr.«

»Er baut ja ständig neue Geräte«, sagte KaySer nachdenklich. »Wenn er die alle an einem Ort haben will, kommt ja fast nur seine Wohnung in Frage.«

»Das finde ich morgen raus«, gähnte ich.

Das geheime Waffenlager

Am nächsten Morgen war ich die Erste im Betrieb. Der Anrufbeantworter blinkte, aber auf dem Band war nur ein ekliges Röcheln zu hören. Ich machte Kaffee für Peter und Frauke und Tee für Nobby und mich. Kurz nach mir kam Frauke. Die Haare standen ihr wild vom Kopf ab, es war offensichtlich, dass sie keine Zeit zum Stylen und Schminken gehabt hatte. Auch ihren Leberfleck hatte sie vergessen.

»Mein Wecker hat gestreikt«, entschuldigte sie sich zur Begrüßung. Ich stellte ihr eine Tasse Kaffee auf den Tresen und beschloss, sie nicht nach ihrem Fotoshooting zu fragen. Anscheinend war der gestrige Tag für sie nicht optimal verlaufen.

»Kein Thema. Nobby und Peter sind auch noch nicht da.«

Sie studierte die dampfende Tasse misstrauisch und verzog das Gesicht. »Ist da Zucker drin?«

»Drei Teelöffel, wie immer.« Frauke lächelte zufrieden. Ich lehnte mich vertraulich zu ihr über den Tresen. »Du, ich suche Nobbys Ordner. Weißt du zufällig, wo der ist?«

Sie zog die Augenbrauen hoch. »Der mit den Arbeitsprotokollen?«

»Nein. Ich meine seinen Privatordner. So ein schwarzrotes Ding.«

Frauke sah mich verständnislos an. »Wozu brauchst du den denn? Alles Wichtige steht hier im Regal: Das

Auftragsbuch, die Arbeitsprotokolle, Kundendatei, Flyer-texte und der Urlaubskalender.«

Ich versuchte, mir meine Enttäuschung nicht anmerken zu lassen. Hoffentlich hatte Nobby den Ordner nicht entsorgt. So, wie er momentan drauf war, traute ich ihm zu, dass er alles vernichtet hatte, was mich auf die Spur zu seinem Geisterkontakt führen konnte. Doch dann kam mir die Idee, dass der Ordner genau da war, wo er auch seine Waffen versteckte.

Nobby kam gegen kurz vor neun ins Büro, zusammen mit Peter, der draußen vor dem Haus noch eine Kippe inhaliert hatte. Beide sagten nur Hallo und gingen direkt ins Büdchen frühstücken. Die ideale Gelegenheit, oben in Nobbys Wohnung die Waffen und den Ordner zu suchen. Ich schnappte mir seinen Ersatzschlüssel, den er in der Krimskramskiste im Lager versteckte, erzählte Frauke, dass ich mir kurz die Beine vertreten wollte und lief in den ersten Stock.

Nobbys Wohnung war für einen Single perfekt geschnitten. Ein großes Wohnzimmer, in das man zuerst kam, wenn man die Tür öffnete, ein Schlafzimmer, ein kleines Bad und eine ebenso kleine Küche. Es herrschte das übliche Chaos: Socken, Hosen, T-Shirts – der Boden war übersät mit Klamotten. Auf den Fensterbänken im Wohnzimmer standen Gläser und Flaschen, auf dem Fernseher ein Teller mit Marmorkuchen, den garantiert Frau Goldap gebacken hatte. Den Wohnzimmertisch nutzte mein Vater zum Werkeln, denn darauf lag ein pistolen-ähnliches Gerät, aus dem ein buntes Wirrwarr dünner Kabel herauslugte. Daneben entdeckte ich eine nagelneue Lötkolben-Ausstattung, diverse feine Schraubendreher und eine schlampig gescribbelte Explosionszeichnung. Ich versuchte, mir das

Chaos wegzudenken und sah mich um. Hatte Nobby hier eine zweite Wand eingezogen? Es sah nicht danach aus. Das Zimmer war exakt so groß, wie ich es in Erinnerung hatte. Ich sah auf meine Uhr. Länger als zwanzig Minuten wollte ich nicht hier herumschnusen, ich hatte keine Lust, mich von Nobby erwischen zu lassen. Auch, wenn er nichts dagegen hatte, dass ich die Wohnung ohne sein Wissen betrat, wenn er herausfand, dass ich hier seinem Geheimnis auf die Spur zu kommen versuchte, wäre er sicher verärgert.

Die Küche und das Bad waren zu klein für einen geheimen Raum, deshalb untersuchte ich als Nächstes das Schlafzimmer. Ich bemerkte sofort, dass Nobby umgeräumt hatte. Das Bett stand nicht mehr in der Raummitte, sondern unter dem Fenster. An der Wand gegenüber stand ein hässlicher Schrank aus Fichtenholz. Doch die Wände im Zimmer schienen noch dieselben zu sein, an die ich mich erinnern konnte. Einen Raum hinter der Wand, so wie ich mir das vorgestellt hatte, gab es offenbar nicht. Frustriert drehte ich mich im Kreis. Auch in der Decke oder im Boden konnte sich kein geheimer Raum befinden. Ich öffnete den Schrank. Erst jetzt fiel mir auf, dass er viel zu groß für Nobby war. Zumal die Hälfte seiner Klamotten ständig auf dem Boden herumlag. Im Schrank, wild durcheinander auf Kleiderbügeln, hingen Hemden, Hosen, Pullis und T-Shirts. Links daneben waren einige Fächer übereinander angeordnet, vollgestopft mit Arbeitskleidung, Socken, Unterwäsche, zusammengerollten Krawatten und Handtüchern. Ich wollte den Schrank gerade wieder schließen, als mir auffiel, wie viel weniger tief er innen war im Vergleich zu seinen Außenmaßen. Ich ging einen Schritt in den Schrank hinein, schob die Klamotten zur Seite und klopfte gegen die Rückwand. Sie klang hohl! Neugierig untersuchte ich die Wand. Rechts, auf Hüfthöhe, fand ich ein unauffälliges Loch, durch das ich meinen Finger steckte. Die Wand ließ sich einfach zur Seite schieben, hinter die Fächer. Ein zweites Regal kam zum Vorschein. Und darin lagen Nobbys gesammelte Waffen samt Ordner! Ich warf einen weiteren Blick auf die Uhr. Fünf Minuten hatte ich noch. Eilig blätterte ich durch die vielen Seiten. Und wurde fündig: Nobby hatte an seinem Geburtstag einen Eintrag gemacht!

Tracker warnt vor ungewöhnlich großem Riss, nicht natürlich, vermutlich absichtlich von Menschen gemacht.

Ort: Umkreis Kölner Dom.

Geisterkontakte höherer Stufen sehr wahrscheinlich (Dom wurde auf einem Kraftort gebaut). Kann nicht warten, muss sofort handeln.

Peter ist in Kur, KaySer meldet sich nicht zurück.

Fürchte, dass ich den BRAUN-1000 brauche, muss wohl oder übel den Azubi mitnehmen, damit er mir beim Tragen hilft und den Wagen fährt, denn ich werde ausnahmsweise Absinth einnehmen. Falls gefährliche Wesenheiten der Stufe 3 oder sogar 4 switchen, muss ich gewappnet sein.

Auch nach dem Einsatz hatte Nobby ein Protokoll geschrieben:

Der Einsatz ist komplett aus dem Ruder gelaufen. Die Dosis Absinth war nicht ausreichend, die Migräne kam wie ein Schlag auf den Kopf. Wir waren kaum auf der Domplatte angekommen, da sah ich auf etwa zwei Metern Höhe einen enormen Riss am Südportal, der sich sogar noch vergrößerte.

Zuerst switchte ein Dämon, der sich sofort auf Arnulf stürzte. Der konnte den Geist zwar nicht wahrnehmen, verfiel aber sofort in eine Angststarre. Ich habe noch versucht, ihm zu erklären, was passiert, aber er war zu paralysiert, um es zu begreifen, konnte mir also auch nicht helfen, den BRAUN-1000 zu tragen. Ich schaltete das Gerät an und versuchte es allein. Der Dämon war zwar mächtig, aber zum Glück nicht besonders schlau, es gelang mir, ihn zu vernichten. Doch dann switchte die zweite Wesenheit. Und Arnulf konnte sie wahrnehmen! Ich fürchte, dass jeder sie wahrnehmen kann, der ihr begegnet. Habe es nicht geschafft, sie zu vernichten, ich konnte den BRAUN-1000 nicht schnell genug in ihre Richtung bewegen. Sie geistert noch irgendwo da draußen herum.

Arnulf hat auf der Rückfahrt kein Wort gesprochen, er war völlig apathisch. Im Betrieb hat er seine Sachen gepackt und gekündigt. Ich selbst spüre auch Auswirkungen des GK: ein stetig wachsendes Grauen. Hoffentlich hält dieser Zustand nicht allzu lange an.

Ich klappte den Ordner zu. Ich hatte es geahnt: Nobbys Arbeitsunfall war ein Geisterkontakt gewesen. Aber warum hatte mein Vater nicht vermerkt, auf was für eine Wesenheit er gestoßen war? Dass Arnulf sie hatte sehen können, war beunruhigend genug, das zeigte, wie mächtig sie war. Was war so schrecklich, dass Nobby keine weiteren Versuche unternahm, es aus der Welt zu schaffen? Ich stellte den Ordner an seinen Platz, zog die Rückwand zu und achtete darauf, dass Nobby nicht bemerken würde, dass ich seine Wohnung durchsucht hatte.

Unten im Büro empfing mich eine strahlende Frauke.

»Ein neuer Auftrag. Im Supermarkt«, jubelte sie. »Wenn du dich geschickt anstellst, vielleicht sogar ein neuer

Dauerkunde.« Sie drückte mir den Zettel mit der Anschrift und der Ansprechpartnerin in die Hand.

»Anette Konza?« Irgendwas klingelte bei dem Namen.

»Das ist die Mutter von Arnulf«, erklärte Frauke und legte den Autoschlüssel auf den Tresen. »Sie ist nicht besonders gut auf Nobby zu sprechen, seit Arnulf gekündigt hat. Aber Peter hat bei ihr einen Stein im Brett. Vielleicht solltest du ihn mitnehmen.«

»Quatsch,« lehnte ich ab, »Peter soll sich lieber um meinen Vater kümmern. Arnulfs Mutter werde ich schon schaukeln.«

***

Der Supermarkt lag am anderen Ende der Straße. Es war eigentlich nur ein aufgehübschter Tante-Emma-Laden im Erdgeschoss einer schicken Villa. Vor dem hellblau gestrichenen Altbau standen zwei alte Kastanien, deren Kronen sich weit über das Dach erstreckten. Rechts neben dem Haus lag ein freies Feld mit einer Bushaltestelle davor. Links am Haus klebte ein hässlicher 70er-Jahre Brutalismus-Neubau, in dem sich mehrere Ärzte niedergelassen hatten. Als ich den Golf auf dem Parkplatz zwischen den Kastanien abstellte, ärgerte ich mich, dass ich die kurze Strecke nicht mit dem Rad gefahren war.

Arnulfs Mutter kam mir mit einem säuerlichen Lächeln aus dem Supermarkt entgegen. Sie war Geschäftsführerin, Kassiererin und Putzfrau in Personalunion. Der Verkaufsraum schien leer zu sein, bis auf eine fette Katze, die auf der klobigen Kühltruhe neben der Eingangstür lag und gelangweilt ihr Fell leckte. Der Laden an sich war sehr schön. Der Boden war aus dunklem Holz, die alten Sprossenfenster frisch geweißt. Auch die Regale, die den Raum in drei Gänge teilten, waren weiß und wirkten ebenso aufgeräumt, wie der mächtige Verkaufstresen aus dunklem Holz, der garantiert noch aus der Tante-Emma-Zeit stammte.

»Sie sind also die Tochter von Elektro Krause?« Anette Konza sah mich unschlüssig an. Wahrscheinlich überlegte sie, ob sie mich ebenso verabscheuen sollte wie meinen Vater. Ich stellte den Werkzeugkasten ab.

»Kassandra.« Sie schüttelte zögernd meine ausgestreckte Hand. Ich lächelte breit. »Was kann ich denn für Sie tun, Frau Konza?«

»Ich hab beim Bohnern die Telefondose aus der Wand gerissen. Da hinten, gleich neben dem Verkaufstresen. Können Sie das vielleicht reparieren? Die vom Fernmeldeamt können erst in einer Woche jemanden schicken. Wie die sich das vorstellen! Ich kann doch nicht für jedes Telefonat rüber ins Ärztehaus laufen, hab ich denen gesagt, wer kassiert denn dann die Kunden ab? Und wer passt auf, dass keiner klaut? Das ist denen aber total egal.«

»Ich seh mir das mal an. Kann aber sein, dass ich das nur provisorisch flicken kann. Dann müsste der Fernmeldehandwerker trotzdem kommen.«

»Das ist gar kein Problem. Aber wissen Sie Fräulein Krause, ich brauch das Telefon. Kann ja immer was passieren. Und dann sitz ich hier allein und kann niemanden erreichen.«

Ich brummte mitfühlend, verkniff mir eine abfällige Bemerkung über das »Fräulein«, nahm den Werkzeugkasten und ging zum Tatort. Die Bohnermaschine hatte ganze Arbeit geleistet. Das Kabel, das normalerweise in der Anschlussdose verschwand, ragte mit gespreizten, verschieden markierten Adern aus der Wand. Die Dose, in der noch der Stecker vom Telefon steckte, lag auf dem Boden. Beides war aber intakt, weder war eine Ader gerissen, noch war die Dose beschädigt. Ich musste nur die Dose mit neuen Dübeln in der Wand befestigen und die Adern, die zum Telefonieren nötig waren, wieder in der Dose festschrauben. Keine zehn Minuten später war ich fertig.

»Vielen Dank, Fräulein Krause.« Die Erleichterung war Anette Konza anzusehen. »Was die Rechnung angeht …«

»Das geht aufs Haus.«

Sie sah mich überrascht an. »Sind Sie sicher?« Ein vorsichtiges Lächeln kroch in ihr Gesicht. »Kann ich vielleicht irgendetwas für Sie tun? Als kleines Dankeschön?«

Ich wollte nicht gleich mit der Tür ins Haus fallen und lehnte dankend ab. Ich packte mein Werkzeug zusammen, ging einige Schritte zur Tür und drehte mich nochmal um. Ich kam mir vor wie Inspektor Columbo, es fehlten nur noch Zigarre und Trenchcoat.

»Wie geht es eigentlich Arnulf?«, fragte ich so ahnungslos wie möglich. »Ich wusste gar nicht, dass er seine Lehre bei meinem Vater geschmissen hat.«

Anettes Mund wurde so schmal, dass die Lippen nicht mehr zu erkennen waren.

»Er ist in Sankt Augustin beim Hölzer untergekommen und hat seine Gesellenprüfung da gemacht. Mit Auszeichnung.« Der Stolz in ihrer Stimme war nicht zu überhören. »Ich frage mich immer noch, warum er so überstürzt bei Ihrem Vater gekündigt hat. Ich weiß bis heute nicht, was da eigentlich vorgefallen ist.« Sie sah mich fragend an. Ich glaubte ihr, dass sie es nicht wusste.

»Ich weiß leider auch nichts. Mein Vater ist noch nicht wieder der Alte. Muss ein schlimmer Unfall gewesen sein.«

»Ja, so etwas hat Arnulf auch angedeutet.« Anette sah mich nachdenklich an. »Ich glaube, da war noch was anderes. Aber er spricht ja nicht mit mir.« Das klang wie ein Vorwurf.

»Soll ich's mal versuchen? Vielleicht krieg ich ja mehr aus ihm raus«, bot ich an. »Wenn Sie mir sagen, wie ich ihn am besten erreichen …«

»Auf keinen Fall«, unterbrach sie mich. »Arnulf muss zur Ruhe kommen. Negative Erinnerungen kann er gar nicht gebrauchen.«

»Ich würde ihn nicht drängen«, versuchte ich es weiter. »Aber vielleicht hilft es ihm, wenn er mit einer Kollegin spricht. So ein Starkstromunfall …«

»Momentan ist er gar nicht zuhause. Er ist auf Kur. In Bad Salzuflen. Und dort darf er nicht gestört werden.«

Ich hatte genug erfahren. »Dann wünschen Sie ihm gute Genesung«, sagte ich. »Wenn er wieder hier ist, würd ich mich freuen, wenn er mal auf 'nen Kaffee vorbeikommt.« Damit drehte ich mich endgültig um und ging zurück zum Wagen.

***

Als ich in den Betrieb kam, war nur noch Frauke da.

»Nobby und Peter sind nach Düsseldorf. Irgendein Fußballspiel. Der Sohn von Frau Goldap spielt mit. Die kommen sicher erst heute Nacht zurück.« Sie stutzte. »Wo ist dein Protokoll?«

»Ich hab nur eine Dose angeschraubt«, sagte ich. »Hat keine fünf Minuten gedauert. Und Material hab ich auch nicht gebraucht.«

»Du willst keine Rechnung stellen?« Frauke musterte mich skeptisch.

»Nope.«

»Wie du meinst ...« Sie sah noch weniger überzeugt aus, als sie klang.

»Schon ein neuer Auftrag reingetrudelt?«

»Leider nicht. Aber wenn sich jemand meldet ...«

»... findest du mich im Lager«, grätschte ich dazwischen und schnappte mir einen Apfel aus dem Obstkorb auf dem Tresen. Dass Nobby und Peter erst spät zurückkommen würden, kam mir gelegen. Denn auf der Rückfahrt vom Supermarkt hatte ich eine endgültige Entscheidung getroffen: Ich würde so lange bei Nobby in Troisdorf bleiben, bis er wieder der Alte war. Das hieß: Ich musste rauskriegen, was für eine Wesenheit ihn vorm Kölner Dom traumatisiert hatte. Und es irgendwie schaffen, dieses Trauma aufzulösen. Außerdem wollte ich den BRAUN-1000 optimieren. Erstens, weil ich mir damit die Langeweile im Betrieb vertreiben konnte. Und zweitens, weil mein Tüftler-Ehrgeiz geweckt war. Das Gerät war einfach zu schwer. Peter und KaySer waren die Einzigen, die das umgebaute Monstrum wuchten konnten, ohne sich die Bandscheiben zu zerfetzen. Peter, weil er als ehemaliger Klavier-Transport-Unternehmer darin geübt war, schwere Gegenstände zu schleppen und KaySer, weil sie auf dem Schrottplatz täglich mit schweren Dingen hantierte.

Nachdem ich endlos gegrübelt hatte, kam mir eine Idee, wie ich das Gerät verschlanken konnte: Ich musste den Stromspeicher austauschen. Nobby hatte damals eine schwere ZEBRA-Batterie verbaut. Wenn ich die gegen einen neuen Edison-Akkumulator austauschte, würde der BRAUN-1000 mindestens um die Hälfte leichter sein. Mit etwas Glück fand ich bei KaySer auf dem Schrottplatz das passende Modell.

GEISTERKONTAKT

AM nächsten Morgen herrschte gute Stimmung im Betrieb. Das Team von Frau Goldaps Sohn hatte das Fußballspiel gewonnen. Beim anschließenden Umtrunk hatten Nobby und Peter tief ins Glas geschaut und die Nacht zum Tag gemacht, dementsprechend neben der Spur waren sie jetzt. Peter war so verkatert, dass er nicht mal rauchen konnte. Nobby hatte seine üblichen Heißhunger-Attacken. Ich wartete, bis die zwei ins Büdchen abgerauscht waren, dann nahm ich den nächsten Schritt meines Plans in Angriff. Ich bat Frauke, den Domprobst des Kölner Doms anzurufen und einen Kontrolltermin zu vereinbaren. Frauke hob irritiert die Augenbrauen.

»Kölner Dom? Davon weiß ich nichts.«

Natürlich nicht. Nobby war ja von sich aus hingefahren, weil der Tracker Alarm geschlagen hatte.

»Nobby war vor zwei Wochen in Köln. Hat sich den Dom angesehen. Dabei hat er erfahren, dass sie Probleme mit der Beleuchtung der Infokästen haben.«

Frauke sah mich ausdruckslos an. »Und was willst du da kontrollieren?«

»Wenn du da nicht anrufen willst, dann gib mir doch einfach die Nummer.«

Sie sah mich genervt an. »Was für eine Nummer? Ich habe keinen Auftrag. Und auch kein Protokoll. Also auch keinen Ansprechpartner. Sag mir wenigstens, wie der Verantwortliche dort heißt.«

»Keine Ahnung.«

»Ist das der Vor- oder der Nachname?«

Ich verdrehte die Augen. So kratzbürstig war sie selten. Aber Beef mit Frauke konnte ich gar nicht gebrauchen. Außerdem war es ja nicht ihre Schuld, dass sie die Einzige war, die nichts von der Geisterjägerei wusste. »Schon okay, Frauke. Mach du Frühstückspause, ich telefoniere. Die Nummer krieg ich schon raus. Wofür gibt's die Auskunft?«

Frauke schnappte ihr Butterbrot und verließ wortlos das Büro. Draußen vor dem Fenster setzte sie sich auf einen der Klappstühle und stülpte die Kopfhörer ihres Walkmans über die Ohren. Ich hob den Telefonhörer ab und wählte die Nummer der Auskunft. Keine drei Minuten später hatte ich einen Namen und eine Telefonnummer notiert.

»Domprobstei Köln, Atlas am Apparat?«

»Guten Tag, Frau Atlas.« Ich kritzelte mit dem Stift kleine Girlanden um ihren Namen auf meinem Notizzettel. »Mein Name ist Kassandra Krause. Ich rufe an von der Firma Elektro-Krause.«

»Frau Krause. Was kann ich für Sie tun?«

»Wir waren vor knapp zwei Wochen bei ihnen und haben …« Ich brach ab. Wie viel konnte ich ihr erzählen? Wenn sie genauso wenig wusste wie Frauke, würde sie mich für eine Spinnerin halten, wenn ich von Geistern und Dämonen sprach. »Wir waren vor knapp zwei Wochen bei Ihnen. Keine große Sache. Jetzt wollte ich mal nachfragen, ob das Problem nochmal aufgetreten ist.«

Am anderen Ende herrschte einige Sekunden Schweigen. »Frau Krause, tut mir leid, aber ich weiß gar nicht, worum es geht? Was für ein Problem?«

»Es ging um die … die Beleuchtung der Infokästen«, wiederholte ich die Lüge, die ich schon Frauke aufgetischt hatte. Mit etwas Glück gab es diese Dinger wirklich im Dom.

»Soweit ich weiß, ist da alles in Ordnung, Frau Krause …«

»Davon gehe ich aus, Frau Atlas. Aber da ich heute Mittag eh in der Nähe bin, würd ich nochmal schnell einen Blick draufwerfen. Unsere Azubine hat die Reparatur übernommen. Wenn es ihnen nichts ausmacht, kontrolliere ich nur kurz, ob sie auch an alles gedacht hat.« Großes Schweigen am anderen Ende der Leitung. Ich konnte direkt hören, wie sich die Gedanken von Frau Atlas überschlugen. »Ist natürlich kostenlos«, schob ich hinterher.

»Also gut. Melden Sie sich bei der Verwaltung. Ich hinterlege Ihnen einen Berechtigungsausweis. Aber bitte seien Sie diskret. Und falls doch noch größere Reparaturen nötig sind, machen Sie bitte einen neuen Termin aus. Dann aber am besten direkt mit der Verwaltung.«

»Mach ich. Danke, Frau Atlas.«

Ich legte auf. Das war besser gelaufen, als ich gehofft hatte. Jetzt brauchte ich nur noch einige der Geräte aus Nobbys Wohnung. Denn nur mit ihnen konnte ich eine Spur des Wesens ausfindig machen, das ihn so verändert hatte. Kurz überlegte ich, im Büdchen nachzusehen, wie weit Nobby und Peter mit ihrem Frühstück waren. Normalerweise dauerte es gern mal eine Dreiviertelstunde, vermutlich hatte ich also noch ausreichend Zeit. Aber so angeschossen, wie die zwei heute waren, war es auch möglich, dass sie keinen Bissen hinunterbrachten und gleich wieder in der Tür standen. Unter dem Telefon lag ein Zettel, auf dem Frauke einige Nummern vermerkt hatte: Pizzadienst, Frau Goldap, Peter, KaySer, Krankenhaus, Hausarzt und Büdchen. Ich wählte Costas Nummer.

»Costas Oase?«, meldete sich Tim.

»Hey Tim, ich bin's. Krause.«

Im Hintergrund hörte ich Nobby, Costa und Peter lachen.

»Hey. Was gibt's?«

»Ich brauch eure Hilfe. Ich muss hier was erledigen, das Nobby nicht mitkriegen darf.«

»Aha?«

»Kannst du ihn und Peter noch 'ne Weile bei euch festhalten? So zwanzig Minuten?«

»Kein Thema. Das dauert hier eh noch. Costa hat den beiden zwei Cheeseburger in die Heiße Hexe geschoben. Und danach gibt's noch Camembert mit Preiselbeeren.« Er lachte. »Schätze, du siehst Nobby und Peter erst gegen Mittag wieder.«

»Klasse. Danke. Bis später, Tim.« Ich legte auf, fischte den Autoschlüssel aus dem Kästchen neben dem Telefon und ging ins Lager. Dort nahm ich Nobbys Ersatzschlüssel aus der Krimskramskiste und suchte nach einem unauffälligen Behälter für die Geräte, die ich aus Nobbys Wohnung mitgehen lassen wollte. Ich fand einen ausgedienten, leicht angerosteten Werkzeugkasten, der perfekt geeignet war.

Oben in Nobbys Schlafzimmer öffnete ich den Schrank und schob erst die Kleiderbügel und dann die Rückwand zur Seite. Beim Anblick der Waffen geriet ich ins Grübeln. Welche sollte ich mitnehmen? Auf jeden Fall den Ektoplasma-Detektor. Der zeigte zurückliegende Geisterswitche an, die sich seit dem letzten Neumond ereignet hatten. Und welcher Klasse diese Geister angehörten, verzeichnete er auch. Als Nächstes steckte ich den Kompass ein. Der zeigte an, wo in der näheren Umgebung bald eine flammende Iris erscheinen würde und, wenn sie erschienen war, wie lange es noch dauerte, bis die Membran zerriss. Dazu entschied ich mich für die Mäklait, auch wenn das ultraviolette Licht der Taschenlampe den Selbstheilungs-mechanismus der Membran leider nur bei natürlichen Rissen unterstützte. Danach griff ich zum Elektroschocker, den ich Nobby vor Jahren überlassen hatte. Damit konnte ich die meisten Geister in Schach halten. Zuletzt nahm ich noch die Polaroid, die ich vor Jahren konstruiert hatte. Durch sie konnte ich sehen, ob sich hinter der Membran gefährliche Wesenheiten befanden. Sollte die Membran an dieser Stelle reißen, konnte ich sie vielleicht mit dem Elektroschocker davon abhalten zu switchen. Ich sah auf die Uhr. Zwanzig Minuten waren vergangen. Ich schob die Rückwand zu, die Kleiderbügel davor, schloss den Schrank und packte die Geräte in den Werkzeugkasten.

Draußen auf dem Parkplatz kamen Nobby und Peter gutgelaunt aus dem Büdchen. Dahinter Tim, der vergeb-lich versuchte, sie wieder hineinzulotsen. Erst als ich ihm signalisierte, dass alles gut war, entspannte er sichtlich und ging zurück in den Laden. Ich winkte Nobby und Peter zu, rief so etwas wie: »Ich fahr mal den Wagen waschen« und fuhr los Richtung Köln.

***

Auf der Fahrt zum Kölner Dom hatte ich mir noch Sor-gen gemacht, ob man mich das Südportal überhaupt in Ruhe untersuchen lassen würde. Doch als ich mit dem angerosteten Werkzeugkasten über die Domplatte auf die Kathedrale zuging, kam mir schon ein Jüngling im An-zug entgegen, der mich fragte, ob ich diejenige wäre, die Frau Atlas ihm angekündigt hatte. Was ich denn genau untersuchen wollte? Bevor ich die Notlüge von der fehlerhaften Beleuchtung der Infokästen erzählen konnte, gab er mir einen Ausweis, der es mir erlaubte, mich in und um den Dom herum frei zu bewegen.

»Sie kommen auch allein klar? Ich habe leider keine Zeit, Ihnen behilflich zu sein. Mitarbeiterversammlung.« Er riss seine wässrigen Augen auf, als ob er mich hypnotisieren wollte. »Ich bitte Sie um absolute Diskretion! Das ist ein Gotteshaus. Niemand soll sich bei seinem Zwiegespräch mit Gott gestört fühlen.«

»Natürlich nicht.« Ich nahm ihm den Ausweis ab, bevor er es sich anders überlegte. »Zeigen Sie mir noch kurz, wo ich mir eine Leiter ausleihen kann? Ich hab meine im Auto und das steht jwd.« Aus Nobbys Aufzeichnungen wusste ich, dass die Membran in etwa zwei Metern Höhe gerissen war. Die Stelle konnte ich mit den Händen also gut erreichen. Die Leiter brauchte ich aber trotzdem. Denn die Kopfschmerzen, die ich schon gespürt hatte, als ich die Domplatte betrat, wurden immer stärker. Also trieb hier in der Nähe entweder ein Geist sein Unwesen – hoffentlich nicht derjenige, der Nobby und Arnulf so traumatisiert hatte – oder die Membran riss wieder auf. Wenn ich herausfinden wollte, an welcher Stelle, musste ich sie weiträumig untersuchen.

Der Jüngling starrte mich an, als hätte ich ihm gestanden, dass ich noch die alten Germanengötter anbetete.

»Eine Leiter«, wiederholte er ungläubig, »aber die wollen Sie nicht im Dom benutzen. Oder?«

»Natürlich nicht. Die brauche ich nur hier draußen.«

Er schürzte irritiert die irritierend fleischigen Lippen. Für einen Moment fürchtete ich, dass er wissen wollte, was ich als Elektrikerin draußen an der Fassade zu suchen hatte. Aber anscheinend stand er so unter Zeitdruck, dass er nicht mehr klar denken konnte. »Gut. Gut, gut. Kommen Sie mit, ich zeige Ihnen, wo es langgeht. Aber dann muss ich sie leider allein lassen.«

***

Niemand störte sich daran, als ich kurz darauf vor dem Tor des Südportals auf einer Leiter herumkletterte und mit einem Detektor vor den Fratzen an der Fassade hantierte. Zwei ältere Herren waren die einzigen, die stehenblieben und mir eine Weile zuschauten. Sie erinnerten mich an Dick und Doof, der eine selbstgefällig und korpulent, der andere schlaksig, mit naivem Gesichtsausdruck. Der Dünne trug Holzklotschen, ein weites Hemd und Schlabberhosen, der Dicke Anzug und Hut. In der Hand hatte er einen Stock.

»Sieh da, ein Äffchen auf der Leiter«, sagte der Dünne. Kurz überlegte ich, mich über den Affenvergleich zu ärgern und den Dünnen zur Rede zu stellen. Doch dann ergriff der Dicke das Wort.

»Das ist ein Mensch«, korrigierte er. »Sie kann allerhöchstens flink wie ein Äffchen sein.«

»Also flink ist sie nicht«, stellte der Dünne richtigerweise fest, denn die Höhenangst hatte mich da oben auf der Leiter voll im Griff.

»Was untersuchen Sie denn da, wertes Frollein?«, fragte der Dicke.

»Vielleicht ist sie ja auch eine Frau«, warf der Dünne ein. »Frollein klingt nach einer halben Portion. Und das ist sie ja nun ganz und gar nicht.«

»Auf jeden Fall ist sie kein Mann«, sagte der Dicke verärgert. »Und irgendwie muss ich sie ja ansprechen.«

»Dame ist ein schönes Wort«, überlegte der Dünne. »Werte Dame, was untersuchen Sie denn da – das hättest du fragen können.«

»Erzähl mir nicht, was ich zu sagen habe«, mopperte der Dicke. »Meine Worte finde ich auch allein.«

»Ich finde, wir sollten gehen«, befand der Dünne, und ohne ein weiteres Wort gingen sie weiter.

Ich hatte in der Zeit die Umgebung gescannt. Der Ektoplasma-Detektor zeigte einige Geisterswitche seit dem letzten Neumond an, darunter einen der Stufe 4. Garantiert das Wesen, das Nobby und Arnulf traumatisiert hatte und dann entwischt war. Diese Geister der höchsten Stufe 4 waren sehr mächtig und verfolgten meist eine eigene Agenda. Sie switchten nicht einfach so. Unter ihnen waren Dämonen und gefallene Seelen, aber auch Schöpferwesen und biblische Figuren, wie zum Beispiel Engel. Sie waren in der Menschheitsgeschichte für außergewöhnliche Phänomene verantwortlich, angeblich sogar für den Untergang von Atlantis und das Wunder von Bern. Ich kletterte vorsichtig von der Leiter. Etwa einen Meter über dem Boden und zwei Meter vor dem Südportal entdeckte ich eine Stelle in der Membran, aus der bereits winzige Flammen züngelten. Ich sah auf den Geisterkompass. Über die Kopfhörer, die mit einem Sender an den Kompass angeschlossen waren, hörte ich anhand der Tonhöhe und Klick-Intensität, dass die flammende Iris jeden Moment zu ihrer vollen Größe aufblühen und sich ein Riss auftun würde. Das hätte ich allerdings auch ohne Kompass gewusst, denn meine Kopfschmerzen wurden von Minute zu Minute intensiver. Ich dachte kurz darüber nach, eines der Kids, die auf der Domplatte ihre Skateboard- und Rollschuh-Skills demonstrierten, zur nächsten Apotheke zu schicken, aber die rezeptfreien Tabletten, die es dort zu kaufen gab, wirkten eh nicht. Einen Absinth konnte ich auch nicht trinken, Kneipen gab es zwar einige in der Nähe, aber ich musste später noch Auto fahren. Außerdem: welche Kneipe im Umkreis des Doms hatte schon Absinth? Es musste also ohne Schmerzunterdrückung gehen. Ich steckte den Kompass in die Brusttasche meiner Arbeitshose und nahm die Polaroid, die mir um den Hals baumelte. Durch das Suchfeld sah ich mir die Membran, besser gesagt das, was sich in diesem Moment dahinter bewegte, genauer an. Ich entdeckte einige farbige Flecken, die verschieden umherwaberten und verschieden groß waren. Ganz sicher Wesenheiten, die nur darauf warteten, in die Welt zu switchen. Anhand der Farben konnte ich erkennen, dass es sich um harmlose Geister handelte. Einer von ihnen war zwar etwas gefährlicher – er war der Stufe 2 zuzuordnen –, würde sich aber im Notfall relativ leicht vernichten lassen. Ich nahm die Mäklait, um der Membran einen Heilungsimpuls aus ultraviolettem Licht zu verpassen. Das sorgte im Idealfall dafür, dass die Membran sich verdickte und gar nicht erst aufreißen konnte. Doch dann zögerte ich. Vielleicht wusste eines der Wesen hinter der Membran, wer Nobby so zugesetzt hatte. Wenn ich verhinderte, dass die Membran aufriss, konnte ich nicht mit ihnen sprechen und würde es nie herausfinden. Also steckte ich die Taschenlampe wieder weg und wartete.

Die Migräne kam plötzlich. Ein sepiafarbener Filter überdeckte meine Sicht und die flammende, knallrote Iris vergrößerte sich explosionsartig. Die Schmerzen, die ich bis dahin gehabt hatte, waren vergleichsweise lächerlich. Jetzt hatte ich bei jeder Bewegung meines Kopfes das Gefühl, als schwappte mein Gehirn gegen das Innere meiner

Schädelplatte. Die Öffnung vollzog sich außergewöhnlich schnell: Die Flammen wuchsen und züngelten bald in einem Durchmesser von etwa einen Meter. Mittendrin öffnete sich die Pupille: Der länglich geformte Schlitz, den Nobby und ich »Katzenauge« getauft hatten. Ich wühlte reflexartig in meinen Hosentaschen, vielleicht hatte ich ja doch etwas gegen die Schmerzen dabei. Tatsächlich: zwischen Fusseln und anderem Knaas stieß ich auf eine halbe Migränetablette ohne Mutterkorn. Das würde den Schmerz etwas dämpfen, ohne dabei meine Geistersichtigkeit einzuschränken. Mit zitternden Händen stopfte ich die Tablette in den Mund und griff zum Elektroschocker. Ich hatte ihn vor Jahren in New York gekauft, von einem Geisterjäger aus Harlem. Er hatte mich eine Stange Geld gekostet, war aber jeden Pfennig wert: handlich, stilvoll im Design und höchst effektiv. Als ich meine Geisterjäger-Karriere aufgegeben hatte, hatte ich es nicht übers Herz gebracht, ihn einzumotten, und ihn deshalb Nobby vermacht.

Ein Geist steckte seinen Oberkörper aus der flammenumzüngelten Pupille. Männlich, mittelalt, weder besonders gutaussehend noch hässlich. Das Gesicht war glattrasiert, hatte grobe Haut und wurde von einer dunklen Brille dominiert.

»Kannst du mich hören?«, fragte ich und versuchte, meinen Kopf möglichst ruhig zu halten. »Wer bist du?«

»Hubertus«, antwortete der Geist. Seine Stimme klang brüchig. Anscheinend hatte er sie schon länger nicht mehr benutzt. »Ich will hier raus!«

Ich warf einen Blick auf den Riss. Es sah nicht so aus, als würde er noch viel größer. Ich musste mich beeilen, bevor die Membran sich wieder von allein verschloss und

Hubertus zurück in die Zwischenwelt drängte. Die halbe Migränetablette zeigte zügig Wirkung: Die Schmerzen waren abgeschwächt, allerdings immer noch so stark, dass mir die Tränen über die Wangen liefen.

»Ich brauche deine Hilfe, Hubertus.«

»Ich will hier raus«, wiederholte er. »Hilf mir, dann helfe ich dir.«

»Erst beantwortest du mir ein paar Fragen. Hier ist vor dir jemand durch den Riss gekommen. Ich muss wissen, wer das war.«

Der Riss hatte aufgehört zu wachsen. Hubertus stöhnte.

»Erst holst du mich hier raus. Ich gehöre hier nicht hin! Das hier ist die Hölle!«

»Sag mir erst, wer vor dir in meine Welt geswitcht ist!«

»Erst, wenn du mich hier rausholst!«

Ich zögerte. So, wie es aussah, wuchs der Riss jeden Moment wieder zusammen. Vorher musste ich erfahren, welches Wesen Nobby so verändert hatte! Entschlossen griff ich zum Elektroschocker.

»Geh zur Seite«, wies ich ihn an. »Das könnte unangenehm werden.«

Hubertus zog den Kopf zurück. Ich zielte auf die obere Spitze des Risses und drückte auf den Auslöser. Augenblicklich verbreitete sich der Riss. Nobby durfte ich davon auf keinen Fall erzählen. Einen Riss künstlich zu öffnen, konnte böse Folgen haben. Im schlimmsten Fall entstand ein dauerhaftes Portal. Nicht auszudenken, wenn das hier vorm Kölner Dom geschah. In Geisterjägerkreisen gab es die These, dass in der Nähe von Kirchen und anderen Kraftorten außergewöhnlich oft Geister der Stufen 3 und 4 auf die Gelegenheit warteten, in die Welt zu switchen.

»Ich komm immer noch nicht durch«, jammerte Hubertus. »So hilf mir doch!«

Ich setzte den Schocker ein zweites Mal an. Diesmal am unteren Ende der Pupille. Endlich war der Riss groß genug, und Hubertus zwängte sich mit einiger Mühe hindurch. Ich hob die Polaroid vors Auge und suchte nach den anderen Wesen, deren Umrisse ich vor wenigen Minuten noch gesehen hatte. Sie waren verschwunden. Kein weiterer Geist in Sicht.

»Du bist meine Rettung!« Hubertus stand vor mir und schüttelte sich wie ein nasser Hund. »Du kannst dir gar nicht vorstellen, wie trostlos es auf der anderen Seite ist!« Er setzte ein wehleidiges Gesicht auf. »Dabei habe ich das ganz und gar nicht verdient! Ich habe immer versucht, mich aus allem rauszuhalten!«

Ich ahnte, dass genau das der Grund war, weshalb er im Zwischenreich festgesteckt und keinen Weg ins Jenseits gefunden hatte.

»Du schuldest mir ein paar Antworten«, erinnerte ich ihn. Dann fiel mir ein, dass die Kids auf der Domplatte mich mit mir selbst sprechen sehen konnten. Schnell drehte ich ihnen den Rücken zu. Hubertus machte die Bewegung mit und stand jetzt mit dem Rücken zum Südportal, direkt neben dem lodernden Auge. Er trug keine Uniform, war also nicht als Soldat gestorben. Seinen Klamotten sah ich aber sofort an, dass er in den Dreißiger- oder Vierzigerjahren das Zeitliche gesegnet hatte. »Ich muss wissen, wer vor dir an dieser Stelle in die Welt gekommen ist.«

Hubertus sah mich ängstlich an.

»Die fünfte Reiterin«, flüsterte er. Ich bekam eine Gänsehaut. Damit konnte er nur die fünfte Reiterin der Apokalypse meinen. Bisher war ich davon ausgegangen, dass sie ein Mythos war, so real wie der Klabautermann der Seefahrer. Dass es die fünfte Reiterin tatsächlich gab, brachte mein Weltbild ins Wanken.

Hubertus warf einen Blick auf die Kids auf der Domplatte. »Was machen die da? Haben die nichts zu tun?«

Ich folgte seinem Blick. Die Jugendlichen, eine Handvoll Mädchen und etwa gleich viele Jungs, hatten den Ghettoblaster angestellt und fuhren Schlangenlinien um einige Pömpel, die sie auf der Domplatte verteilt hatten.

»Die haben Spaß. Hätte euch damals vielleicht auch ganz gutgetan.«

»In dem Alter habe ich schon meine Pflichten fürs Vaterland erfüllt!«, empörte sich Hubertus und beobachtete die Kids angewidert. Ich sparte mir den Kommentar dazu.

»Hast du eine Ahnung, was die fünfte Reiterin hier will?«, versuchte ich stattdessen einen nächsten Anlauf.

»Es hat irgendwas mit dem geheimen SS-Kommando zu tun«, sagte Hubertus, der die Kids immer noch irritiert anstarrte.

Ich wurde hellhörig. »Was für ein Kommando? Jetzt red schon!«

Hubertus fokussierte sich wieder auf mich.

»Ein Zusammenschluss von Esoterikern, die eine besondere Zyankali-Verbindung hergestellt haben. Mit dem Gift haben sie sich kurz vor Kriegsende das Leben genommen.«

Von den Zyankali-Pillen hatte ich in der Schule gehört. Aber was hatten die mit Esoterik zu tun?

»Was hat es mit dem Gift auf sich?«

»Das Gift schwächt den Seelenkörper. Es verhindert, dass die Seele nach dem Tod ins Jenseits eingehen kann. Stattdessen bleibt sie in der Zwischenwelt stecken.«

»Warum sollten sie das wollen?«

»Weil es zu ihrem Plan gehört. Da drüben in der Zwischenwelt wartet ein ganzes Heer aus SS-Männern darauf, ihn zu vollenden.«

»Was ist das für ein Plan?«

»Sie wollen zurückkehren und Deutschland wieder zu dem machen, was es damals war: ein deutsches Reich, auf dem Weg zur Weltmacht.«

»Das können sie vergessen«, sagte ich entschlossen. »Ich werde alles tun, um das zu verhindern.«

»Ich wünschte, ich hätte mich ihnen damals entgegengestellt.« Hubertus schien es ernst zu meinen. »Dann wäre vielleicht alles anders ausgegangen.«

»Glaub ich auch«, stimmte ich zu und beobachtete mit gemischten Gefühlen, wie er zusehends blasser wurde. Einerseits hatte ich meinen Job an den Nagel gehängt, weil ich Geistern wie Hubertus nicht helfen wollte. Andererseits hatte er mir gegenüber Wort gehalten. Dazu kam die Einsicht, dass er sich zu Lebzeiten falsch verhalten hatte. Er hatte sich seine Erlösung doch eigentlich verdient. Neben ihm schrumpfte der Riss zusammen. Ich atmete innerlich auf: Mit meiner Phaser-Aktion hatte ich also nicht aus Versehen ein bleibendes Portal direkt vor dem Dom erschaffen.

»Danke für deine Hilfe«, verabschiedete sich Hubertus. Seine Stimme war fast nicht mehr zu hören. Auch sehen konnte ich ihn kaum noch. Kurz darauf war er weg. Ich starrte die Pupille solange an, bis sie komplett verschwunden war. Jetzt loderte nur noch der Flammenkranz, der aber schnell kleiner wurde. Meine Migräne verzog sich ebenso rasant. Einige weitere Minuten später war ich schmerzfrei, und die Welt sah wieder normal aus.

***

Zurück im Betrieb in Troisdorf war ich ziemlich durcheinander. Dass die fünfte Reiterin der Apokalypse tatsächlich existierte, ließ meinen Verstand rotieren. Plötzlich hatten all die Verschwörungstheoretiker recht, über die ich mich bisher gern mal lustig gemacht hatte. Sie waren vielleicht doch nicht die Witzfiguren, für die ich sie immer gehalten hatte: Was, wenn sie recht damit hatten, dass das Auftauchen der Reiterin den Umbruch in eine furchtbare Katastrophe ankündigte – furchtbarer als alle Katastrophen, die die Menschheit bisher durchgemacht hatte? Im Grunde machte es Sinn: Die ersten vier Reiter hatten vielen Menschen Krieg, Tod, Hunger und Krankheit gebracht. Doch diejenigen, die von dem Leid profitierten, lebten noch in Sicherheit. Die Apokalypse ereignete sich außerhalb Europas, in den weniger von Weißen besiedelten Gegenden: Im Urwald Südamerikas zum Beispiel und in vielen Ländern Afrikas und Südostasiens. Und in den Kriegen, die die Weltmächte führten, auf dem Boden der Länder, die sie angeblich zu retten versuchten. Ganze Volksgruppen fielen weltweit Genoziden zum Opfer. Sie starben, weil wir ihr Öl brauchten, ihre Bodenschätze und ihr Land. Schlimmer konnte es für diese Menschen nicht werden. Wenn die fünfte Reiterin eine Apokalypse ankündigte, dann konnte es diesmal nur uns treffen: Europa, Nord-Amerika und den Rest des privilegierten, größtenteils von Weißen besiedelten Nordens. Im Grunde fand ich das mehr als gerecht, die Ausbeuter hatten es verdient, endlich für ihre Verbrechen zu bezahlen. Mein Problem war nur: Ich war ein Teil von ihnen. Auch wenn meine Schwarzen

Vorfahren gegen ihren Willen aus der Heimat verschleppt und jahrhundertelang versklavt worden waren, und auch wenn das rassistische System mich als Schwarze noch immer unterdrückte. Ich war eine privilegierte Europäerin, ich war Nobbys Tochter, hatte weiße Freunde, und ob ich wollte oder nicht: Ich profitierte von den menschenfeindlichen Praktiken der sogenannten Ersten Welt. Mit anderen Worten: Auch wenn ich mich schon damals immer auf der Seite der ausgebeuteten und kolonisierten Bevölkerungen gesehen hatte, musste ich die fünfte Reiterin in meinem eigenen Interesse wieder aus der Welt schaffen. Ich hatte zwar keinen Schimmer, wie ich das anstellen sollte, aber ich würde nicht aufgeben, bevor ich es geschafft hatte. Zur Not auch ohne Nobbys Hilfe.

Die Sache mit dem Plan der toten Nazis ließ mich ebenfalls nicht los: Dass die SS-Arschlöcher damals mit gestrecktem Zyankali Selbstmord begangen hatten, um sich in der Zwischenwelt zu sammeln und von dort aus an die Macht zu kommen, war so absurd, dass ich es sofort glaubte.

»Kassy, alles gut?« Nobby stand neben mir vor dem Tresen, die Hände in die Hüften gestemmt. Er trug Jeans und Hemd und auf dem Kopf eine rote Kappe mit der Aufschrift: *Bäckerei Goldap – so geht lecker*. Hoffentlich übersah er den alten Werkzeugkasten zwischen meinen Füßen. Ich wollte nicht, dass sich sein Trauma verstärkte, wenn er herausfand, dass ich hinter seinem Rücken Geisterdetektivin spielte. Eigentlich hatte ich geplant, die Sachen zurückzulegen, die ich aus seinem Schrank geklaut hatte. Aber die fünfte Reiterin und die Zyankali-Nazis hatten mich davon überzeugt, die Geräte erstmal bei mir zu behalten. Nobby würde seinen geheimen Schrank in nächster Zeit eh nicht öffnen. Und wenn, dann konnte ich mich immer noch mit ihm darüber streiten, dass ich alt genug war, meine eigenen Entscheidungen zu treffen. »Wolltest du nicht den Wagen waschen gehen?«

»Ich hab 'ne alte Freundin getroffen. Wir haben gequatscht, dann war die Schlange zu lang ...« Ich brach ab. Eine so schlechte Lüge wollte ich nicht unnötig in die Länge ziehen. Nobby nahm sie mir zum Glück trotzdem ab.

»Ich halte eh nichts von diesen Anlagen. Zwei Eimer Wasser drüber tun's auch.« Seine Augen fielen auf den Werkzeugkasten. »Was willst du denn mit dem ollen Ding? Wenn der andere kaputt ist, bestellt Frauke dir 'nen neuen.«

Frauke, die hinter dem Tresen stand und ein Kreuzworträtsel löste, sah auf. Ihr Gesichtsausdruck und die Kopfhörer auf ihren Ohren verrieten mir allerdings, dass sie nichts von dem verstanden hatte, was wir sprachen. Wie zur Bestätigung widmete sie sich wieder ihrer Zeitung.

»Hast du eigentlich mal von einem geheimen SS-Kommando gehört? Oder dass die Nazis damals mit Zyankali experimentiert haben?«, lenkte ich Nobbys Aufmerksamkeit weg von der Werkzeugkiste. Mein Plan ging auf. Er rieb sich den strubbeligen Bart.

»Es kommt mir nicht unbekannt vor«, sagte er. »Aber erinnern tu ich mich auch nicht. Vielleicht hat das mal irgendein ...«, er senkte die Stimme, »... Wesen erzählt, das mir begegnet ist.« Er sah mich misstrauisch an. »Warum willst du das wissen?«

Bevor ich antworten konnte, schlurfte Peter ins Schaufensterbüro. In einer Hand balancierte er etwas, das in feines Papier eingeschlagen war. In der anderen Hand hielt er eine pralle Tüte. Der Duft von Gebäck und Kuchen eroberte den Raum.

»Ich hab da so ein Radio-Feature gehört, grade im Auto«, antwortete ich Nobby, ohne Peter aus den Augen zu lassen. Der stellte den Kuchen auf den Tresen und riss die Tüte auf. Auf einem Pappteller standen vier Torten- und Kuchenstücke: Sahnejoghurt, Frischkäse-Mandarine, Bienenstich und Beerdigungskuchen. In der aufgerissenen Tüte entdeckte ich Puddingteilchen, Schweineohren und Schokocroissants.

»Lecker!« Frauke ließ das Kreuzworträtsel links liegen und lief ins Lager. Peter folgte ihr. Nobby senkte die Stimme und sah mich eindringlich an.

»Kassy, du machst nichts Unüberlegtes. Okay?«

»Ich doch nicht.« Ich vermied es, ihm zu lange in die Augen zu sehen. Er brummte.

»Keine Alleingänge! Versprochen? Manche Dinge kann man nicht verhindern. Manchmal muss man einfach nur lang genug aus der Schusslinie gehen.«

Ich presste die Lippen aufeinander. Das war so gar nicht Nobbys Art. Er war ein Kämpfer, immer einer der Ersten, der sich engagierte, Partei ergriff, die Dinge anpackte. Peter und Frauke kamen mit Geschirr und Besteck beladen aus dem Lager zurück. Peter funktionierte ein breites Messer mit geübten Handgriffen zum Tortenheber um und begann, die Kuchenstücke auf die Teller zu verteilen.

»Alleingänge?«, fragte er, ohne uns anzusehen. »Hab ich was verpasst?«

»Alles gut.« Nobby fischte ein Schokocroissant aus dem Haufen übereinandergeschichteter Teilchen. »Ich hatte was falsch verstanden.« Er ließ uns stehen, ging nach draußen und setzte sich vor der Fensterscheibe in die Nachmittagssonne.

Ich blieb neben Peter stehen und wartete darauf, dass er mir den Beerdigungskuchen auf einen Teller schaufelte.

Ich konnte es kaum erwarten, in die saftigen Zuckerseen in den Mulden zu beißen.

»Peter, weißt du was darüber, dass esoterische Nazis mit Zyankali experimentiert haben sollen? Dass es irgendeinen Plan B gibt, wie die nach ihrem Tod doch noch siegen können?«

»Tot ist tot«, verneinte Peter und klopfte auf seinen kugelrunden Bauch. Ich fragte mich, ob das Geräusch, das er dabei erzeugte, hohl wie ein Volleyball klang oder ob es eher ein satter, erdiger Sound war, der an einen Medizinball erinnerte. »So was passiert nie wieder, Kassy. Die Nazis sind Geschichte.«

Ich schwieg. Peter hatte keine Ahnung. Er wusste nicht, dass die Nazis längst wieder überall mitmischten: provokativ und gewalttätig wie in Bielefeld. Mit tumben, schlecht gekleideten Straßenkämpfern und aalglatten Karrieristen in Designer-Anzügen. Sie waren in OWL, im Ruhrgebiet im Sauerland und im Rheinland aktiv, als Unternehmer, Abgeordnete einer konservativen Partei, Polizeibeamte, Richter, Lehrer. Peter wollte glauben, dass *andere* Deutsche wie ich, Costa, Errol oder KaySer in diesem Land in Sicherheit waren. Gleichberechtigt und dazugehörig. Dass es nicht so war, würde ich ihm ein anderes Mal verklickern. Jetzt war dafür nicht der richtige Zeitpunkt. Jetzt ging es um die Verschwörung der toten Zyankali-Nazis. Ich legte Peter eine Hand auf den Unterarm, hoffentlich begriff er so, dass ich über das Geisterjägerbusiness sprach. Noch deutlicher wollte ich nicht werden, denn Frauke hörte mit. »Hat Nobby vielleicht mal was erzählt? Über Esoteriker bei der SS? Über einen geheimen Plan für die Zeit nach dem Krieg? Über verändertes Zyankali?« Frauke verschwand im Lager. Ich senkte die Stimme und sah Peter verschwörerisch an. »Oder über Nazis, die als Geister aus dem Zwischenreich zurückkommen wollen?«

»Geister halte ich für Quatsch«, sagte Peter. Er schob die Tüte mit den Teilchen zur Seite und drehte den Pappteller mit den Kuchenstücken. »Nur weil dein Vater dran glaubt, muss ich das nicht auch tun.«

»Aber …?« Ich sah ihn verwirrt an. Er wusste von Nobbys Job, half ihm beim Geisterjagen – wie konnte er da nicht an Geister glauben?

»Nobby ist mein bester Freund. Für ihn vernichte ich auch Geister, die es nicht gibt«, erklärte er, als hätte er meine Gedanken gelesen. Frauke kam mit einer Kaffeekanne zurück zum Tresen. Ich sah Peter frustriert an.

»Und wenn du nochmal ganz scharf nachdenkst? Hat Nobby vielleicht doch mal was erwähnt?«

»Nein.« Peter schob mir den Teller zu, auf den er den Kuchen für mich platziert hatte. Ich zog einen Flunsch und schnappte mir einen Löffel, denn seit ich denken kann, benutze ich Gabeln nur im äußersten Notfall.

»Was musst du denn wissen, Krause?«, mischte sich Frauke ein. Mit den Fingern fegte sie die Mandelblättchen und Zuckerkörner auf dem Pappteller zusammen. Ich winkte ab. Frauke konnte mir garantiert nicht helfen. »Wenn ich was rausfinden muss«, fuhr sie fort und schaufelte sich das Mandel-Zuckergemisch in den Mund, »lese ich's nach. Freitags hält der Bücherbus vom Gemeindehaus. Vielleicht haben die ja das passende Buch für dich.«

Ich hätte sie knutschen können. Was für eine grandiose Idee! Gut, der Troisdorfer Bücherbus konnte mich nicht weiterbringen. Aber gleich am nächsten Morgen würde ich nach Köln in die Universitätsbibliothek fahren.

Recherche

Erst als ich den Golf am Samstagmorgen geparkt hatte und auf die Kölner Unibibliothek zuging, dachte ich darüber nach, dass sie geschlossen sein könnte. Ich hatte keine Ahnung, wie die Woche der Studierenden getaktet war. Ich kannte nur Studentenpartys. Und die waren nicht mein Ding: unschöne Locations, Nichttänzermusik, Im-Weg-Steher auf der Tanzfläche und der langweilige Mix aus Chartmusik und Evergreens aus übersteuerten Boxen. Nicht zu vergessen die erschreckend schlecht dekorierten Biertische mit dem Jeder-bringt-was-mit-Essen. Mein Kopfkreisel endete erst, als ich das Gebäude erreichte und erleichtert feststellte, dass die Bibliothek geöffnet war – und erstaunlich gut besucht. Ich zückte den Bibliotheksausweis und dankte Nobby im Stillen dafür, dass er ihn schon vor Jahren für mich beantragt hatte – und bezahlte. Damals, vor etwas mehr als vier Jahren, stand ich kurz vor dem Realschulabschluss und hatte mich nicht schnell genug geduckt, als es darum ging, die Abschlussrede für die Schülerschaft zu halten. Ich hatte jedoch keine Idee gehabt, was ich sagen sollte. Nobby glaubte, dass mich die vielen Bücher und all die in der Bibliothek verfügbaren Informationen inspirieren würden – und er behielt Recht. In meiner Rede sprach ich später von den vielen Möglichkeiten, die uns offenstanden und von ausgefallenen Berufen, die wir ergreifen konnten. Davon, dass einem mit Real- oder

Hauptschulabschluss viele Karriere-Wege versperrt blieben, sprach ich nicht. Auch den Rassismus in den Schulbüchern ließ ich unerwähnt, ebenso den der Lehrkräfte. Ich wollte meinem Abschlussjahrgang Hoffnung machen. Ich wollte uns wenigstens für einen Abend davon träumen lassen, dass wir alles erreichen konnten. Die harte, diskriminierende Realität, die die meisten von uns täglich erlebten, würde uns noch früh genug einholen. Denn im Gegensatz zu den Gymnasiasten waren wir in der Mehrheit People of Color, denen der Zugang in privilegierte, weiße Räume meist verschlossen blieb.

In der Bibliothek suchte ich mir einen abgeschiedenen Platz in der Nähe der Schränke mit dem Karteisystem. Hier waren alle Texte vermerkt, die man ausleihen oder ansehen konnte. Manche Bücher oder Zeitungen waren so wertvoll, dass man sie nur vor Ort einsehen konnte. Oder sie waren stark verkleinert auf Folien abgedruckt, die man in ein Gerät stecken musste, das ähnlich wie ein Mikroskop funktionierte und alles wieder lesbar vergrößerte.

Ich fand das Ordnungssystem der Bibliothek komplett verwirrend. Obwohl ich mich damals für meine Abschlussrede hier okay zurechtgefunden hatte, stand ich diesmal komplett auf dem Schlauch. Eine mittelalte Frau mit roten Haaren und weichen Klavierfingerspitzen erbarmte sich meiner. Sie trug ein kleines Schild, auf dem Kiesewetter stand. In ihrem stark geschminkten Gesicht fielen besonders die nachgemalten Augenbrauen auf.

»Kann ich dir helfen, junge Dame?«

»Ehrlich gesagt, ja«, nahm ich ihr Hilfsangebot prompt an. Die Aussicht, Stunden zu brauchen, bis ich das System überhaupt gecheckt hatte, verdarb mir schon jetzt die Laune. »Ich suche Zeitungsartikel und Bücher über die SS.

Ich muss wissen, ob es Geheimprojekte gegeben hat, die mit Elektrizität zu tun hatten.«

Sie spitzte den Mund und starrte für eine kurze Weile ins Nichts. Dann lächelte sie und winkte mich zu den Karteikarten-Schränken. »Ich glaube, da werden wir fündig.«

Es dauerte eine Weile, aber dann fanden wir tatsächlich etwas. In einer älteren Magisterarbeit aus den Siebzigerjahren stieß ich auf Hinweise auf eine okkulte Kameradschaft, die angeblich kurz vor Kriegsende die »Operation Wiedergänger« ins Leben gerufen hatte. Viel mehr als der Name war dem Verfasser der Arbeit allerdings nicht bekannt. In einem Zeitungsartikel aus den Sechzigern wurde ein wissenschaftliches Institut erwähnt, in dem Physiker und Elektriker ein Gerät namens Donnerkiel entworfen hatten, das Schallwellen aussenden konnte und damit »*die Wände dauerhaft einreißen lässt, die die Realität definieren*«. Das klang verdächtig nach der Membran, die die Welten voneinander trennte. Leider ließen sich keine Hinweise darauf finden, ob der Donnerkiel nur entwickelt oder auch gebaut worden war. Wenn es den Donnerkiel gab und er einen zeitweise stabilen Riss erzeugen konnte, war die Gefahr groß, dass die Geister der toten Zyankali-Nazis bald in dieser Welt für Trouble sorgen würden …

Ich verließ die Unibibliothek am späten Nachmittag. Ich hatte einige Kopien gemacht und viele Dinge abgeschrieben, trotzdem hatte ich nicht das Gefühl, etwas wirklich Hilfreiches herausgefunden zu haben, geschweige denn zu wissen, wie der Plan der Nazigeister konkret aussah. Ich konnte inzwischen immerhin mit relativer Sicherheit sagen, dass es ihn gab.

Draußen vor dem Gebäude, stieß ich auf eine Gruppe Schwarzer Frauen und Männer in meinem Alter. Einige trugen wallende Kleider in bunten Farben, andere schwarze körperbetonte Klamotten, die denen der Black Panther-Aktivisten aus den USA ähnelten. Dazwischen standen Popper, Waver und ein Esprit-Mädchen. Ein Glatzkopf mit hellbrauner Haut und Sommersprossen in Hochwasserhosen, Springerstiefeln, T-Shirt und Deutschland-Hosenträgern kam auf mich zu.

»Wir suchen Ideen für den Kampf gegen das N-Wort. Hast du Zeit?«

»Sorry, ich bin nicht aus Köln. Ich muss direkt wieder weg.«

Das Esprit-Mädchen im gelben Strickpulli mit Rüschenbluse, Karottenjeans und niedrigen Lederpumps drängte sich zwischen uns.

»Bleib doch noch. Wir müssen zusammenhalten, wenn wir was erreichen wollen. Du bist doch auch afrodeutsch!«

»Ich bin jamaika-deutsch.«

Sie zog die Augenbrauen zusammen und musterte mich streng von oben bis unten. Ihre schönen, geflochtenen Haare, die mit braunen Holzkugeln verziert waren, hüpften dabei an ihrem Kopf auf und ab. »Was ist dein Problem, Schwester? Ich bin Schwarz, du bist Schwarz – wir teilen dieselben Erfahrungen. Ist doch egal, wo unsere Eltern geboren sind. Wir sind alle Kinder der afrikanischen Diaspora.«

Die Gruppe nickte Zustimmung, einige murmelten dazu.

»Ich würd mich freuen, wenn du kommst.« Der Glatzkopf hielt mir einen Flyer hin und lächelte aufmunternd. Er war so groß wie ich und vom Körperbau ziemlich bullig. Ich tippte auf Pumpermuskeln in Kombination mit schlechter Ernährung und Trainingsdefizit. Er verfügte über eine selbstbewusste Anziehungskraft.

»Ein anderes Mal gern.« Ich nahm ihm den Flyer ab. Auf der Rückseite entdeckte ich eine Werbung für das Buch »*Farbe bekennen*«. In dicken Lettern stand da: *Leseempfehlung! Mit Texten von May Ayim, Aktivistin, Pädagogin, Dichterin.* Auf der Vorderseite des Flyers stand: *Einladung! Komm zum Treffen für Schwarze Deutsche und in Deutschland lebende Schwarze. Jeden Samstagabend, 16 Uhr, Ende offen. Ort nach Ansage.* Darunter war eine Telefonnummer vermerkt.

»Das' meine Nummer«, grinste der Glatzkopf. »Kannst jederzeit anrufen. Auch privat.«

Ich musste lachen. »Mal sehen.« Dann steckte ich den Flyer ein und tippte mir wie ein Soldat an die Stirn. »Hat mich gefreut.«

Dem Gesichtsausdruck nach war das Esprit-Mädchen kurz davor, dem Glatzkopf eine Szene zu machen. Ich hatte keine Lust, als Kriegsgrund herhalten zu müssen, deshalb ging ich, ohne noch etwas zu sagen.

Im Auto überlegte ich, wie es von hier aus weiterging. Von Nobby wusste ich, dass die Membran ein lebendiger Organismus war. Verletzte man sie an einer Stelle, verdickte sie sich dort zum Schutz. An einer anderen Stelle wurde sie dafür allerdings stark gedehnt. Je öfter oder länger eine Stelle gedehnt wurde, desto eher riss sie ein. Aber auch eine verdickte Stelle, die lang genug verletzt wurde, riss irgendwann auf.

Waren die vielen Risse in der letzten Zeit ein Hinweis darauf, dass die Nazis den Donnerkiel damals tatsächlich gebaut hatten – und dass ihn jetzt irgendwer zum Einsatz brachte? Verdickte sich die Membran also im Moment irgendwo zum Schutz und riss deswegen an anderen Stellen auf? Wurde gerade ein festes Portal geschaffen, durch das die Zyankali-Nazi-Geister in die Welt switchen konnten? Falls ja, musste ich das verhindern. Das Problem war nur: Ich hatte keine Ahnung, wieviel Zeit mir blieb. Und ich wusste nicht, wie ich den Donnerkiel unschädlich machen konnte. Um ihn zu zerstören, hätte ich wissen müssen, wo er sich befand. Mir blieb nur, einen Weg zu finden, seine Wirkung zu neutralisieren. Keine einfache Aufgabe, denn ich hatte keinen Schimmer, wie der Donnerkiel funktionierte. Allerdings kannte ich die Frequenz der Membran, und vielleicht würde ich sie vor den Störwellen des Donnerkiels schützen können. Dazu brauchte ich nur ein Gerät, das seine Wirkung abschwächen oder im besten Falle neutralisieren konnte. Vor meinem geistigen Auge entstand der Bauplan einer völlig neuen Waffe, einer Kombination aus den Funktionen der Mäklait und des Elektroschockers: ein Frequenzphaser, der die Membran sowohl stärken als auch kitten und sogar kontrolliert öffnen konnte. Dabei konnte der Phaser einen Riss erzeugen, der sehr fein war, wie mit einem Skalpell geschnitten. Außerdem brauchte er eine Art Klebefunktion, denn der Phaser sollte nicht nur den natürlichen Heilimpuls der Membran unterstützen, sondern auch künstliche Risse dauerhaft verschließen können. Und dazu noch der Elektroschocker-Modus: Der benötigte viel Power, ich musste also einen starken Akku verbauen. Alles zusammen brauchte dann eine Hülle, die ausreichend Platz für die gesamte Technik bot. Ich bremste ab, wendete und fuhr zurück Richtung Kölner Innenstadt. Nach einer Weile fand ich endlich einen Laden für Karnevalsbedarf, in dem diverse Kostüme aus dem Science-Fiction-Genre angeboten wurden – samt der dazu passenden Plastikwaffen. Ich entschied mich für einen etwas größeren Phaser aus dem Star-Trek-Universum, der über ausreichend Hohlraum verfügte und trotzdem noch gut in der Hand lag.

Wieder im Auto musste ich an die fünfte Reiterin denken. Die durfte ich auf gar keinen Fall vergessen! Sie geisterte da draußen herum und verbreitete garantiert schon Angst und Schrecken. Die ersten Schlagzeilen würden nur noch eine Frage von Tagen sein. Aus Geisterseher-Sicht der Super-GAU, denn wenn ein Mensch zugab, einen Geist gesehen zu haben, ermutigte das meist noch andere, von ihren Erlebnissen zu erzählen. Je mehr Leute aber über Geistererscheinungen berichteten, desto deutlicher würde werden, dass Geister tatsächlich existierten. Das würde in garantiertes Chaos ausarten, denn Menschen haben Angst vor allem, was sie nicht kennen. Bei manchen Geistern ist die Furcht begründet, bei den meisten jedoch nicht. Es gibt viel mehr harmlose als gefährliche Wesenheiten, aber ich war mir sicher, dass sie alle in die dieselbe Schublade gesteckt würden. Alles lief auf ein Geister-Massaker hinaus – und das musste ich dann ebenfalls verhindern; als ob ich mit der Zyankali-Nazi-Verschwörung nicht schon genug zu tun hatte!

***

Der Samstagabend verlief ereignislos, ich warf mich aufs Bett und schaltete den Fernseher ein. Als ich am Sonntagmorgen aufwachte, war das Haus verlassen. Nobby und Peter waren mal wieder zum Fußballplatz gepilgert, diesmal spielte die Kinder-Mädchenmannschaft mit Frau Goldaps Enkelin im Tor. An der Tür des Büdchens hing ein »Wir haben leider geschlossen«-Schild, und das Wetter war zu schlecht zum Chillen in der Sonne. Ich machte einen Spaziergang zum Schrottplatz, aber KaySer war nicht da. Zurück in meiner Wohnung rief ich bei Errols Eltern an, doch der besuchte ein Ska-Tagesfestival in Solingen. Also ging ich ins Lager, um den Frequenzphaser zu bauen, von dem ich in der Nacht geträumt hatte. Zuerst skizzierte ich den Bauplan auf den Zeichenblock mit dem Millimeterpapier-Muster. Der Phaser musste sehr fein justierbar sein, denn je nach Dicke der Membran benötigte ich unterschiedliche Schnitttiefen. Mit einem einfachen Kippschalter konnte man den Phaser in den Mäklait-Modus versetzen. Im Gegensatz zur Taschenlampe sollte der Lichtkegel mit der ultravioletten Strahlung aber deutlich größer und intensiver sein, das sorgte hoffentlich dafür, dass der Phaser eben nicht nur die Selbstheilungskräfte der Membran bei natürlichen Rissen triggerte, sondern dass er auch künstliche Schnitte dauerhaft verklebte. Die deutlich größere Intensität der Strahlung lag vor allem an dem Lithium-Ionen-Akku, den ich verbauen wollte. Nobby hatte ihn vor Jahren aufgrund sensationeller Forschungsergebnisse der TU München nachgebaut. Er sollte meinen Phaser mit so viel Power versorgen, dass er auch als Elektroschocker einsetzbar war. Ich hoffte natürlich, dass der Phaser genau so funktionieren würde, wie ich es mir vorstellte, aber letztendlich würde das erst der abschließende Waffentest zeigen.

Ich öffnete den Star-Trek-Plastikphaser, schnitt die Platinen zurecht, die ich im Inneren platzieren wollte, und bestückte sie. Zwischendurch ging mir das Lötzinn aus, glücklicherweise fand ich reichlich Nachschub. Den Akku zu montieren, hatte ich mir leichter vorgestellt, er passte nicht in die Hülle. Am Ende entschloss ich mich, ihn in den Griff des Phasers zu montieren. Das hatte einen positiven Nebeneffekt: Der Phaser hatte jetzt einen optimalen Schwerpunkt und lag perfekt in der Hand. Und sobald der Akku leer war, konnte ich ihn mit einem Klick auf die Arretierung wie ein Pistolenmagazin von unten aus dem Griff herausrutschen lassen und durch einen geladenen Akku austauschen.

Am frühen Abend kam Nobby zurück. Ich hörte ihn im Treppenhaus poltern und versteckte den Phaser, für den Fall, dass er zu mir ins Lager kam. Doch er ging direkt in die Wohnung. Nach einer Weile kramte ich meine Konstruktion wieder vor und perfektionierte sie. Zwei Stunden später legte ich den fertigen Frequenzphaser zufrieden zur Seite. Da ich noch kein bisschen müde war, nahm ich mir vor, auch noch den BRAUN-1000 zu pimpen. KaySer hatte mir den Akku vom Schrottplatz, gegen den ich die alte Batterie austauschen wollte, in einer Kiste ins Lager gestellt. Im Morgengrauen hatte ich es geschafft: Der neue Akku saß felsenfest, und das Gerät war nur noch halb so schwer. Es fehlten nur noch die abschließenden Funktionstests. Übermüde und zufrieden mit meinem sonntäglichen Output schleppte ich mich hoch ins Bett. Mir blieben noch knapp zwei Stunden bis zum Weckerklingeln.

DER FREQUENZPHASER

ICH war völlig übermüdet, als ich am nächsten Morgen in den Betrieb schlurfte. Nobby stand bei Frauke am Tresen und strotzte nur so vor guter Laune. Er trug seinen Blaumann und wirkte vollkommen klar. Frauke sah wie immer toll aus, sogar ihr Schönheitsfleck saß perfekt. Peter, der am Besuchertisch vor dem Fenster saß, fummelte an seiner Kippenschachtel herum.

»Morgen Kassy.« Nobby drückte mir einen Kuss auf die Stirn. »Peter und ich fahren ins Neubaugebiet. Kostenvoranschlag. Keine große Sache.« Er zögerte. »Oder willst du das übernehmen?«

Ich freute mich im Stillen, dass er heute einen guten Tag hatte. »Gerne nicht. Dann kann ich was anderes erledigen.«

»Brauchst du dafür den Wagen?«

»Ehrlich gesagt ja«, antwortete ich mit einem Blick auf Peter. »Könntet ihr dein Auto nehmen?«

»Na klar!« Peter sprang auf. »Komm Nobby, Lada fahren!«

Nobby klopfte augenrollend auf den Tresen und folgte Peter durch die Tür. Ich wandte mich an Frauke.

»Ich fahr zum Schrottplatz. Falls ein Auftrag reinkommt ...«

»Ruf ich da an. Ist doch logisch.«

***

Kaum eine halbe Stunde später testeten KaySer und ich den Frequenzphaser. Wir hatten verschiedene Messinstrumente aufgebaut, die dokumentieren sollten, ob meine Konstruktion so arbeitete, wie ich es mir vorgestellt hatte. Zuerst wollten wir herausfinden, ob sie einen Riss in der Membran erzeugen konnte. Ich stellte den feinsten Schnittmodus ein und drückte KaySer den Phaser in die Hand.

»Was machen wir, wenn der Riss zu groß wird?« KaySer betrachte die Waffe. Sie war handlich und sah stylish aus, sie war mir wirklich gut gelungen. »Was, wenn die Klebefunktion nicht funktioniert? Und dann gefährliche Geister durchswitchen?«

»Ziemlich erfinderfeindliche Fragen«, antwortete ich leicht genervt. Von KaySer, die es hasste, wenn man ihre Kunst hinterfragte, hätte ich erwartet, dass sie mich erstmal nur supportete. Und das gelungene Design lobte. Dass ich ihre Bedenken teilte, verschwieg ich. »Ich hab den alten Elektroschocker dabei. Notfalls können wir damit die meisten Geister zurück in die Zwischenwelt drängen, bis die Membran von selbst heilt.« KaySer sah etwas weniger besorgt aus. »Und falls ein Dämon switchen sollte«, schob ich hinterher, »haben wir ja den Braun-1000.«

»Hast du mir nicht eben noch erzählt, dass wir den auch erst noch testen müssen?«

»Das geht leider nur im Einsatz«, gab ich zu.

»Na toll«, maulte KaySer. »Das ist ja sehr beruhigend. Im schlimmsten Fall öffnen wir also die Membran, kriegen sie von allein nicht wieder verschlossen, verhelfen einem gefährlichen Geist, in die Welt zu switchen, und können ihn dann nicht mal vernichten, weil der Braun-1000 nicht mehr funktioniert.«

»Seit wann hast du ein Diplom in Schwarzmalerei?«, neckte ich sie grinsend. »Im Ernst: Wir fangen mit der kleinsten Phaserstufe an. Und wir machen nur einen minimalen Schnitt. Da kann nicht viel passieren. Für einen Switch muss so ein Riss schon eine bestimmte Größe haben.«

»Wenn du das sagst ...« KaySer hob den Phaser und zielte aufs Dach des umgekippten Bullis, der etwa fünf Meter von uns entfernt wie ein verendetes Tier dalag. Das Metall war leuchtend rot lackiert und funkelte wie schwelendes Feuer – doch das lag an der aufsteigenden Sonne und nicht an KaySers Schuss. Im nächsten Moment zerplatzten Dutzende Autospiegel im näheren Umkreis. Ein flammendes Auge oder sogar einen Riss machte ich nicht aus. KaySer warf mir einen überraschten Blick zu. »Hab ich was falsch gemacht?«

Ich hatte die Messinstrumente beobachtet und ahnte, wo das Problem lag. Und richtig: Als ich das Gehäuse des Frequenzphasers öffnete und die Platine checkte, fand ich den Fehler sofort: eine kalte Lötstelle. Glücklicherweise besaß KaySer nicht nur grobe Schweißgeräte, sondern auch einen filigranen Lötkolben, mit dem ich die Stelle neu verlötete.

Beim zweiten Versuch erzeugte der Phaser einen Riss in der Membran, etwa so groß wie ein Fünfmarkstück. Nach knapp drei Minuten schloss er sich wieder. Meine Kopfschmerzen hielten sich wie erwartet in Grenzen. Danach testeten wir den Reverse-Modus. Zuerst erzeugte ich einen weiteren Riss und stellte die Waffe dann mit dem Kippschalter um. Das ultraviolette Licht, das ich mit erträglichen Schmerzen sehr gut sehen konnte, sorgte dafür, dass die Membran in vergleichbar kurzer Zeit, also knapp unter einer Minute, zusammenwuchs. Doch meine Freude währte nicht lang, denn der Riss öffnete sich wieder. Wir probierten es dutzende Male, immer mit demselben Ergebnis: Der Schnitt blieb erst dann dauerhaft verschlossen, als die Membran von selbst heilte, ohne das Zutun des Phasers. Wie bei der Mäklait funktionierte der Reverse-Modus also nicht bei künstlichen Schnitten – trotz des Lithium-Ionen-Akkus. Irgendetwas fehlte noch, was die Klebefunktion der Waffe permanent machte. Doch so sehr ich darüber grübelte, ich kam nicht darauf, was es sein konnte.

»Lass uns die Elektroschockerfunktion testen«, schlug KaySer vor. »Wenn du 'ne Weile nicht über das Problem mit dem Reverse-Modus nachdenkst, kommt die Lösung von allein.«

»Vielleicht hast du recht.« Die Elektroschockerfunktion des Phasers funktionierte einwandfrei. Meine Laune besserte sich dadurch jedoch nicht. Frustriert packte ich die Messinstrumente zusammen und steckte den Phaser in die Tasche meiner Arbeitshose. »Und was machen wir jetzt? Ich mach alles mit, was mich auf andere Gedanken bringt.«

»Ich hab gehört, dass Arnulf gestern aus der Kur zurückgekommen ist. Wir könnten ihm einen Besuch abstatten.«

Das ließ ich mir nicht zweimal vorschlagen. KaySer half mir, die Messinstrumente im Golf zu verstauen, und wir fuhren los. Sie wusste, wo Arnulf wohnte, denn seine Mutter hatte ihr vor einigen Monaten eine Schrottskulptur abgekauft. Schon von weitem entdeckte ich die fast zwei Meter hohe, geflügelte Kobra in Angriffsposition im Vorgarten eines Einfamilienhauses.

»Wie ist eigentlich der Stand bei Errol und dir?«, kam es vom Beifahrersitz. Ich bemerkte, dass KaySer mich von der Seite ansah und achtete darauf, keine Grimasse zu ziehen.

Errol und ich hatten uns zwar ausgesprochen. Aber ob wir wirklich wieder so gute Buddys waren wie vor unserem One-Night-Stand, wusste ich nicht.

»Wir sind okay«, antwortete ich. Nicht weit vom Haus entfernt hatte ich einen Parkplatz entdeckt, jetzt machte ich mich daran, das Auto in die ideale Rückwärtseinfahrposition zu bringen.

»Wie sicher bist du eigentlich, dass du hetero bist?«

Noch eine Frage, auf die ich keine hundertprozentige Antwort hatte. Ich stand auf Männer, das war klar. Ob ich aber auch auf Frauen stand, wusste ich nicht genau.

»Vielleicht solltest du es nochmal mit einer Frau ausprobieren«, schien KaySer meine Gedanken zu erraten. Ich parkte den Wagen rückwärts ein und zog die Handbremse an.

»Ja, vielleicht, irgendwann. Aber jetzt knöpfen wir uns erstmal Arnulf vor. Mal sehen, was er uns über die fünfte Reiterin der Apokalypse erzählen kann.«

***

Arnulf saß im Garten auf der Hollywoodschaukel. Er war in eine braune Decke mit grünen Streifen gehüllt und starrte uns überrascht entgegen. Es war KaySers Vorschlag gewesen, nicht an der Tür zu klingeln, sondern erstmal hinter dem Haus nach ihm zu schauen.

»Was macht ihr denn hier?«, begrüßte er uns.

»Gucken, wie es dir geht«, sagte ich. KaySer winkte ihm zu und ließ sich auf einen der Gartenstühle fallen. Ich setzte mich neben Arnulf auf die Schaukel.

»Haben sich die Nachbarn beruhigt?«, fragte KaySer, »wegen der Schrottschlange im Vorgarten?«

Arnulf zog die Beine in den Schneidersitz. »Der Diekmann macht immer noch Theater«, antwortete er, »aber Petschoks und Hillebrands wollen vielleicht auch ein Kunstwerk kaufen.«

KaySer grinste zufrieden. »Das hört sich gut an. Unser Deal steht? Du kriegst zehn Prozent für jeden Auftrag aus deiner Straße?«

»Die Ersten trudeln sicher bald ein. Ich bin ja jetzt wieder hier und kann die Leute ein bisschen bearbeiten.«

»Wie war's denn auf Kur?«, ging ich dazwischen. »Deine Mutter meinte, du warst in Bad Salzuflen?«

»War entspannt.« Arnulf presste die Lippen aufeinander. Davon erzählen wollte er offenbar nicht.

»Ach so, herzlichen Glückwunsch zur bestandenen Prüfung«, sagte ich und wollte direkt auf den Geisterjägereinsatz am Dom überleiten. Doch KaySer kam mir zuvor.

»Jetzt mal Butter bei die Fische«, begann sie ohne jeden Hauch von Diplomatie, »warum hast du bei Nobby gekündigt? Dass er sich dir gegenüber falsch verhalten hat, können wir ausschließen. Oder?«

Arnulf zögerte. Er warf einen Blick zur Terrassentür, und ich fragte mich, ob er allein zuhause war. »Nobby hat damit nichts zu tun«, raunte er.

»Wer dann?«, bohrte KaySer nach und beugte sich ihm entgegen. »Hatte es vielleicht einen«, sie senkte die Stimme, »übernatürlichen Grund?«

Arnulfs Augen weiteten sich. Er sah uns schockiert an, sagte aber kein Wort. Ich stand auf, ging zum Haus und zog die Terrassentür so weit wie möglich zu. Dann setzte ich mich wieder neben ihn auf die Schaukel.

»Es ist wirklich wichtig, Arnulf. Nobby ist immer noch total neben der Spur. Ich muss rausfinden, was genau passiert ist. Nur so hab ich eine Chance, ihm zu helfen.«

Mir fiel auf, wie dünn Arnulf geworden war, seit ich ihn das letzte Mal gesehen hatte. Außerdem schienen seine kurzen Haare einen Graustich bekommen zu haben und auf seiner gelblich blassen Haut auf Hals und Unterarmen entdeckte ich dunkle, dicke Adern.

»Ich hab Geister gesehen.« Er stockte. »Am Dom. Nobby brauchte mich für einen Spezialeinsatz. Ich hab mir nichts dabei gedacht.«

Das war ungewöhnlich. Normalsichtige Menschen wie Arnulf konnten Geister in der Regel zwar wahrnehmen, aber nicht sehen.

»Was für Geister?«, setzte ich nach. »Wie sahen die aus? Jedes Detail kann wichtig sein.«

Arnulf entknotete seine Beine und nutzte sie zum Schwung holen. Mir drehte sich sofort der Magen um, vom Schaukeln war mir schon immer schlecht geworden. Aber ich wollte ihn nicht unterbrechen.

»Der Erste war ein Dämon.« In Arnulfs Augen sammelten sich Tränen. »Ich hatte solche Angst. Ich dachte, ich muss sterben.«

»Du hast diesen Dämon tatsächlich gesehen? Wie sah er aus?«

»Nein, den konnte ich nicht sehen. Aber ich hab ihn gespürt.«

»Was hat der Dämon gemacht?«, fragte KaySer. »Hat er dich verletzt?«

»Er ist irgendwie in mich reingefahren«, antwortete Arnulf. Ich merkte ihm deutlich an, wie ungern er sich erinnerte. »Gottseidank nur kurz. Und dann hat Nobby ihn angeblich aufgesaugt. Mit einem superalten Staubsauger.«

»Was hat er mit dem Beutel gemacht?«

Arnulf schien wie aus einer Trance zu erwachen und blinzelte heftig. »Ihr seid gar nicht überrascht. Wusstet ihr, was Nobby so treibt?«

»Er hat uns erzählt, was passiert ist«, antwortete ich vage, denn ich hatte das Gefühl, dass Arnulf besser nicht erfuhr, dass sein ehemaliger Meister nicht der einzige Geisterjäger war. »Was ist mit dem Staubsaugerbeutel passiert?«

»Dein Vater hat ihn weggeworfen.« Arnulf schüttelte sich. »Der flog einen Meter weit und dann war er plötzlich verschwunden. Hat sich einfach so in Luft aufgelöst.«

Ich warf KaySer einen erleichterten Blick zu. Ich wusste, dass sie dasselbe dachte: Nobby hatte den Beutel mit den zerfetzten Atomen des Dämons durch den Riss in die Zwischenwelt zurückgeworfen. Arnulf hatte das nur nicht gesehen, weil er das Auge mit dem Riss nicht wahrnehmen konnte. Der Dämon stellte also keine Gefahr mehr dar. Blieb noch die fünfte Reiterin.

»Was ist dann passiert? Was war das für ein zweiter Geist?«

Keine Ahnung, wie das möglich war, aber Arnulf wurde noch blasser. Er verzog das Gesicht, als ob er jeden Moment kotzen müsste.

»Das war eine Frau auf einem Pferd. Sie war total real, nicht nur ein Gefühl oder so. Sie sah aus wie so eine von den Reitern der Apokalypse. Sie kam einfach aus dem Nichts.«

»Hat sie irgendwas gesagt?«, fragte KaySer.

»Sie ist nur an mir vorbeigeritten, aber das hat vollkommen gereicht. Alles, was mir Angst macht, ist sofort in mir aufgepoppt. In der Therapie hab ich rausgefunden, dass der erste Geist, also dieser Dämon, mir eine Panikattacke beschert hat. Und die Reiterin hat dann einen verdammten Nervenzusammenbruch ausgelöst.«

Ich legte beruhigend meine Hand auf seinen Arm. Seine Haut war auffällig kühl. Ob sich seine kalkweiße Haut nicht genug in der Sonne aufheizte? Es war nicht unbedingt heiß, aber doch so angenehm, dass ich im T-Shirt nicht fror.

»Ich kann verstehen, wie sehr dich das schockiert hat«, sagte ich. »Große Leistung, dass du trotzdem so kurz danach deine Gesellenprüfung bestanden hast.« Arnulf lächelte geschmeichelt. Ich stupste ihn anerkennend an. »Darauf kannst du echt stolz sein.«

»Also«, überlegte KaySer, »lässt die Reiterin Ängste hochkochen? Das würde zumindest auch bei Nobby passen.«

»Also in meinem Fall war es so. Die Angst, die ich vor dem Dämon gespürt hab, ist ja noch nachvollziehbar. Das hab ich in der Therapie kapiert. Aber als diese Frau auf dem Pferd auftauchte, hatte ich keine Angst vor ihr. Stattdessen hatte ich plötzlich einen Film im Kopf mit all den beängstigenden Situationen, in denen ich je gesteckt habe oder stecken könnte. Das war der absolute Horror.«

Wenn das bei Nobby auch der Fall gewesen war, verstand ich, warum er so dichtmachte. Und warum er glaubte, mich und die anderen mit seinem Schweigen schützen zu müssen.

»Wie sah die Reiterin aus?«, fragte KaySer.

»Sie trug einen weiten Umhang mit Kapuze, hab deshalb nur wenig von ihr gesehen. Das Einzige, was ich deutlich erkennen konnte, waren die hellroten Augen.«

»Als du sie gesehen hast, ist dir da irgendwas aufgefallen?«, hakte ich nach, »Wie sah die Umgebung aus? Hat die sich verändert?«

»Nein, alles sah ganz normal aus. Nur die Reiterin war … sie hatte so eine Art Lichthülle. Da war so dunkles, lila Licht, das von ihr und dem Pferd ausging.«

Das klang leider nicht danach, als ob Arnulf durch die Reiterin plötzlich zum Geisterseher geworden war. Anscheinend lag ich mit meiner Befürchtung richtig: Normal-sichtige Menschen konnten die Reiterin sehen. Das Ganze hatte das Potenzial, in einer bösen Geisterhysterie zu enden.

»Wie hast du dich von dem Schock erholt? Musstest du Medikamente nehmen? Oder war es nur eine Frage der Zeit?«, übernahm KaySer den Gesprächsfaden.

»Pillen hab ich bekommen, die haben aber nicht gewirkt.« Arnulf hatte ausgeschaukelt und zog die Beine wieder in den Schneidersitz. Mein Magen dankte es ihm. »Geholfen haben mir aber die Gespräche mit der Therapeutin – und der Abstand, glaub ich.«

»Vielleicht sollten wir Nobby in den Urlaub schicken«, überlegte KaySer.

Eine alte Frau mit grauem Dutt und faltigem Gesicht öffnete die angelehnte Tür und trat auf die Terrasse. Als sie uns sah, drehte sie wortlos wieder um und ging zurück ins Haus.

»Ich komm gleich, Omma«, rief Arnulf ihr nach. »Mittagessen«, erklärte er uns. »Ich hab euch alles gesagt, mehr weiß ich nicht.«

»Danke dir«, sagte ich und erhob mich. »Falls wir noch Fragen …«

»Keine Fragen«, unterbrach er mich. »Ich hab euch das nur erzählt, weil ich Nobby helfen wollte. Aber es geht auch um mich. Wenn sich rumspricht, dass ich Geister gesehen hab, stempeln die mich als Spinner ab. Das kann ich gar nicht gebrauchen. Ich werde nie wieder über das sprechen, was Nobby und ich am Dom erlebt haben. Wenn ich Glück habe, kann ich es irgendwann so weit verdrängen, dass ich nicht mehr jeden Tag dran denken muss.«

***

Zurück im Betrieb setzte ich mich vors Haus zu Peter und Nobby. Während die beiden hochkonzentriert Schach spielten, grübelte ich, warum mein Frequenzphaser nicht wie gewünscht funktionierte. Irgendwann verabschiedete sich Frauke, und kurz darauf ging auch Peter. Nobby und ich tranken noch ein Feierabend-Weißbier, dann drückte er mir einen Kuss auf die Stirn und ging in seine Wohnung. Ich verzog mich ins Lager. Dort starrte ich die ganze Nacht auf den Bauplan des Phasers und versuchte herauszufinden, wo der Fehler lag. Aber die zündende Idee wollte einfach nicht kommen. Ein Teil von mir war kurz davor, alles in den Müll zu schmeißen, doch letztendlich siegte meine Vernunft. Der Frequenzphaser erzeugte kontrollierte und vor allem kleinste Schnitte in der Membran, keine andere Waffe, die Nobby im Einsatz hatte, erreichte diese Präzision. Und auch der Elektroschocker-Modus funktionierte einwandfrei. Schon deshalb war der Phaser eine gute Entwicklung, selbst wenn ich es nicht hinbekommen sollte, dass er künstlich erzeugte Risse dauerhaft verklebte.

Als der Wecker um sieben Uhr klingelte, wickelte ich den Phaser samt Bauplan in eine Papiertüte und versteckte beides weit unten im Regal, hinter einer Kiste mit ausgedienten Batterien. Dann lief ich hoch in mein Dachzimmer und duschte so kalt, wie es meine Haut aushielt, um wenigstens ein wenig wacher zu werden.

Als ich kurz darauf runter in den Betrieb kam, waren Frauke und Peter schon da und diskutierten verärgert über einen Radiobeitrag. Darin hatte der Moderator das Waldsterben verharmlost und Witze über die Umweltschutzbewegung gerissen. Peter drehte einen Stift in der Hand, vor ihm auf dem Tresen lag ein unbeschriebenes Blatt Papier. Mit Fraukes Hilfe suchte er nach den passenden Worten für einen »gepfefferten« Leserbrief. Nobby war nicht da, laut Frauke hatte er einen Termin beim Orthopäden in Köln, zu dem er mit der Bahn gefahren war. Da noch kein Auftrag für den Tag vorlag, verzog ich mich wieder ins Lager und holte nochmal den Bauplan des Phasers hervor. Ich verstand einfach nicht, wo das Problem lag. Ich kannte die genaue Frequenz der Membran. Der Phaser erzeugte dieselbe Frequenz, das bestätigte das Oszilloskop, an das ich ihn angeschlossen hatte. Eigentlich müssten sich die Wellen, die der Phaser erzeugte, perfekt in den Riss in der Membran einfügen und ihn fest verschließen. Warum riss die Membran trotzdem immer wieder auf?

Ich zuckte zusammen, als plötzlich Peter neben mir stand. »Was machst du denn hier Verbotenes?«, lachte er. In der Hand hielt er einen abgenudelten Seitenschneider. Ich beschloss, seine Frage zu ignorieren. Dass Nobby ihn in die Geisterthematik eingeweiht hatte, wusste ich. Dass Peter trotzdem nicht an Geister glaubte, wusste ich inzwischen auch. Was er davon halten würde, dass ich eine Frequenzwaffe baute, mit der ich die Membran, die die Welt vor Geistern schützte, nicht nur verschließen, sondern auch öffnen konnte, wollte ich lieber nicht wissen. Beiläufig legte ich meine Arme über Phaser und Bauplan und versuchte, Peter mit meinem Blick festzuhalten. Vielleicht übersah er, an was ich herumdokterte.

»Ist ein Auftrag reingekommen?«, fragte ich. Peter hatte leider keine Muße für ununterbrochenen Blickkontakt. Er machte eine wegwerfende Handgeste und starrte auf das Oszilloskop, das immer noch lief.

»Nö«, sagte er. »Ich mach Nobbys Werkzeugkiste aus dem Wagen flott. Brauch nen neuen Seitenschneider, der hier ist schrott.« Er deutete auf das Oszilloskop. »Interessante Sinuskurve.«

»Bringt mich aber nicht weiter«, brummte ich zustimmend. Peter verstellte die Einstellungen des Oszilloskops, um die Details der Kurve sichtbar zu machen. Prompt erschien ein unregelmäßiges Muster aus vielen zackigen Kurven.

»Ziemlich markant«, sagte er zufrieden. »Daran hat sich Nobby die Zähne ausgebissen.«

Jetzt wurde ich hellhörig. Nobby hatte mit der Frequenz der Membran gearbeitet? Wenn ich länger darüber nachdachte, war das gar nicht so ungewöhnlich, schließlich hatte ich die Begeisterung fürs Konstruieren neuer Geräte von ihm. Schon als Kind hatte ich am Wochenende lieber den ganzen Tag mit Nobby im Keller an irgendetwas herumgebastelt, als mit Alice spazieren zu gehen. Es war naheliegend, dass auch Nobby längst auf die Idee gekommen war, eine Waffe zu entwickeln, mit der er die Membran kontrolliert manipulieren konnte.

»Was wollte Nobby denn bauen?«

Peter zuckte mit den Achseln.

»Keine Ahnung. Ich weiß nur, dass er dafür ganz spezielle unharmonische Obertöne brauchte. Hatte irgendwas mit einem Kleber zu tun.«

In dem Moment machte es klick: Genau das war es! Mein Phaser war zu perfekt! Harmonie war zwar das Oberthema der Schöpfung, aber im Kleinen waren es die Unharmonien, die für den stetigen Fluss des Lebens sorgten. Das hatte ich komplett übersehen! Mein Phaser erzeugte zwar das harmonische Frequenzmuster der Membran, doch das konnte sich nur in den Riss einweben, wenn sich unharmonische Frequenzen dazwischen legten. So wie bei einem glatten Fahrradschlauch, der ja auch erstmal aufgeraut werden musste, bevor ein glatter Flicken darauf hielt.

»Hat Nobby die Obertöne gefunden? Wie hat er sie erzeugt? Mit 'ner Glocke?«, fragte ich aufgeregt.

»Er hat versucht, an einen bestimmten Drumcomputer zu kommen. Der war aber nicht zu kriegen.« Peter ging zum Regal und griff in die Kiste mit den Ersatz-Werkzeugen. Das alte Ding, das er in der Hand hielt, schmiss er in die Schrottkiste unter der Werkbank.

»Ich könnte versuchen, die Obertöne selbst zu erzeugen«, überlegte ich laut.

»Das wird nicht klappen. Hat dein Vater auch probiert. Du brauchst diesen TR-808. Und zwar einen aus der ersten Baureihe. Frag ihn doch mal. Er scheint langsam auf die Beine zu kommen. Vielleicht hat er ja wieder Spaß, an seinen Geräten zu tüfteln.«

TR-808

Ein Drumcomputer mit dem Namen TR-808 sagte mir nichts. Aber ich war ja auch keine Musikerin. Deshalb versuchte ich, Errol bei seinen Eltern zu erreichen. Als Teenager hatte er in einer Funk-Band die Bass-Gitarre gespielt (und reihenweise Groupies abgeschleppt), vielleicht wusste er ja etwas über den TR-808. Leider nahm niemand ab, ich konnte nur auf den Anrufbeantworter sprechen.

Gegen zwölf ging ich ins Büdchen, wo Peter und Nobby auf ihr Mittagessen warteten. Wenn sogar Peter aufgefallen war, dass es Nobby besser ging, war es höchste Zeit, ihm zu beichten, dass ich mich wieder mehr mit Geistern beschäftigte, als ihm aktuell lieb war. Besser, er erfuhr es von mir – und nicht, weil er seinen geplünderten Waffenschrank entdeckte.

»Du warst beim Dom?« Nobby hatte mich immer entsetzter angesehen, während ich ihm von meinem Ausflug erzählte. »Ich hab doch gesagt, dass du dich da raushalten sollst!«

»Ich bin erwachsen«, trotzte ich, »schon vergessen?«

»Das sind meine Waffen! Du hast kein Recht ...«

»Ich hab die meisten davon mitentwickelt!«, unterbrach ich ihn.

»Trotzdem gehören sie mir!«

Ich warf einen Blick auf Peter, der mit Tim am Spielautomaten stand und eine Münze nach der anderen einschmiss. Beide taten so, als ob sie nichts von dem hörten, was Nobby und ich uns an den Kopf warfen. Costa warf mir einen strengen Blick zu und rollte ins Lager. Dabei reflektierten die verchromten Teile seines Rollstuhls das Sonnenlicht, das durch die Schaufensterscheibe ins Büdchen fiel. Er hatte recht: Nobby war noch längst nicht wieder völlig der Alte, ich nahm ihn besser nicht zu sehr in die Zange.

»Papa, ich will mich doch nicht streiten«, schaltete ich brav einen Gang runter. »Ich weiß, dass du dir Sorgen um mich machst.«

»Ich mach mir nicht bloß Sorgen.« Nobby strich mit der Hand über sein schütteres Haar und sah mich hilflos an. In seinen Augen blitzten Tränen. Plötzlich tat er mir richtig leid, trotzdem wollte und konnte ich nicht einknicken. Ich musste weiterbohren.

»Wenn du mich beschützen willst, dann hilf mir, Antworten zu finden.« Ich legte die Hand auf seinen Unterarm, in der Hoffnung, ihn etwas zu beruhigen. »Peter hat mir vom TR-808 erzählt. Stimmt es, dass er unharmonische Obertöne erzeugt? Wenn ja, dann hast du rausgefunden, wie wir künstliche Risse in der Membran dauerhaft verschließen können! Zusammen können wir das konstruieren!«

Nobby sah mich fassungslos an und schnappte nach Worten. Doch anstelle einer Antwort wanderte sein Blick in die Ferne. Ich rüttelte an seinem Arm.

»Papa! Jetzt komm mir nicht so! Du musst mir helfen!«

Leider schien Nobby das anders zu sehen.

»Na, klasse.« Costa kam aus dem Lager zurück und sah sofort, dass Nobby nicht mehr ansprechbar war. »Hättest du nicht etwas sensibler sein können?«

»Ich hab ihm nur 'ne technische Frage gestellt«, fauchte ich schuldbewusst. Hoffentlich hatte ich Nobby nicht zu weit in sein Trauma zurückgestoßen!

»Vielleicht solltest du ihm erstmal nicht mehr mit Geisterthemen kommen. Zumindest nicht, bis er wieder völlig gesund ist.«

»Danke für den Rat. Aber ich weiß am besten, wie ich mit meinem Vater umgehen muss.« Während ich es sagte, tat es mir schon leid. Costa und Nobby waren Freunde, und seitdem Costa das Büdchen führte, sahen sie sich fast täglich. Natürlich wollte auch er nur das Beste für Nobby. »Sorry. Ich bin etwas durch den Wind.«

»Schwamm drüber. Was genau wolltest du denn von ihm wissen? Tim und ich haben einiges von dem mitbekommen, was dein Vater so getüftelt hat.«

Ich glaubte zwar nicht, dass die beiden mir helfen konnten, aber ich hatte nichts zu verlieren und erzählte ihnen von meinem Problem mit den unharmonischen Obertönen. Über den Drumcomputer wussten Costa und Tim allerdings nur wenig mehr als Peter: Der TR-808 aus der ersten Baureihe hatte einen Softwarefehler und erzeugte unhörbare Frequenzen, die angeblich die Gefühle der Zuhörer manipulierten. In einer Studie vom »Wiener Centre For Para-Science« hatte man Testpersonen Musik vorgespielt, die mit dem TR-808 erzeugt wurde. Die überwältigende Mehrheit der Probanden hatte darauf mit stark erhöhter Ausschüttung von Serotonin und Oxytocin reagiert und sich nur noch fürs Gruppenkuscheln interessiert. Der Drumcomputer hatte also in etwa die Wirkung wie heutiges MDMA. Die Forscher verzeichneten eine besondere Unwilligkeit der Probanden, miteinander in Konkurrenz zu treten. Statt an den eigenen Vorteil zu denken, wuchs die Fürsorge füreinander, sogar unter völlig Fremden. Üblicherweise wurden die Forschungsergebnisse des CFPS belächelt und als esoterischer Blödsinn abgetan. Doch diesmal war es anders: Die Wirkung des TR-808 bedrohte die Wirtschaft, denn sie konnte die Menschen auf falsche Gedanken bringen, dafür sorgen, dass sie ihre Prioritäten neu setzten und ihre schlecht bezahlten Jobs kündigten. Damit gefährdete er ernsthaft das Kartenhaus aus Ausbeutung und Profitsteigerung, folgerichtig hatten Wirtschaftslobby und Politik die Herstellerfirma gedrängt, den TR-808 vom Markt zu nehmen.

Und ich erfuhr noch mehr: Die manipulierende Wirkung der unhörbaren Frequenzen konnte nur live erzielt werden, der Drumcomputer musste also direkt auf die Gehirne der Zuhörerschaft einwirken können. Digitale Kopien zeigten keinerlei Wirkung – das wiederum hätte das Zusammenbrechen der Wirtschaft natürlich herausgezögert, aber man war lieber auf Nummer sicher gegangen.

Mit anderen Worten: Da auch die Membran ein lebendiger Organismus war, brauchte ich vermutlich die originalen Bauteile, wenn ich sichergehen wollte, dass mein Phaser funktionierte. Allerdings hatten Costa und Tim schon sämtliche Läden im weiteren Umkreis abtelefoniert. Ein Gerät aus der ersten Baureihe hatten sie weit und breit nicht auftreiben können. Und selbst wenn ich das Glück hätte, noch einen TR-808 zu finden: Wie sollte ich die gesamte Technik in den Phaser einbauen? Schon größentechnisch würde damit aus der griffigen Waffe eine unhandliche Panzerfaust.

Im Lager des Büdchens piepte die Heiße Hexe, und kurz darauf schob Costa zwei Teller mit Cheeseburgern über den Verkaufstresen. Der aufdringliche Duft drehte mir den

Magen um. Das roch schon vor dem Verzehr nach einer unerfreulichen Toilettensitzung.

»Zweimal Bullettenbrötchen mit Käse. Guten Appetit, Jungs.« Er warf einen Blick auf Nobby, der immer noch abwesend wirkte. »Vielleicht esst ihr ja draußen in der Sonne, Peter. Tut Nobby sicher gut.«

Peter grunzte zustimmend. Er schnappte die Teller wie ein versierter Brauhaus-Kellner und zog Nobby mit vor die Tür. Ich atmete erleichtert auf.

»Sag mal«, wandte sich Costa an mich, »hast du mitbekommen, dass unser Vermieter eine Bürgerwehr gegründet hat?«

»Wozu?«, fragte ich überrascht. »Was will er denn schützen?«

Costa zog einen Zigarillo samt Feuerzeug aus der Westentasche.

»Da weiß keiner was Genaues.« Er zündete den Zigarillo an, und sofort stieg mir das süßliche Aroma von Nelken in die Nase. Besser als der eklige Bullettenbrötchengeruch, aber nicht minder herausfordernd für meinen Magen.

»Costa und ich haben da so einen Verdacht«, warf Tim vom Spielautomaten aus ein.

»Ist aber reine Spekulation«, warnte Costa und paffte genüsslich Wölkchen in die Luft. »Kann gut sein, dass wir komplett auf dem Holzweg sind.«

Ich wedelte ungeduldig mit der Hand.

»Jetzt lasst mich nicht dumm sterben. Worum geht's bei Detlefs Bürgerwehr?«

»Das sind garantiert Geisterjäger«, ließ Tim die Bombe platzen. Ich sah ihn und Costa ungläubig an.

»Was ... warum ... wie kommt ihr denn darauf?

»Meine Kontakte haben an verschiedenen Orten im Rheinland kleinere Gruppen beobachtet, die öffentlich mit Waffen hantieren«, erklärte Costa. »Immer ausgerechnet da, wo es kurz vorher oder kurz danach zu Geisterkontakten kam. Und es gibt einige Schnappschüsse, die Detlef mit den Anführern dieser Gruppen zeigen. Deshalb gehen Tim und ich davon aus, dass er sowas wie der Oberboss ist.«

»Und wieso tippt ihr auf Geisterjäger? Und nicht auf eine normale Bürgerwehr?«, fragte ich skeptisch.

»Die Waffen auf den Fotos sehen denen von Nobby verdächtig ähnlich«, antwortete Tim. Costa zog einen Stapel Polaroids unter dem Tresen hervor und breitete sie vor mir aus. Auf einigen Bildern entdeckte ich Detlef. Er machte große Gesten, schüttelte Hände und verteilte Zettel an konservativ aussehende Anzugträger und Kostümträgerinnen. Auf anderen Fotos hantierten hauptsächlich jüngere Menschen mit Geräten, die in der Machart tatsächlich an Nobbys Geisterjägerwaffen erinnerten. Die Männer und Frauen trugen legere Kleidung, meist Jeans, Kapuzenpulli und Jeansjacken, aber auch die Stoffhosen- und Pullover-Fraktion war vertreten. Alle waren weiß, die meisten blond und alle Männer kurzhaarig. In vielen Gesichtern entdeckte ich Schock und Überforderung. Das sah wirklich nach Geisterkontakten aus, unverantwortlich, solchen Menschen Waffen in die Hand zu geben. Nobby hatte sie mir aus gutem Grund erst erlaubt, nachdem ich mich an den Stress in solchen Situationen gewöhnt hatte. Manche Geisterwaffen hatten nämlich auch eine Wirkung auf Lebewesen. Einige verursachten zwar nur Schmerzen oder Schwindel, aber diejenigen, mit denen man Geister vernichten konnte, waren prinzipiell lebensgefährlich.

»Wenn das wirklich …« Ich brach ab, denn eine viel wichtigere Frage poppte in meinem Hirn auf. »Wo haben die die Waffen überhaupt her?«

»Die Dinger scheinen uralt zu sein.« Costa nahm mir die Fotos ab. »Mehr wissen wir noch nicht.«

»Aber die tauchen nur im Rheinland auf«, hakte ich nach, »nirgendwo sonst im Bundesgebiet?«

Costa legte den halb aufgerauchten Zigarillo in den Aschenbecher auf dem Tresen. Das stinkige Ding war ausgegangen, und ich hoffte inständig, dass er es nicht reaktivierte, solange ich noch im Büdchen war.

»Bisher agieren die Gruppen nur hier. Sie wurden bisher in und um Köln herum gesichtet, in Aachen, Bonn und Mönchengladbach.«

»Also überall da, wo in letzter Zeit gehäuft Risse auftreten«, ergänzte Tim, der wieder dabei war, Kleingeld in den Spielautomaten zu werfen. Etwas bohrte in mir, ich ahnte, dass das alles miteinander in Zusammenhang stand: die vielen Membran-Risse im Rheinland, das Geheimprojekt der Zyankali-Nazis und Detlefs Bürgerwehr. Doch ich hatte keine Idee, wie diese Puzzleteile zusammenpassten.

GESCHENKTE ERINNERUNGEN

Nachmittags stand Errol in der Tür, in Jeans, blankgeputzten Achtloch-Stiefeln und einem weißen, offensichtlich nur am Bügeleisen vorbeigetragenen T-Shirt, das seine braune Haut dramatisch schön in Szene setzte. Durch das Fenster knallte die Sonne von einem nahezu wolkenlosen Himmel. Ich freute mich, ihn zu sehen, und registrierte gleichzeitig erleichtert, dass mein Herz dabei unbeeindruckt weiter schlug. Keine Aussetzer, keine Kapriolen – was immer ich mir in den letzten Monaten für einen Kopf gemacht hatte: Verliebt war ich definitiv nicht.

»Lust auf ein Eis?« Er deutete hinter sich, auf ein schlichtes Einfamilienhaus auf der gegenüberliegenden Straßenseite. Bert und Beatrixe wohnten dort, ein kauziges Paar in den Fünfzigern, das nicht arbeiten ging, dafür eine riesige Gefriertruhe besaß und den Sommer über zu jeder Tages- und Nachtzeit Eis verkaufte. Für einen saftigen Aufpreis natürlich, denn Bert und Beatrixe waren zwar nicht gebildet, dafür aber 1-a-Kapitalisten. Trotz Berts Angewohnheit, den Kunden in knapper No-Name-Schwimmhose seinen behaarten Männer-Bierbauch zu präsentieren und heillos überzogene Preise zu verlangen, florierte das Geschäft. Wenn die Gerüchte stimmten, hatten er und Beatrixe vor einigen Wochen den Swimmingpool im Garten vergrößern lassen.

Errol nahm seine verspiegelte Sonnenbrille ab und klemmte sie an den Kragen seines T-Shirts. Seine schwarzen Haare glänzten im Sonnenlicht, in Kombination mit der samtigen, braunen Haut, den dunklen Augen und dem selbstbewussten Lächeln war er überwältigend schön anzusehen. Ein Flashback an unsere gemeinsame Nacht streifte durch mein Hirn, und sofort stieg mir das Blut ins Gesicht. Was für ein Glück, dass weder er noch Frauke es sehen konnten. »Wenn du hier nicht wegkannst«, setzte er nach, »kann ich dir auch ein Eis mitbrin–«.

»Auf keinen Fall, ich bin dabei«, fiel ich ihm ins Wort. Frauke textete mich schon seit einer halben Ewigkeit mit Storys über Büdchen-Tim zu. Ich wusste jetzt, dass er ein Herz für Tiere und eine kleine Schwester namens Friederike-Anneliese hatte und dass er viel schüchterner war, als Frauke geahnt hatte. Ich wusste, wo er wohnte, dass seine Eltern Lehrer waren und dass er Wasserball spielte, in einer Mannschaft, die kurz vor dem Abstieg stand. Noch mehr unnützes Wissen über Tim würde mein Gehirn zum Explodieren bringen. Doch ein Auftrag war mal wieder nicht in Sicht, und Peter und Nobby waren in die Bäckerei gefahren, um Frau Goldap bei irgendwas zu helfen. Die zwei oder der Job konnten mich also nicht vor Frauke retten, Errol kam deshalb wie gerufen.

»Sollen wir dir ein Eis mitbringen, Frauke?«

»Nö, danke. Ich hab in letzter Zeit zu viel gesündigt.« Sie kniff in ihre Taille, die für meinen Geschmack absolut perfekt aussah und lächelte kokett. Der Schönheitsfleck auf ihrer Nasenspitze irritierte dabei nur minimal. »Warum kauft ihr euer Eis eigentlich nicht bei Costa?«, schob sie nach. »Da ist es doch viel billiger.«

»Bert und Beatrixe sind Kult«, belehrte ich sie. »Und sie haben so ein No-Name-Haselnuss-Krokant-Eis, das toppt jedes Markeneis.«

»Außerdem versorgen sie dich mit dem neuesten Klatsch aus der Nachbarschaft«, warf Errol ein. »So gut ist nicht mal Costa informiert.«

Draußen vor dem Betrieb herrschte die reine Idylle. Am Himmel kreisten die Brieftauben vom alten Kötter, die Straße war leer, nicht einmal Fußgänger in Sicht. Nur weit entfernt zerhämmerte ein einzelner Ignorant die Mittagsruhe. In der Luft lag eine sommerliche Schwere, die trocken und warm auf meine Haut drückte. Ich zog das Hemd aus, das ich über meiner Arbeitslatzhose trug und wickelte es um meine Hüfte. Das rote Tanktop darunter reichte bei dem Wetter völlig aus. Es war aus Hanfstoff, ein Material, das die Welt verbessern könnte und ärgerlicherweise noch heute zu Unrecht vernachlässigt wird. Meine Sicherheitsschuhe zog ich nicht aus, obwohl sie für das Wetter viel zu klobig waren. Dafür krempelte ich die Hosenbeine bis übers Knie, damit bekamen wenigstens meine Beine etwas Luft und Sonne ab.

Auf dem Parkplatz vor dem Büdchen gingen wir an zwei tiefergelegten Audis vorbei, im Kiosk lachte eine Truppe Halbstarker. Vielleicht ja Tims Wasserball-Kumpels.

»Ist zwischen uns eigentlich wieder alles wie früher?«, fragte Errol ohne Vorwarnung. »Oder müssen wir nochmal sprechen?«

Ich ging weiter und versuchte eine lässige Handbewegung. Errol stoppte sie, indem er mein Handgelenk griff.

»Krause, ich mein's ernst. Dass wir Freunde bleiben war damals die Bedingung. Du hast gesagt, dass wir das hinkriegen.«

Das hatte ich. Damals hatte ich aber nicht gewusst, wie schwer es war, die Flashbacks an das, was sein Körper mir geben konnte, quitt zu werden. Er ließ meine Hand los. Ich wartete, doch anscheinend war ich es, die etwas sagen sollte.

»Ich will nichts von dir«, begann ich. »Also beziehungsmäßig, mein ich. Ich bin absolut okay damit, dass wir nur Freunde sind.«

»Aber?« Errol kam einen Schritt näher und sah mich erwartungsvoll an.

»Kein Aber.« Ich zögerte. »Es ist nur so …« Ein blauer Wagen bretterte die Straße herunter. Er fuhr an uns vorbei und stoppte vor dem Haus von Bert und Beatrixe. Da schien jemand ziemlich großen Appetit auf Eis zu haben.

»Krause? Kommt da noch was?«

Ich riss mich zusammen und fand zurück in unser Gespräch. Auf einmal wusste ich, dass KaySer recht hatte: Ich musste Errol gegenüber ehrlich sein, was meine Gefühle anging. Ansonsten konnten wir uns das mit unserer Freundschaft tatsächlich sparen.

»Ich will keine Beziehung, und ich bin nicht verliebt«, sagte ich entschieden. »Aber hier und da Sex oder Kuscheln … mal so alle Jubelmonate … dagegen hätte ich nichts.«

Errol musste lachen.

»Soll das heißen, du bist nur scharf auf meinen Körper?«

»Wär das schlimm?«

Errol breitete die Arme aus und verbeugte sich vor mir.

»Von jetzt an dein ergebener Diener – wenn ich nicht in einer Beziehung bin. Oder die Beziehung das zulässt.«

Wir lachten beide. Im Augenwinkel sah ich, wie die Tür von Bert und Beatrixe aufschwang. Den Klamotten nach zu urteilen, hatte Bert sie geöffnet, denn das Elasthan einer

Badehose blitzte auf. Die Insassen des blauen Wagens verschwanden mit ihm im Haus.

»Alles in Ordnung?« Errol folgte meinem Blick.

»Bin mir nicht sicher«, dachte ich laut. »Irgendwas geht da vor sich. Lass uns mal nachsehen.«

Mitten auf der Straße bekam ich Migräne. Ich konnte nirgends einen Riss in der Membran erkennen, und einen Geist entdeckte ich auch nicht. Deshalb hoffte ich, dass die Ursache ausreichend weit entfernt war und die Schmerzen somit auf einem erträglichen Level blieben. Doch in dem Moment, als ich den Klingelknopf drückte, zogen sie dermaßen an, dass ich für einen Moment die Orientierung verlor. Errol stützte mich gerade noch rechtzeitig.

»He, was ist los? Bist du krank?«

»Kopfschmerzen«, nuschelte ich und wischte mir die Tränen aus den Augenwinkeln. Warum hatte ich mich nicht längst um meine Migränetabletten gekümmert? Ich würde gleich am Abend bei meiner Mutter anrufen und sie bitten, mir eine Packung zu schicken. Alice war ebenfalls Migränikerin und hatte immer einige Schachteln in Reserve.

Die Haustür schwang auf und Beatrixe begrüßte uns. Sie trug einen offenen Bademantel über einem altrosafarbenen Bikini – der bei ihrem sonnenverbrannten Körper wie hautfarben wirkte. Die blonden Haare hatte Beatrixe zu einer Palme auf dem Kopf zusammengebunden und ihre klobigen Männerfüße mit den knallrot lackierten Nägeln steckten in zerlatschten Flip-Flops. Ihrem Gesicht konnten wir sofort ansehen, dass etwas nicht stimmte.

»Alles gut bei Ihnen?«, fragte Errol, während ich meinen Blick in den Flur schweifen ließ.

»Hier geht was nicht mit rechten Dingen zu«, flüsterte sie. Tatsächlich: Schräg hinter Beatrixe, in der Wand, entdeckte ich einen ungewöhnlich großen Riss, der vom Fußboden bis knapp unter die Decke reichte und aus dem ein extrem starkes Licht schimmerte, das mir wie Dolche in die Augen stach. So etwas hatte ich noch nie gesehen.

»Was meinen Sie?«, hakte Errol nach. »Die Leute, die eben ins Haus gestürmt sind?«

Statt zu antworten, hielt sich Beatrixe die Hand vor den Mund und rannte ins Hausinnere. Und auch Errol sah jetzt aus, als ob er gleich kotzen müsste.

»Geh ein paar Meter zurück«, herrschte ich ihn an. Ich hatte keine Zeit für Freundlichkeiten oder Erklärungen, die er höchstwahrscheinlich eh nicht glauben würde. »Mach schon!«, setzte ich nach. Errol gehorchte ohne Widerworte, lief durch den Vorgarten und blieb auf den Bürgersteig vor dem Haus stehen.

»Was ist das, Krause?«, rief er. »Irgendein Gas oder so? Und warum hat das auf dich keine Wirkung?«

Ich antwortete nicht, denn ich war viel zu fasziniert von dem Licht, das aus dem Riss schwappte. Es wirkte lebendig, wie eine Made, die aus einem Apfel zappelte. Ich tat einen Schritt auf das Licht zu und spürte gleichzeitig, wie es mich wegdrückte. Das Hämmern in meinem Kopf und die Stiche in meinen Augen waren extrem heftig, trotzdem tat ich einen weiteren Schritt. Was war das für ein Geist? Als ich nur noch eine Armlänge vom strahlenden Wesen entfernt war, schlugen plötzlich Blitze daraus hervor. Einer traf meinen Brustkorb und schleuderte mich durch die Haustür in den Vorgarten. Ich knallte unsanft auf den Rücken und blieb benommen liegen. Luftholen ging erstmal nicht, denn mein Rücken und mein Brustkorb überboten einander an Schmerzen. Dann schob sich Errols Gesicht in mein Blickfeld. Er redete besorgt auf mich ein, streichelte meine Wange und half mir vorsichtig auf. Dabei sah er ungläubig zum Haus hinüber.

»Was sind das für Blitze, Krause?«

Die Migräne und der nur langsam nachlassende Schmerz in Brust und Rücken waren kaum auszuhalten. Ich zog Errol weiter vom Haus weg auf den Bürgersteig, in der Hoffnung, dass zumindest die Migräne dort schwächer war und ich etwas verschnaufen konnte. Ich musste wieder denken können, denn ich brauchte dringend einen Plan. Aber dazu musste ich erstmal herausfinden, was hier überhaupt los war. Im Haus ging etwas vor sich. Bert und die Insassen des blauen Wagens, zwei Männer und eine Frau, die wie Fußball-Hooligans gekleidet waren, kamen die Treppe zum Flur heruntergestürmt. Die Frau hielt einen fön-artigen Gegenstand in den Händen, die Männer trugen Geräte, die an Handmischer für Beton erinnerten. War das etwa eine dieser Bürgerwehren, von denen mir Costa und Tim vorhin noch erzählt hatten? Während die drei Unbekannten ihre Geräte auf die Wesenheit und die aus ihr hervorschießenden Blitze ausrichteten, verschwand Bert durch dieselbe Tür wie vorhin schon Beatrixe.

Auf der Straße neben Errol und mir hielt ein weiterer Wagen. Die Fahrerin und der Beifahrer ignorierten uns komplett. Sie sprangen heraus, liefen zum Kofferraum und wuchteten zwei Taucherflaschen heraus, die mit einer Art Giftspritze verbunden waren, wie Gärtner sie benutzen. Während sich der Beifahrer die Flaschen auf den Rücken hievte und mit der Giftspritze voran aufs Haus zurannte, bellte die Frau unverständliche Kommandos in ein Walkie-Talkie. Ich signalisierte Errol stehenzubleiben und näherte mich dem Haus. Dabei versuchte ich, meinen Kopf möglichst nicht zu bewegen, in der Hoffnung, weniger Schmerzen zu provozieren. Doch jeder Schritt fühlte sich an, als schepperte mein Gehirn mit voller Wucht gegen die Schädeldecke. Als ich endlich im Türrahmen stand, hatte der Geist im Flur Form und Größe gewechselt. Jetzt sah er nicht mehr aus wie eine Made, sondern wie ein überdimensionales, gleißend helles Horror-Seepferdchen. Das untere Drittel steckte noch im Riss fest, der Rest des Körpers schwebte bedrohlich im Raum. Und aus dem Maul schossen beeindruckende Blitze.

Der Mann mit der Taucherflaschenkonstruktion konnte den Geist entweder sehen oder er wusste, wo er sich befand, denn er zielte mit der Giftspritze direkt auf den Bauch des Seepferdchens. Das machte die Wesenheit allerdings auf ihn aufmerksam, und sie schleuderte die Blitze verstärkt in seine Richtung. Der Mann schrie hysterisch und wie auf Kommando stürmte die Frau mit dem Walkie-Talkie an mir vorbei auf ihn zu. Sie drehte hektisch an den Verschlüssen seiner Taucherflaschen und befahl den drei Hooligans, die am Fuß der Treppe im hinteren Teil des Flures mit ihren Geräten hantierten, in Deckung zu gehen. Endlich zeigte das Tauchflaschen-Dingens Wirkung: Das Seepferdchen wurde von Sekunde zu Sekunde transparenter und war bald komplett verschwunden. Anscheinend eine Geistervernichtungswaffe, dem BRAUN-1000 nicht unähnlich. Nur dass dieser Tauchflaschen-Vernichter wohl nicht dafür konstruiert war, die Reste eines zerstückelten Geistes einzusammeln. Vermutlich zerfetzte er eine Wesenheit nur, und deren Atome zerstäubten dann in der Luft wie Viren bei einer Niesattacke. Wer das Gerät gebaut hatte, war offensichtlich nicht up-to-date: Denn seit einigen Jahren wusste man in Geisterjägerkreisen, dass die Atome gefährlicher Geister wieder vollständig zusammenfinden konnten.

Als das gleißende Seepferdchen verschwunden war, hörten meine Augen endlich auf zu tränen, auch die Kopfschmerzen pegelten sich auf ein erträglicheres Level herunter, und im gleichen Maße wuchs der Riss wieder zusammen.

Die Frau mit dem Walkie-Talkie, die gerade noch heldenhaft an den Ventilen der Taucherflaschen geschraubt hatte, zog ein handtellergroßes, messingfarbenes Etwas aus der Hosentasche. Sie hielt es in Richtung des Risses. Erst jetzt fiel mir auf, dass sie ein total unpassend elegantes Kostüm und ihr Kollege, der Taucherflaschen-Mann, einen Business-Anzug trug.

»Parameter bewegen sich zurück in den Normalbereich«, grunzte sie zufrieden. Hinten an der Treppe atmeten die Hooligans auf und verließen das Haus. Keiner würdigte mich eines Blickes, als sie an mir vorbei durch den Vorgarten gingen, weder die drei aus dem blauen Wagen noch die Walkie-Talkie-Frau oder der Taucherflaschen-Mann, die ihnen folgten. Ich blieb auf der Türschwelle stehen und wartete auf Bert und Beatrixe, doch die zwei ließen sich nicht blicken. Im Flur war der Riss schon auf die Hälfte zusammengeschrumpft.

»Hallo? Bert? Beatrixe?« Ich klingelte. Der Appetit auf Eis war mir zwar vergangen, aber ich hoffte, dass die zwei mir erzählen konnten, was es mit diesen Bürgerwehr-Ghostbusters auf sich hatte. Doch kaum schlurfte Beatrixe in den Flur, brach wieder Chaos aus: Ihr folgte nämlich ein weiterer Geist, der das Messgerät der Walkie-Talkie-Frau erneut anschlagen ließ. Was dann passierte, war wie ein

Déjà vu: Der Taucherflaschen-Mann stürmte unter dem Gebrüll der Frau ein zweites Mal auf das Haus zu. Errol, der immer noch wie angewurzelt auf dem Bürgersteig stand und alles ungläubig beobachtete, konnte ihm nur mit Mühe ausweichen.

»Heinz! Pass auf! Die Frau steht in der Schusslinie!«, brüllte die Walkie-Talkie-Frau. Leider sah Heinz nicht aus, als ob er diesen Rat beherzigen wollte. Und Beatrixe schien nicht zu verstehen, dass sie gemeint war. Sie war stoisch in der Tür stehengeblieben und gaffte mit offenstehendem Mund auf das Schauspiel, das sich ihr bot.

»Wo ist er?«, schrie Taucherflaschen-Heinz hysterisch. »Wo ist der verdammte Geist?«

Seine Kollegin checkte ihr Messgerät.

»Ganz in deiner Nähe. Vielleicht ein, zwei Meter vor dir!«

Entschlossen zielte Heinz mit der Giftspritze in den Flur. Dass Beatrixe genau in der Schusslinie stand, nahm er entweder nicht wahr oder es war ihm tatsächlich egal. Das konnte jawohl nicht sein Ernst sein! Im letzten Moment warf ich mich mit einem Hechtsprung gegen Beatrixe und riss sie zu Boden. Die schrie überrascht auf – was ich auch getan hätte, wenn mich eine Fremde anspringt und dann ihre Nase in meinen Busen drückt.

»Sorry«, entschuldigte ich mich und nahm mein Gesicht aus ihrem Ausschnitt. Der Geist, der eben noch neben ihr gestanden hatte, war verschwunden.

»Er ist weg! Du hast ihn erwischt!«, bellte die Walkie-Talkie-Frau.

»Kann nicht sein! Ich hab nix gemacht«, brülle Taucherflaschen-Heinz zurück. Dabei warf er mir einen bösen Blick zu.

»Egal, lass uns abhauen.« Die Walkie-Talkie-Frau klopfte aufs Autodach. Das ließ sich Heinz nicht zweimal sagen. Keine Minute später fuhren die beiden mit quietschenden Reifen davon. Der andere Wagen mit den Hooligans folgte ihnen.

Leider wussten weder Beatrixe noch Bert, wer diese Leute gewesen waren. Und was in ihrem Flur passiert war, konnten sie auch nicht erklären. Wie Errol hatten sie weder den Riss in der Membran noch die Horror-Seepferdchen-Wesenheit wahrgenommen. Das Einzige, das sie gesehen hatten, waren die Blitze.

Als wir zurück zum Betrieb trotteten, war Errol auffällig still. Auf dem Parkplatz vor dem Büdchen blieb er wie angenagelt stehen und suchte nach Worten. Meine Migräne war noch nicht völlig verschwunden, deshalb tippte ich darauf, dass sich der Geist, der eben neben Beatrixe gestanden hatte, noch in der Nähe befand. Garantiert war er vor dem Horror-Seepferdchen durch den Riss geswitcht. Vielleicht wusste er, wer die Membran manipuliert hatte. Denn eins war mir klar: Die ungewöhnliche Größe des Risses konnte nur bedeuten, dass Menschen die Hand im Spiel hatten. Wenn es mir gelang, den Geist zu stellen, konnte er mir hoffentlich helfen, ihnen auf die Spur zu kommen.

»Du hast schon mitgekriegt, dass das waschechte Neo-Nazis waren?«, fand Errol endlich seine Sprache wieder. Ich unterdrückte ein Lächeln. Ich hatte sehr viel mehr mitbekommen, aber Errol glaubte nicht an Geister, es machte also keinen Sinn, ihn aufzuklären. Er verzog das Gesicht, als hinter ihm der Geist erschien.

»Mir wird schon wieder speiübel.« Er schüttelte sich angeekelt. »Was waren das überhaupt für Blitze im Flur?«

»Gas in Kombination mit einem Kurzschluss?«, improvisierte ich. Errol sah nicht überzeugt aus. »Kommt vor. Hab ich in der Ausbildung gelernt«, schob ich hinterher.

»Und diese Nazi-Truppe? Hast du die komischen Geräte gesehen?« Errol schlug die flache Hand vor die Stirn. »Und dann dein Stunt mit Beatrixe …«

»Ich dachte, der Anzugtyp mit den Taucherflaschen will ihr was antun«, verteidigte ich mich. »Da musste ich doch eingreifen.«

»Das waren Nazis, Krause. Wenn die auftauchen, dann rennen wir um unser Leben«, widersprach er. »Sollen sich doch die Almans mit denen auseinandersetzen.« Der Geist kam näher und sah mich neugierig an. Offensichtlich ahnte er, dass ich ihn sehen konnte. Errol würgte. »Ich geh besser nach Hause. Wir sehen uns.«

Damit ließ er mich auf dem Parkplatz stehen. Das war die Gelegenheit, mir den Geist genauer anzusehen. Es war wieder mal ein weißer Mann mittleren Alters, der den Klamotten nach in den Dreißiger- oder Vierzigerjahren gestorben war. Vermutlich ein weiterer aufrechter Deutscher, der nichts mitbekommen, dafür aber von all dem »Nichts« gewaltig profitiert hatte. Es ärgerte mich, dass es ihm gelungen war, aus der Zwischenwelt zu switchen. Denn das hieß, dass er bald ins Jenseits eingehen würde, statt eine verdiente Ewigkeit im Fegefeuer zu schmoren. Aber ich brauchte die Infos und wollte ihn nicht verprellen, deshalb riss ich mich zusammen.

»Kann ich Ihnen helfen?«

»Das haben Sie schon, verehrtes Fräulein«, antwortete er. »Mein Name ist Lutz Großmann. Ich möchte Ihnen dafür danken, dass Sie mich vor der Vernichtung gerettet haben.«

»Das war purer Zufall. Ich wollte eigentlich nur die Frau beschützen«, antwortete ich ehrlich. »Menschen wie Ihnen, die im Krieg unsägliches Leid verursacht haben, helfe ich aus Prinzip nicht. Sie hätten damals doch auch keinen Finger gerührt, um mich zu retten.«

Lutz sah mich betrübt an.

»Sie haben vermutlich recht. Aber sehen Sie, ich finde, ich habe genug gelitten. Schließlich habe ich niemanden getötet oder gequält. Ich war ein guter Christ. Ich habe mich aus allem rausgehalten und einfach nur meine Arbeit getan. Ich habe gar nicht mitbekommen ...«

»Was denn für eine Arbeit?«, unterbrach ich ihn, denn ich hatte keine Lust, ihm dabei zuzuhören, wie er sich zum Opfer machte. Anstatt den Pontius Pilatus zu geben, sollte er mir lieber ein paar Fragen beantworten und dann meinetwegen ins Jenseits eingehen, wo er auf die Opfer traf, die er mitzuverantworten hatte.

»Ich war Physiker, weit abseits der Front. Das Forschungsfeld, auf dem ich tätig war, war ja nicht mal kriegsrelevant!«

Ich wurde hellhörig.

»Was denn für ein Forschungsfeld?«

Lutz machte eine wegwerfende Handgeste. »Telekommunikation und Massenbeeinflussung.«

Von wegen nicht kriegsrelevant – Propaganda und Kommunikation waren im Krieg schließlich alles. Aber ich wollte keine Grundsatzdiskussion führen. Mich interessierte etwas anderes.

»Unter Physikern tauscht man sich doch aus«, spekulierte ich. »Da hört man sicher mal von Kollegen, woran die forschen. Haben Sie mal was von der »Operation Wiedergänger« gehört?«

Lutz sah mich überrascht an. »Die wurde vom esoterischen Flügel der Nationalsozialisten aufgebaut. Haben Sie die Waffen der Angreifer gesehen? Die basieren auf Bauplänen dieser Organisation.«

Die Waffen von Detlefs Bürgerwehr beruhten auf den Plänen der Altnazis? Das erklärte, warum der Taucherflaschen-Vernichter nicht auf dem neuesten Stand war.

»Was wissen Sie noch über diese Organisation?«

»Nicht viel. Nur, dass die eine Super-Waffe entwickelt haben, den Donnerkiel. Mit ihm reizt man die Membran. Geschieht das immer wieder an derselben Stelle, bewirkt diese Taktik der Nadelstiche, dass sich die Membran an dieser Stelle erstmal verdickt. Das wiederum hat zur Folge, dass andere Stellen gedehnt werden. Auf Dauer reißen die beanspruchten Stellen immer mal wieder kurzzeitig ein. Durch so einen Riss konnte ich aus der Zwischenwelt fliehen.« Lutz wurde zusehends transparenter, ich musste mich beeilen.

»Also sind die Risse, die der Donnerkiel erzeugt, nur temporär?«, fragte ich hoffnungsvoll.

»Nicht unbedingt. Wenn eine Stelle zu sehr gedehnt wird, wird sie porös und kann zu einem dauerhaften Portal werden. Ebenso eine Stelle, die immer wieder gereizt wird. Erst wird sie dicker, dann reißt sie dauerhaft auf.«

Das hatte ich befürchtet.

»Das wäre eine Katastrophe«, sagte ich mehr zu mir als zu Lutz.

»Das sahen die Konstrukteure des Donnerkiels ähnlich. Sie wussten, dass durch ein dauerhaftes Portal unzählige Geister in die Welt entfleuchen würden. Auch solche, die gar nicht ursprünglich von hier kamen, sondern aus finstereren Dimensionen. Deshalb entwickelten sie diverse

Waffen, mit denen man sie vernichten kann. Einige dieser Waffen haben Sie gerade im Einsatz gesehen.«

»Erzählen Sie mir alles, was Sie über den Donnerkiel wissen«, drängte ich Lutz. »Jedes Detail könnte wichtig sein.« Er war jetzt komplett durchsichtig, aber immer noch gut zu sehen.

»In der Geisterwelt hatte ich nicht mehr viel Kontakt zu den ehemaligen Kameraden. Ich weiß nur, dass der Donnerkiel kurz nach dem nächsten Neumond seine Bewährungsprobe hat. Hunderte Seelen warten darauf, die Zwischenwelt zu verlassen und hierher zurückkehren. Sie wollen Deutschland unter ihre Kontrolle bringen, indem sie die Menschen zu ihren willenlosen Marionetten machen.« Lutz sah nicht aus, als ob ihn das besonders belastete. Aber warum auch? Er war ja nur noch Sekunden davon entfernt, ins Jenseits einzugehen. Es nervte mich, dass er nicht noch ein paar Jahrhunderte in seiner privaten Hölle schmoren würde. »Heute weiß ich, was uns damals für furchtbare Menschen regiert haben«, schob er nach. »Damals hab ich das nicht gemerkt.«

Ich ignorierte seine dürftige Entschuldigung und ließ mein Hirn auf der Deadline herumkauen. Wenn ich heute nicht mitzählte, war in drei Tagen Neumond. Wie sollte ich in der kurzen Zeit herausfinden, was genau wann und vor allem wo passieren würde? Und selbst wenn es mir gelingen sollte, zum richtigen Zeitpunkt am richtigen Ort zu sein, hätte ich ein noch viel größeres Problem: Der Reverse-Modus des Frequenzphasers funktionierte noch nicht. Und ohne ihn konnte ich den Riss, den der Donnerkiel in die Membran reißen würde, nicht dauerhaft kitten. Ich konnte den Zustrom an Nazi-Seelen also maximal verlangsamen. Und das auch nur solange, bis Akku und

Ersatz-Akku ausgelutscht waren. Wenn wenigstens Nobby wieder der Alte wäre! Er hatte das Talent, in aussichtslosen Situationen kreative Lösungswege zu finden.

Inzwischen waren nur noch Lutz' Augen zu erkennen.

»Wo soll der Donnerkiel eingesetzt werden? Hat er irgendeine Schwachstelle? Denken Sie nach!« Lutz antwortete nicht. Stattdessen spürte ich einen feuchten Hauch auf der Stirn. Innerhalb von Sekunden prasselten unzählige Bilder auf mich ein: Lutz überließ mir seine Erinnerungen. Zum Glück blieben sie nicht präsent im Vordergrund, sondern sammelten sich dort, wo ich mein Schulwissen und andere weniger oft benötigte Informationen abgespeichert hatte. Nur, wenn ich aktiv nach ihnen suchte, würde ich mich erinnern.

»Danke für alles«, hörte ich ihn noch flüstern, dann waren auch seine Augen verschwunden. Und ich war allein mit den Erinnerungen eines Von-Nichts-Gewusst-Habers.

***

Der Rest des Tages verlief langweilig unspektakulär. Zum Feierabend rief ich Alice an und erreichte zum Glück nur den Anrufbeantworter. Ich hinterließ ihr die Nachricht, dass ich mich bald nochmal bei ihr melden würde und bat sie, mir eine Packung Migränetabletten zu schicken. Dann überlegte ich kurz, zum Schrottplatz zu fahren, aber es regnete und sah nicht danach aus, als ob sich das demnächst ändern würde. Deshalb erzählte ich KaySer am Telefon, was ich heute erlebt und erfahren hatte.

Auf dem Bett vor mir lag eine Pizza vom Lieferservice, denn Costas Büdchen hatte schon geschlossen, und selbst, wenn nicht: Die Pizza, die seine Heiße Hexe produzierte, war den Namen nicht wert.

»Und wie geht's dir jetzt?«, fragte KaySer. »Mit Opi Lutz in deinem Kopf?«

Ich griff zum zweiten Stück Pizza, obwohl mein Mund noch mit Kauen beschäftigt war. KaySer aß Chips, ihr Geschmatze hörte sich an wie Elstern-Gezwitscher.

»Von wegen Opi. Lutz war Ende vierzig, höchstens Anfang fünfzig. Ein schneidiger Typ in den besten Jahren.« Ich versuchte, mich an Lutz' Gesicht zu erinnern. Aber der GK war zu lange her, die Details verflüchtigten sich schon.

»Hast du eigentlich all seine Erinnerungen bekommen?«, fragte KaySer neugierig.

»Zum Glück nur die, die mit dem Donnerkiel zu tun haben«, antwortete ich.

»Ist das gefährlich? Ich mein, kann es sein, dass du durchdrehst?«

»Keine Ahnung. In der Literatur gibt es dazu keine seriös dokumentierten Fälle. Aber ich fühl mich wie immer. Wird schon nicht so schlimm sein.«

»Ist denn bei den Erinnerungen irgendwas dabei, das uns helfen könnte?«

Ich durchforstete mein Hirn. Lutz' Erinnerungen waren wie in einem Schrank verschlossen und pedantisch sortiert. Hunderte, tausende Fächer, in denen Mitteilungen lagen, ordentlich niedergetippt, nüchterne Formulierungen, ohne jedes Gefühl. Dazu eine Flut an Schnappschüssen von Zeitungsartikeln und technischen Zeichnungen. Auf einer Skizze die Überschrift: »Operation Wiedergänger – Prototyp«. Daneben in Schreibschrift: »Donnerkiel«.

»Ich glaub schon«, antwortete ich zuversichtlich. »Guck ich mir morgen genauer an.«

»Die Uhr tickt, Kassy. Bald ist Neumond, bis dahin brauchen wir einen wasserdichten Plan«, stellte KaySer fest. »So, wie ich das sehe, gibt es nur zwei Möglichkeiten: Entweder du findest einen Weg, den Donnerkiel unschädlich zu machen. Oder du kriegst das mit dem Reverse-Modus von deinem Frequenzphaser hin.«

»Danke für die motivierende Zusammenfassung«, stöhnte ich. Beide Optionen waren unter Zeitdruck etwa so realistisch wie ein Sechser im Lotto. »Das Problem ist: ich kenne für beides nur eine Lösung: Ich brauche diesen verdammten Drumcomputer aus der ersten Baureihe. Und der wurde vom Markt genommen.«

»Das heißt doch nicht, dass jeder Laden all seine Geräte zurückgeschickt hat. Da gibt es Ausstellungsstücke, Geräte, die von Kunden geschrottet wurden, vielleicht Werbegeschenke … die könnten alle noch in irgendwelchen Winkeln vor sich rumgammeln.«

»Die Musikgeschäfte haben Costa und Tim schon abtelefoniert. Keiner hat mehr ein Gerät aus der ersten Baureihe im Lager.«

»Lass durchblicken, dass du keine Rechnung brauchst. Und probier es mal bei diesem riesigen Musikladen in Köln. Errol weiß garantiert, wie der heißt.«

✳✳✳

Am nächsten Morgen hämmerte Frauke an meine Tür.

»Krause! Ist alles in Ordnung? Eben ist ein Auftrag reingekommen. Stromausfall im Laubengang vom Ärztehaus. Peter und Nobby sind bei Frau Goldap. Willst du rausfahren oder soll ich den beiden Bescheid sagen?«

Ich rieb mir die Augen und gähnte so stark, dass mein Kiefer knackte. Ich war am Abend zuvor beim Zappen eingeschlafen. Nicht mal aufgegessen hatte ich. Das letzte Stück Pizza klebte an meiner Wade, der Fernseher lief und die Nachttischlampe brannte noch.

»Ich brauch' 'ne Viertelstunde!« Ich sprang fluchend aus dem Bett und hetzte ins Badezimmer. Das versprach ja, ein toller Tag zu werden.

Der Stromausfall erwies sich als Teenager-Streich. Die Leitungen waren in Ordnung, zwei Schüler hatten zum Spaß sämtliche Neonröhren manipuliert. Ich verdonnerte die Jungs dazu, mir zu helfen und machte mich eine halbe Stunde später auf den Rückweg. Dabei schaute ich noch kurz beim Supermarkt vorbei, doch Arnulfs Mutter war nicht da.

Wieder im Betrieb war ich dann soweit wach, dass ich mich um das Wesentliche kümmern konnte. Ich skizzierte den Bauplan des Donnerkiels aus den Erinnerungen, die Lutz mir überlassen hatte und suchte nach seiner Schwachstelle. Doch die Waffe schien so brachial wie unzerstörbar zu sein. Sie zu manipulieren, kaputtzumachen, oder ihre Wirkung aufzuheben, war utopisch – besonders im Hinblick auf die wenige Zeit, die mir blieb. Wenn ich dem Donnerkiel etwas entgegensetzen wollte, dann musste ich bei der Membran ansetzen.

Am Mittag kamen Peter und Nobby zurück. Während Nobby nur seine Nase in die Tür hielt und Tim dann draußen dabei half, Costas Tischtennisplatte aufzubauen, steckte Peter mir den Schaltplan des TR-808 zu.

»Da kannst du schon mal gucken, wie das Teil funktioniert. Vielleicht lässt sich ja auch was nachbauen …«

»Peter! Woher hast du den denn? Das ist ja phantastisch!«

»Thorsten, der Sohn von Frau Goldap, hatte mal so ein Gerät. Das Teil hat ewig auf dem Speicher gestanden. Leider ist es nicht mehr auffindbar, hab nur den Plan gefunden. Vielleicht hat Thorsten den Drumcomputer an einen Kumpel verschenkt, bevor er weggezogen ist.«

»Wär ja auch zu schön gewesen.« Ich lächelte enttäuscht.

»Man soll die Hoffnung nie aufgeben, Krause.« Peter klopfte mir väterlich auf die Schulter. »Vor der Bäckerei hab ich Errol getroffen. Der hört sich mal unter Thorstens Freunden um. Vielleicht kriegt er ja raus, wer den Drumcomputer abgestaubt hat.«

***

Am Nachmittag, als abzusehen war, dass kein weiterer Auftrag eintrudeln würde, schenkte ich mir einen vorgezogenen Feierabend, den ich auf dem Schrottplatz einläuten wollte. Draußen auf dem Parkplatz vor dem Büdchen spielten Nobby und Tim gegen Peter und Frauke Tischtennis. Die vier schienen eine Menge Spaß zu haben, Nobby wirkte richtig gelöst. Etwas entfernt auf der Straße, etwa in Höhe des Hauses von Bert und Beatrixe, trainierten ein paar Teenagermädchen auf ihren Skateboards. Ich ging kurz ins Büdchen zu Costa, der gutgelaunt Drinks mixte. Unter seiner Nase entdeckte ich Riechpaste, anscheinend hatte Geister-Bernd mal wieder vorbeigeschaut. Ich gab Costa Entwarnung, und er wischte erleichtert die Paste aus seinem Gesicht. Dann zündete er sich einen Zigarillo an, und ich brachte ihn auf den neuesten Stand in Sachen Drumcomputer. Auch Costa hatte Neuigkeiten für mich: Nobbys holländischer Geisterjäger-Kollege hatte langsam genug davon, Nobbys Jobs zusätzlich zu übernehmen.

»Ich dachte du sagst *mir* Bescheid, wenn Aufträge eintrudeln oder der Tracker Alarm schlägt«, wunderte ich mich. »Ich wusste nicht, dass du alles an Klaas weitergibst.«

»Ich hatte den Eindruck, dass du das nicht willst. Außerdem bringen die meisten Jobs etwas Geld, das kann Klaas gut gebrauchen.« Costa zog an dem Zigarillo, lehnte sich bequem in seinem Rollstuhl zurück und blies mir genüsslich den Nelkenduft entgegen. Dabei grinste er, als ob er genau wüsste, dass mir der Geruch auf den Magen schlug. »Aber drei, vier Mal am Tag rausfahren zu müssen«, er zog nochmal an dem Zigarillo, »das schlaucht Klaas ganz schön.«

Ich sah Costa überrascht an.

»Mehrmals am Tag?«

Costa nickte. »'ne Zeit lang hält er noch durch. Aber ewig geht das so nicht weiter.«

»Wenn Klaas keine Zeit hat, fahr ich raus. Aber Nobby sollte das besser nicht mitbekommen.«

»Auf keinen Fall«, stimmte mir Costa zu und zog erneut an seinem Zigarillo. »Nobby halten wir da raus. Und wir lassen Klaas erstmal weiter die Hauptarbeit machen. Dann hast du Zeit rauszufinden, wo diese Nazi-Waffe eingesetzt wird. Mit etwas Glück kannst den Anschlag verhindern.«

»Auf mein Glück wollte ich mich dabei eigentlich nicht verlassen.«

Costa sah mich düster an.

»Ich fürchte, Glück ist das Einzige, was uns jetzt noch retten kann.«

***

Ich fuhr mit dem Rad zu KaySer, die auf dem Schrottplatz an ihrer Skulptur arbeitete. Sie bearbeitete die Oberfläche, schliff die dicken Schweißnarben ab und polierte das Metall, bis es im orangefarbenen Sonnenlicht wie Weißgold schimmerte.

»Wo könnte so ein Anschlag stattfinden?«, überlegte ich wenig später zum wiederholten Mal und öffnete meine zweite Flasche Weißbier. Vor mir auf dem Tisch lagen Kartoffeln und Alufolie. KaySer legte die Poliermaschine zur Seite und griff zu einer Dose mit gelblicher Paste.

»Also nochmal«, fasste sie zusammen. »An dem Ort müssen sich genug Menschen für einen Massenswitch befinden.« Sie strich die Paste auf die Stellen, die noch nicht perfekt geschliffen aussahen. »Aber es darf auch keine Zeugen geben. Die Öffentlichkeit soll ja nicht wissen, dass die Menschen heimgesucht und fremdgesteuert werden.«

»Richtig.«

»Wie ist das, wenn eine Seele in einen Körper switcht? Kriegt man das mit, wenn ein Mensch besessen ist?«

»Klar«, antwortete ich. »Weißt du noch damals, als dieser Römergeist durch mich gesprochen hat? Die ganze Persönlichkeit verändert sich. Und auch den Switch kann man eigentlich nicht übersehen. Das ist ein bisschen so wie in den Exorzisten-Filmen. Die Leute verdrehen die Augen, manche werden stocksteif oder fangen an, sich zu schlagen. Es sei denn, ein Geist switcht in einen bewusstlosen Menschen. Da merkst du nichts.«

KaySer rieb ihr Kinn.

»Vielleicht ja in einem Krankenhaus«, spekulierte sie. »Da gibt es jede Menge Menschen, die die meiste Zeit allein in ihren Zimmern liegen. Es wäre sogar möglich, auch alle Besucher, das Ärzteteam und das Pflegepersonal zu besetzen. So würde niemand merken, was da vor sich geht.«

»Stimmt schon. Aber in einem Krankenhaus gibt es viele Schwerkranke und Pflegebedürftige. Mit solchen Leuten wird es schwierig, ein Land unter Kontrolle zu bringen.« Ich wischte mir den Schweiß von der Stirn und nippte an meiner Flasche. Die Sonne berührte schon die Mauer, die den Schrottplatz umzäunte, bald lag hier alles im Schatten. Aber die Steine und das Metall um uns herum versorgten uns mit der gespeicherten Wärme und das Lagerfeuer brannte auch schon. Fehlten nur noch die Folienkartoffeln, die ich gerade vorbereitete.

»Ein Altenheim scheidet also auch aus«, setzte KaySer den Gedanken fort. »Die meisten dort sind schon viel zu alt und gebrechlich. Für so einen politischen Umsturz braucht es Zeit und Durchhaltevermögen. Wenn die Seelen schlau sind, switchen sie in möglichst junge Menschen.« Sie sah mich triumphierend an: »Vielleicht wollen sie ja bei einem Konzert switchen!«

»Das Open-Air auf der Bonner Rheinaue!«, rief ich aufgeregt. »KaySer, da kommen Tausende hin!«

Eine geschlagene Stunde später war die Euphorie über diese Idee gründlich an den Mauern der Bürokratie zerschellt: Ich hatte versucht, Kontakt zu den Organisatoren des Open-Air-Konzerts herzustellen, was mir nach einer Weile sogar gelungen war, sogar nach Feierabend. Doch von da an biss ich auf Granit. Man wollte mir weder Auskunft über Anfragen von politisch rechten Gruppierungen erteilen, noch nahm man meine Warnung ernst, dass eine esoterische Organisation zum Neumond einen Anschlag plante. Im Gegenteil hielt mein Gesprächspartner am Ende mich für die Terroristin. Ich legte frustriert auf. Vielleicht glaubten sie mir, wenn ich mehr über den Anschlag herausgefunden hatte. Wenn es dann nicht zu spät war.

DAS NOTFALL-KIT

DA verbinde ich Sie am besten mit unserem Lagerleiter. Schönen Tag noch.«

Ich gähnte. Es war Donnerstagmorgen, ich saß im Schneidersitz auf dem Bett und versuchte, wachzuwerden. Der grüne Frotteeschlafanzug, in dem ich wie ein Frosch aussah, besonders, wenn ich mir die Kapuze mit den Froschaugen über den Kopf zog, war durchgeschwitzt. Heute würde es garantiert wieder heiß werden. In meinem Schoß, auf meinen gekreuzten Beinen, stand ein Telefon. Es war orange, hatte ein schwarzes Tastenfeld und ein extralanges Kabel. Einen Sommer lang hatte ich Nobbys Telefonrechnungen damit in utopische Höhen getrieben. Danach hatte er es abmontiert. Und dann, vor ein paar Jahren, stand es plötzlich wieder hier im Zimmer. Nobbys wortlose Bestätigung, dass er mich für erwachsen hielt. Leider nervte das Telefon kolossal: Es sah immer noch aus wie neu – doch das störrische Telefonkabel, das Hörer und Korpus verband, war ausgeleiert, abgeschrabbelt und dermaßen verknotet, dass ich nicht mal im Sitzen entspannt den Hörer halten konnte. Ich sah auf die Uhr. Jetzt wartete ich schon eine Viertelstunde, hoffentlich ging dieser Lagerfuzzi bald dran. Noch mehr *Modern-Talking* in der Warteschleife konnte ich nicht verkraften. Es war mir schleierhaft, wie ein Fachgeschäft für Musikinstrumente seine Anrufer mit solch seelenloser Musik beschallen konnte.

»Frank Jens Gerd? Was kann ich für sie tun?«

»Krause hier. Guten Tag Herr Frank Jens Gerd.«

»Nur Gerd.«

»Ah.« Die Stimme klang freundlich. Mittelalt, geschult, präsent, zugewandt. »Ich habe eine ungewöhnliche Frage«, versuchte ich erstmal den Rahmen abzustecken.

»Schießen Sie los, junges Fräulein«, ermunterte er mich.

»Ich bastel an einem … Instrument. Dafür bin ich auf der Suche nach Bauteilen aus einem TR-808. Allerdings müsste es ein 808 aus der ersten Baureihe sein.«

»Die Serie wurde zurückgerufen,« warf Herr Gerd ein. »Aus irgendeinem esoterischen Grund«, erinnerte er sich.

»Da ging es um unharmonische Frequenzen«, versuchte ich, ihn von meiner Expertise zu überzeugen.«

»Jaja«, lachte Herr Gerd, »Frequenzen, die Menschen beeinflussen sollen. Ich glaube ja eher, dass die mit dieser Ausrede was vertuscht haben. Es ging sicher um Spionage. Aber Esoterik, das ist ziemlich weit hergeholt.«

Okay, Herr Gerd hielt nichts von Metaphysik, und Ahnung davon hatte er logischerweise auch nicht. Umso besser.

»Also das Instrument, das ich baue, das ist für ein … Kunstprojekt. Ich bräuchte die Platinen der ersten Serie. Der Korpus wäre egal, kann also ruhig beschädigt sein.« Am anderen Ende zog Herr Gerd lautstark die Luft ein. »Ich zahle gern dafür«, schob ich nach und dachte an KaySers Rat: »Und ich brauch auch keine Rechnung.«

Es klang, als würde Herr Gerd die Luft zwischen den gespitzten Lippen herauspressen. Ich gab ihm ein paar Sekunden.

»Ich erinnere mich an einen 808er«, begann er dann zögernd. »Der hat jahrelang im Lager gestanden. Aber dann haben wir eine neue Lagerleitung bekommen. Da hat sich bei uns einiges geändert. Ist noch gar nicht lange her, da hat die neue Chefin uns entrümpeln lassen. Leider mussten wir uns da auch von dem 808 trennen. «

***

Erst beim Frühstück schöpfte ich wieder Hoffnung. Errol und ich saßen draußen in der Sonne vor dem Betrieb. Nobby und Peter saßen im Büdchen und Frauke machte die Büro-Orga.

»Ich besorg dir so einen 808«, lächelte Errol selbstbewusst. »Ich wette, dass Ralf Hottung den abgegriffen hat. Ralf sammelt Antiquitäten und hat einen absoluten Musikfimmel. Passt doch wie Arsch auf Eimer.«

»Das wär großartig, wenn er das Ding noch hätte.« Ich wollte nicht zu hoffnungsvoll sein, aber Errols Optimismus steckte an.

»Ich fahr gleich mal zu Ralf raus.«

Kaum war Errol losgefahren, kam die Postbotin. Sie drückte mir einen gepolsterten Umschlag in die Hand, lächelte wortlos und schwang sich wieder aufs Fahrrad. Ich riss den Umschlag auf. Meine Mutter hatte mir nicht nur die gewünschte Packung Migränetabletten geschickt, sondern auch das First-Aid-Kit dazugelegt, das ich vor Jahren bei ihr deponiert hatte. Ich verzog mich ins Lager, denn Peter und Nobby würden bald aus dem Büdchen kommen und ihren Platz in der Sonne beanspruchen.

Das Notfall-Kit hatte ich total vergessen. Damals hatte ich mich mit vollem Einsatz als Geisterjägerin versucht. Mein erstes Learning war, dass ich eine Schmerzmittel-Reserve zum Mitnehmen brauchte. Ich hatte den Beutel selbst genäht und bestückt. Er war so groß wie nötig und so klein wie möglich. Seitdem ich die Geisterjägerei aufgegeben hatte, hatte ich das Kit vergessen. Alice offensichtlich nicht.

Ich schüttete den Inhalt des Mäppchens auf die Werkbank. Da waren selbstgedrehte, schaschlikstäbchendünne Kräuterzigaretten, gestopft mit Thymian, Salbei und Cannabis Sativa, ein metallisches, Einmarkstück-großes Töpfchen Riechpaste und ein Ästchen Sandelholz samt Streichholzbriefchen. Dazu ein zeigefingergroßes und ebenso schmales Pipetten-Fläschchen mit Wermut-Urtinktur. Damals hatte ich lieber die Tinktur benutzt und nicht die Tabletten. Der Wermut unterdrückte den Schmerz zwar immer nur kurzfristig, beeinflusste dafür aber nicht meine Intuition, und auf die kam es beim Geisterjagen an. Ich schüttelte das Fläschchen, es war noch genug Tinktur enthalten. Vielleicht würde ich erstmal das benutzen. Zusammen mit einem Streifen Migränetabletten verstaute ich alles in meinem Brustbeutel. Der war damit zwar zu prall gefüllt für die hintere Hosentasche, passte aber noch locker in die seitliche Cargotasche meines Blaumanns.

Die Mittagspause verbrachten Nobby und Peter vorm Büdchen, im Schatten unter der Markise. Auch Frauke aß dort ihren Salat, ich wusste, dass sie die Gelegenheit suchte, Tim zu ihrer Geburtstagsparty einzuladen. Ich nutzte die Chance und checkte oben in meinem Zimmer die Waffen, die ich angesammelt hatte. Mein Frequenzphaser war leider immer noch nur ein Prototyp. Nobbys Elektroschocker war jetzt eigentlich überflüssig, denn der Phaser hatte ja einen gut funktionierenden Schocker-Modus, aber zur Sicherheit behielt ich ihn erstmal. Dann waren da noch die Polaroid und der Kompass. Plus die dazugehörigen Verlängerungskabel, Adapter und Akkus. Mit etwas Gewalt verstaute ich alles in Nobbys altem Bundeswehrrucksack, den ich einer Eingebung folgend in der Truhe unter dem Bett fand. Den BRAUN-1000 musste ich zusätzlich tragen, wenn es zum Einsatz kam. Aber da er mit der neuen Batterie viel leichter war, konnte ich ihn und den Rucksack locker zusammen umschnallen.

Am Nachmittag rief Alice an. Zumindest ahnte ich, dass sie es war, deshalb ließ ich das Telefon klingeln. Keiner sonst war im Büro, Frauke und Tim lieferten sich ein Tischtennismatch und Nobby und Peter saßen draußen vor dem Betrieb und spielten Schach. Nobbys Gesichtsausdruck nach schien Peter kurz vor dem Schachmatt zu stehen. Als der Anrufbeantworter blinkte, hörte ich die Nachricht ab.

»Hey, Liebes. Ja schade, ich dachte, ich versuch's mal.« Die Stimme meiner Mutter war tief und rau. Sie schien gut gelaunt zu sein, denn die Worte perlten ihr von der Zunge. Wenn sie genervt oder wütend war, sprach sie sehr monoton und auch deutlich weniger. »Ich hoffe, dir geht's gut. Wie läuft es denn mit Nobby? Es tut mir wirklich leid, das mit seinem Arbeitsunfall. Ich finde es toll, dass du dich um ihn kümmerst. Aber du darfst dabei nicht deine eigenen Bedürfnisse vergessen. Wenn du schon den sicheren Job beim Scholz kündigst, dann denk wenigstens an deine Karriere! Geh meinetwegen nach Köln! Vielleicht zum Fernsehen, zum WDR oder so. Mach irgendwas! Aber versauer nicht in diesem trostlosen Kaff. You need your people! Black people, Kassy!«

Sie hatte ja Recht. Aber auf Dauer wollte ich hier eh nicht den Paradiesvogel geben. Die Leute in dieser Gegend waren zwar nett und keine bösen Rassisten. Verletzende

Sprüche machten sie trotzdem. Und wenn ich sie auf ihre Vorurteile aufmerksam machte, fühlten sie sich zu Unrecht als Rassisten gebrandmarkt. Dann drehten sie den Spieß um und warfen mir vor, dass ich bei dem Thema nicht objektiv war (als ob sie das wären!) und forderten, dass ich erstmal meine Emotionen in den Griff bekam, bevor ich von ihnen verlangte, sich mit meinen Vorwürfen auseinanderzusetzen. Ein typisch weißes Abwehrmuster, das auch noch heute von der Mehrheit der privilegierten Weißen benutzt wird. Schon für mein eigenes Seelenheil durfte ich mir das hier also nicht zu lange geben. Aber auch für Nobbys Betrieb war ich eine tickende Zeitbombe, die irgendwann explodieren und dann die Kunden vergraulen würde. Doch ganz so düster, wie Alice es malte, war es hier im Rheinland nun auch wieder nicht: Die Leute waren neugierig und feierten gern. Sie hielten sich für offenherzig und versuchten, danach zu handeln, indem sie erstmal alle »Fremden« mit ausgebreiteten Armen empfingen. Nur die Wenigsten ließen mich wissentlich spüren, dass ich ihrer Meinung nach nicht dazugehörte. Außerdem hatte ich KaySer und Errol. Beide machten auch regelmäßig die Erfahrung, dass sie nicht zur Norm gezählt wurden und deshalb nicht wirklich dazugehörten. Wann immer es mir zu viel war, konnte ich mich mit den beiden austauschen und mich versichern, dass mit mir alles in Ordnung war.

»… ganz hinten im Schränkchen dein Notfall-Kit gefunden. Vielleicht kannst du dir damit ja einen schönen Abend machen?« Alice lachte sich in meinen Fokus zurück. »Was hast du damals für ein Geheimnis darum gemacht! Ich durfte auf keinen Fall reingucken, weißt du noch? Als ob mich die paar Joints geschockt hätten! Aber mal was anderes. Warum fährst du nicht einfach eine Weile nach London? Oder nach Jamaika? Da könntest du dir in aller Ruhe überlegen, was du als Nächstes tun willst.«

Demnächst nach London zu fahren, hatte ich ja eh vor. Aber Jamaika boykottierte ich, seitdem der Mann meiner Tante mich auf einer Familienfeier in Kingston angegrabscht hatte. Alice wusste davon nichts. Ihr hatte ich damals erzählt, dass ich meine Sommerferien in Zukunft bei Nobby verbringen wollte, um den Graben zwischen uns nicht noch tiefer werden zu lassen. Eine Lüge mit wahrem Kern, denn nach seinem Wegzug aus Bielefeld hatte ich mich erstmal lange geweigert, meinen Vater zu besuchen, ungerechterweise hatte ich ihm die alleinige Schuld für die Scheidung gegeben.

»Ich hab dich lieb, mein Schatz. Grüß Nobby. Und nimm nicht so viele Tabletten. Geh lieber zum Arzt und lass dich gründlich durchchecken. Vielleicht hast du wieder zu wenig Eisen im Blut.« Alice zögerte. »And call me. I miss you, Kassy.« Klack. Sie hatte aufgelegt. Ich starrte aus dem Fenster und beobachtete einige Raben auf dem Boden vor dem Tisch, auf dem Peter und Nobby ihr Schachduell austrugen. Erst als ich das leichte Ziehen in meiner rechten Schläfe bemerkte, begriff ich, dass es Geisterraben waren. Nur Nobby und ich konnten sie wahrnehmen, Peter sah sie nicht. Es wunderte mich, dass ihm Geister nichts ausmachten, dass er nicht mal körperlich reagierte. Er war ein echtes Phänomen: Jeder andere Mensch an seiner Stelle würde längst mit Übelkeit kämpfen. Einer der Geisterraben landete direkt vor Peter auf dem Tisch. Nobby machte nur eine kleine Handbewegung und sofort flog der Rabe wieder herunter. Ich wertete das als gutes Zeichen. Seit meiner Ankunft hatte ich keine Geisterraben gesehen. Dass sie sich jetzt wieder in Nobbys Nähe aufhielten, konnte nur bedeuten, dass er annähernd wieder der Alte war.

Den Rest des Tages spielte ich Tischtennis mit Tim, Nobby und Peter, hielt Costa von der Arbeit ab und ging Frauke aus dem Weg, die mal wieder Redebedarf hatte. Tim hatte ihre Einladung zur Geburtstagsparty weder abgelehnt noch eindeutig angenommen. Irgendwie tat Frauke mir leid, aber ihr Liebesleben war definitiv nicht meine Baustelle.

Teamarbeit

DEN Abend und die halbe Nacht studierte ich den Schaltplan des TR-808 und versuchte, hinter das Geheimnis der unharmonischen Obertöne zu kommen. Weit nach Mitternacht hatte ich dann einen Heureka-Moment: Ich identifizierte den Bereich der Platine, der für die Frequenzen verantwortlich war. Und das Beste: es sah so aus, als könnte ich den kompletten Teil in den Frequenzphaser einbauen, ohne dass ich das Gehäuse dafür vergrößern musste. Jetzt musste ich den TR-808 nur noch in die Finger bekommen …

Am nächsten Morgen im Büdchen erzählte ich Costa davon. Draußen vor dem Betrieb frühstückten Nobby und Peter bei einem weiteren Schachspiel und Tim fegte den Parkplatz, während Frauke ihn dabei durchs Büro-Schaufenster anschmachtete. Costa bestückte die Auslage mit aktuellen Zeitschriften.

»Ich hoffe, du schaffst es, diesen Anschlag abzuwehren. Gestern hat der Tracker insgesamt fünf Risse gemeldet. Der Donnerkiel scheint eine ziemlich gefährliche Waffe zu sein.« Er legte die letzte Zeitung ab. Eine Schlagzeile fiel mir ins Auge: »*Spuk auf Schloss Burg!*«. Ich unterdrückte den Impuls, ihm das Käseblatt aus der Hand zu reißen und nachzusehen, was für eine Geschichte dahintersteckte. Mein Gefühl sagte mir, dass es mit der fünften Reiterin zu tun hatte. Aber um die konnte ich mich jetzt nicht auch noch kümmern. Erstmal musste ich das Nazi-Problem lösen. Costa rollte zurück zum Tresen. »Heute gab es übrigens schon vier Alarme, dabei ist nicht mal Mittag. Könnte ein harter Tag für Klaas werden.«

»Kriegt er das allein hin? Oder soll ich einspringen? Nobby ist heute gut drauf, falls ein Elektrikerjob reinkommt, kann er den locker übernehmen.«

Costa schob seine Brille zurecht und schüttelte den Kopf.

»Falls es eng werden sollte, geb' ich dir Bescheid. Aber sieh du lieber zu, dass du diesen Drumcomputer ...« Er stockte. »Verdammt.«

»Was?«

»Der Tracker. Er registriert einen Geist in Aachen.«

»Ich hör gar keinen Alarm.«

»Die Akustik hab ich ausgeschaltet, damit Nobby keinen Koller kriegt. Es leuchtet nur noch eine rote Diode, wenn der Tracker etwas aufspürt.«

Ich ging um den Tresen herum und schaute mir die Sache genauer an.

»Kein Riss?«

Costa drehte an ein paar Knöpfen und betrachtete den kleinen Monitor. »Nur ein Geist, tatsächlich kein Riss. Vielleicht ist der schon wieder verheilt.« Er schrieb einige Zahlen auf einen Zettel und blätterte in einem dicken Buch mit dünnen, knisternden Seiten.

»Dann kann es nichts mit dem Donnerkiel zu tun haben«, sagte ich. »Wenn er einen Riss verursacht, braucht es eine Weile, bis der wieder zusammengewachsen ist.«

Costa brummte unbestimmt und blätterte weiter durch das Buch.

»Fragt sich nur, was das für ein Geist ist. Wenn der Tracker anschlägt, kann es keine harmlose Wesenheit sein.«

Er tippte auf seine Aufzeichnungen und dann auf eine Zeile im Buch. »Das Wesen ist im Aachener Dom. Wäre schon ratsam, sich das mal anzugucken. Aber Klaas schafft das nicht. Der hat einen Einsatz in Leverkusen.«

***

Ich machte einen Umweg über den Schrottplatz und bat KaySer, mit mir nach Aachen zu fahren. Das war mein erster offizieller Einsatz als Geisterjägerin seit Jahren, da konnte ich ihre Unterstützung gebrauchen. Unterwegs sprachen wir kein einziges Wort über Geister, den Donnerkiel oder die Zyankali-Nazi-Verschwörung, stattdessen hörten wir Kassette und mutmaßten, ob Frauke eine Chance bei Tim hatte oder nicht.

In Aachen angekommen, überfiel mich die Migräne schon weit vor dem Ziel, etwa auf Höhe des Elisenbrunnens. Ich parkte den Wagen, entschied mich gegen die Migränetabletten und nahm stattdessen einige Tropfen Wermut-Urtinktur. Sofort spürte ich, wie der Schmerz nachließ. Ich schnappte mir den Rucksack mit den Waffen, KaySer schulterte den BRAUN-1000 und zusammen stapften wir zum Dom.

Drinnen war niemand zu sehen, und zumindest auf den ersten Blick konnte ich nirgends eine Wesenheit wahrnehmen. Die Migräne zog in der Kirche allerdings trotz Wermut-Urtinktur deutlich an, deshalb tippte ich darauf, dass wir im Obergeschoss fündig würden. Auch KaySer schien die Präsenz des Geistes zuzusetzen, sie schmierte sich eilig Riechpaste unter die Nase. Ich entfernte die Kette, die den Treppenaufgang versperrte, als ein freundlich aussehender, ziemlich alter Geistlicher auf uns zueilte.

»Entschuldigung, die Herren«, rief er, »der Zutritt ist leider gesperrt. Dort oben befindet sich der Karlsthron, der ist heutzutage nicht mehr für jeden zugänglich.«

Ich überging seine geschlechtliche Fehleinschätzung, schließlich trug ich Blaumann und Arbeitsjacke und in den Achtzigerjahren waren Frauen in technischen Berufen noch deutlicher in der Minderzahl als heute. Auch KaySer machte es nichts aus, für einen Mann gehalten zu werden, denn mit ihren Klamotten und ihrer Attitüde betonte sie ihre männlichen Züge sehr viel stärker als ihre weibliche Seite.

»Elektro-Krause«, stellte ich uns vor und reichte dem Geistlichen die Hand. Seine Haut war faltig, weich und warm. »Uns wurden einige Störungen gemeldet, die wohl auch hier im Dom zu ungewöhnlichen Erscheinungen führen könnten. Das würden wir uns gern ansehen.«

»Oh ja …«, er riss wissend die wasserblauen Augen auf und senkte die Stimme. »Und sie meinen, die Elektrik ist dafür verantwortlich? Wir dachten bisher eigentlich an ein Gasleck. Deshalb haben wir den Dom auch für Touristen gesperrt. Aber die Hundestaffel war schon da, es wurde nichts gefunden.«

»Klagen die Menschen über Übelkeit? Kopfschmerzen? Schwindel?«

»Ja, ja«, nickte der Opi eifrig und zog an seinem Ohrläppchen. Seine Ohren machten dem Begriff »Lauscher« alle Ehre, sie waren unfassbar groß und aus den Gehörgängen wuchsen graue, borstige Haare. Mit dem spitzen Haaransatz und den großen Zähnen sah er aus wie ein netter, faltiger Hase.

»Da denkt man immer erstmal an Gas«, sagte ich. »Aber meist handelt es sich um Frequenzen, die man nicht hören, wohl aber über den Körper wahrnehmen kann. Da müssen wir oben die Elektrik checken. Vielleicht muss ein Bauteil ausgetauscht werden.«

»Aha?« Der Geistliche sah uns unentschlossen an.

»So ein kaputtes Bauteil ist wie eine Hunde-Triller-pfeife«, kam KaySer mir zur Hilfe. »Das sendet einen Ton aus, der bei Menschen zu Unwohlsein führt. Wenn wir das Teil repariert haben, verschwindet die Frequenz, und alles ist wieder normal.«

Ich warf KaySer einen anerkennenden Blick zu. Besser hätte ich mir das auch nicht ausdenken können. Den faltigen Hasen schien ihre Erklärung beeindruckt zu haben.

»Oh ja!« Er klatschte in die Hände. »Dann schauen Sie doch oben auf der Empore nach. Aber seien Sie bitte diskret. Dies ist ein Haus Gottes.«

»Aber natürlich.« Ich lächelte professionell. »Sie werden gar nicht bemerken, dass wir arbeiten.«

Der Geistliche entfernte die Kette, die die Treppe versperrte und zog sich zufrieden zurück.

Oben auf der Empore stand der auffallend schmuck-lose Thron von Kaiser Karl, der historischen Figur, die die Aachener zu ihrem Stadtvater auserkoren hatten. Aus der Schule wusste ich noch, dass der klobige Kaiserthron aus Steinplatten zusammengebaut worden war, die man aus der Grabeskirche in Jerusalem entwendet hatte und denen die vielen Jahrhunderte mit Kriegen und Aufständen in Europa überraschend wenig hatten anhaben können. Aber nicht der Thron war es, der meine Aufmerksamkeit fesselte, sondern der Geist, der sich darauf lümmelte. Seine Aura bestand aus verschiedenfarbigen Schichten. Ich wusste sofort, was das bedeutete. Kein Wunder, dass meine Migräne so früh einge-setzt hatte. Diese Art Wesenheit war nicht nur mit Vorsicht zu genießen, sondern auch überaus nervig.

»Kannst du schon sagen, was das für ein Wesen ist?«, fragte KaySer mit belegter Stimme und schmierte eine weitere Portion Riechpaste unter ihre Nase, »So schlecht war mir gefühlt noch nie.« Sie klappte das Döschen zu und steckte es zurück in ihre Hemdtasche.

»Ein Poltergeist«, antwortete ich wenig begeistert. Er glich der Statue Karls des Großen, die am Karlsbrunnen vor dem Aachener Rathaus stand.

»Reicht da irgend so ein Exorzistenspruch?«

»Leider nur im Kino.« Ich stellte den Rucksack ab und näherte mich dem Wesen vorsichtig. Polter-Karls Augen folgten mir argwöhnisch. »Poltergeister sind so was wie Echos von Verstorbenen. Sie bestehen aus verschiedenen Facetten des Charakters, die eine Person zu Lebzeiten hatte. Diese einzelnen Facetten verhalten sich wie Wesenheiten, sie sind aber keine. Im Grunde ist jede Facette nur ein Automatismus, mit dem man weder diskutieren noch irgendwie sonst vernünftig reden kann. Der echte Geist, oder besser: die Seele ist längst im Jenseits.«

»Ich versteh kein Wort.« KaySer kniete am Boden und packte den BRAUN-1000 aus. »Aber das heißt wohl, dass der hier gleich zum Einsatz kommt.«

»Wahrscheinlich nicht nur einmal«, antwortete ich, ohne den Geist aus den Augen zu lassen.

»Schon wieder nix verstanden.«

»Wir können die Charakterfacetten nur einzeln aufsaugen. Je nachdem, wie vielschichtig der Typ war, kann das 'ne Zeit dauern.«

»Und was machen wir mit den Facetten, wenn wir sie haben? Bis zum nächsten Riss warten und dann ins Jenseits entsorgen?«

»Brauchen wir nicht. So ein Poltergeist ist seelenlos. Sobald eine Facette abgetrennt wird, löst sie sich in Nichts auf. Auch wenn wir unzählige Schichten aufsaugen, am Ende ist der Sammelbehälter leer.«

»Krass, dass ich davon zum ersten Mal höre. Und wieso poltert der ausgerechnet hier im Dom? Hält er sich für besonders wichtig?«

Karl sah KaySer empört an, anscheinend hatte er noch nie jemanden getroffen, der ihn nicht kannte und ihm gegenüber so wenig unterwürfig war. Im nächsten Moment stand er vor ihr, mit durchgestrecktem Rücken und in die Höhe gerecktem Haupt. Doch abgesehen davon, dass KaySer ihn nicht sehen konnte, war sie auch noch größer als er. Sein düpierter Gesichtsausdruck sprach Bände. Ich unterdrückte ein Grinsen.

»Ich glaube, es ist Kaiser Karl der Große. Also nicht der richtige Geist, sondern der Charakterabdruck der historischen Person. Das hier ist sein Thron, Aachen war eine wichtige Stadt für ihn, da ist es nur logisch, dass …«

»Ja, ja«, unterbrach mich KaySer gutgelaunt, »komm zu dem Punkt, an dem es auch für mich spannend wird.« Sie hatte den BRAUN-1000 über den Rücken geschultert und hielt das Saugrohr in den Händen. »Und nur zur Erinnerung: Ich sehe und höre ihn nicht. Wenn du 'nen Fehler machst und der mich vollschleimt, krieg ich drei Flaschen schottischen Whisky von dir.«

»Wie oft eigentlich noch?«, lachte ich. »Geister schleimen nicht. Nur weil du das im Kino gesehen hast, ist es noch lange nicht wahr.«

Karl sah uns irritiert an. Dass wir ihn ignorierten, schien ihm nicht zu gefallen.

»Mal im Ernst.« KaySers Gesicht war auf einmal klar und glatt, wie aus Marmor gehauen. »Was kann uns schlimmstenfalls passieren? Ich will nicht unken, aber ein wenig vorbereitet wäre ich schon gern.«

»Poltergeister sind nicht ungefährlich«, antwortete ich. »Sie bringen Menschen zwar nicht um. Aber sie können einen verrückt machen.«

»Aber ja wohl nicht dauerhaft.«

»Eher nicht«, spekulierte ich. »Denn sonst wären sie doch hochgefährlich. Oder?«

»Lass uns das abkürzen: Du führst, ich vertraue«, grinste KaySer.

»Ich kann nicht fassen, wie ungebührlich ihr euch verhaltet«, grätschte der Poltergeist dazwischen. Jetzt stand er auf den steinernen Stufen, die zur Sitzfläche seines Throns hochführten. »Wo sind meine mir ergebenen Untertanen? Warum ist niemand hier, um dem Kaiser seine Ehrerbietung zu erweisen?«

»Was ist?«, flüsterte KaySer.

»Karl«, flüsterte ich zurück. »Er regt sich auf, weil keiner da ist, der sich vor ihm in den Staub wirft.«

Der Geist sah mich strafend an und unter unseren Füßen begann es zu beben. In einigen der Marmorplatten auf dem Boden bildeten sich klitzekleine Risse. Mir fiel eine der vielen Gute-Nacht-Geschichten ein, die Nobby mir als Kind vorgelesen hatte. Sie hatten nicht von Königskindern, verarmten Geschwistern oder bösen Stiefmüttern gehandelt, sondern von allen möglichen Geistern. Erst als ich dem Märchenalter längst entwachsen war, hatte er mir offenbart, dass alle Informationen in den Geschichten stimmten. In meinen Kopf hatte er mir damit über die Jahre eine Art Lexikon der Wesenheiten eingepflanzt.

Poltergeister, erinnerte ich mich, konnten Gebäude, mit denen sie emotional verbunden waren, in Schutt und Asche legen. Hoffentlich musste jetzt nicht der Aachener Dom dran glauben. Nicht, weil es eine imposante, erhaltenswerte Kirche war, das viele Gold und der Marmor waren mir persönlich viel zu pompös. Sondern weil ich keine Lust hatte, von Marmor, Stein und Eisen begraben zu werden. Außerdem war ich nicht scharf darauf, mich mit der Versicherung der Kirche herumzustreiten.

Ich zog die Pipette mit der Wermut-Urtinktur aus der Hosentasche und drückte mir drei weitere Tropfen auf die Zungenspitze. Sofort flaute die inzwischen wieder intensiver gewordene Migräne ab. Ich wandte mich dem Poltergeist zu.

»Kaiser Karl,« ich ging davon aus, dass auch er uns für Männer hielt, deshalb blieb ich in der Rolle, die der Geistliche uns zugeschrieben hatte. Ich machte eine schneidige Verbeugung und senkte den Blick, in der Hoffnung, dass es zumindest ansatzweise der höfischen Etikette von vor knapp 1200 Jahren entsprach. »Wenn Ihr den Dom einstürzen lasst, haben eure Untertanen ein Andenken weniger an Euch.« Mein Appell an seine Eitelkeit zeigte prompt Wirkung, das Beben stoppte. KaySer atmete erleichtert aus.

»Wer seid ihr?«, donnerte der Poltergeist. »Untertanen?«

Ich signalisierte KaySer wortlos, den BRAUN-1000 anzustellen. Karl warf ihr einen genervten Blick zu und wechselte den Ort.

»Wir wollen helfen, Eure Hoheit«, sagte ich und hob den rechten Zeigefinger. Seit KaySer und ich zum ersten Mal zusammen jagen gegangen waren, war das unser geheimes Zeichen dafür, dass sie den BRAUN-1000 einsetzte. »Drei Uhr, Taille.«

KaySer machte einen Schritt nach rechts und hob das Staubsauger-Rohr auf Höhe ihrer Taille an. Das saugte sich an der Außenschicht des Poltergeists fest, und wie bei einer Zwiebel pellte sich diese Schicht ab und verschwand mit einem Schmatzlaut im Staubsauger-Rohr. Übrig blieb Karl, jedoch etwas transparenter als zuvor. Er verzog das Gesicht zu einer bösen Grimasse und verschwand.

»Krieger seid ihr nicht«, wütete er und erneut bebte der Boden. »Aber diese Waffe ist eines Kriegers würdig.« Jetzt erschien er auf der obersten Stufe seines steinernen Throns.

»Zwei Schritt links, fünf Uhr, Kopf.«

Auch diesmal erwischte ihn KaySer. Wieder verschwand der Poltergeist, nur um kurz darauf an einer anderen Stelle aufzutauchen. Insgesamt gaben KaySer und ich ein super Team ab. Ich lenkte den Geist ab und sorgte dafür, dass er stillstand, und sie übernahm den Rest. Sechzehn Schichten saugten wir auf, bevor er komplett verschwunden war. Als wir von der Empore herunterkamen, empfing uns der Geistliche.

»Hat denn alles geklappt? Ich hatte vorhin das Gefühl, der ganze Dom bebt. Aber das kann ja nicht sein. Oder? Sind die Bauteile denn jetzt in Ordnung?«

»Wir haben drei Relais nachjustiert«, bejahte KaySer. »Damit dürfte das Problem gelöst sein.«

Ich warf ihr einen anerkennenden Blick zu. Sie erzählte zwar kompletten Nonsens, aber für Laien wie den faltigen Hasen klang das sehr professionell.

»Ich kann ihnen gar nicht genug danken, meine Herren«, antwortete er sichtlich erleichtert. »Wie machen wir es denn mit der Rechnung?«

»Die schicken wir Ihnen mit der Post«, sagte ich.

»Gut, gut.« Der Geistliche schien auf irgendetwas herumzudenken. »Kann ich Ihnen noch etwas anbieten? Ein Glas Apfelsaft vielleicht? Sie sind doch sicher durstig?«

»Wir haben es leider etwas eilig«, wehrte ich ab, denn ich wollte nicht riskieren, dass wir aus Versehen verrieten, was wir oben auf der Empore tatsächlich gemacht hatten.

»Der nächste Kunde wartet schon«, ergänzte KaySer.

»Oh, ja. Natürlich.« Der faltige Hase wackelte so heftig mit dem Kopf, dass seine Ohrläppchen schlackerten. »Danke nochmals, dass Sie die Angelegenheit so diskret erledigt haben. Das hier ist noch eine kleine Aufmerksamkeit für Sie. Aachener Printen. Die backe ich immer selbst.« Er zog zwei kleine Tüten aus seiner Soutane, drückte sie uns lächelnd in die Hände und begleitete uns aus der Kirche.

Auf der Rückfahrt im Auto aßen wir die erstaunlich leckeren Printen und versuchten es wieder mit Musik. Doch nach einer Weile drehte KaySer die Lautstärke runter.

»Lass uns nochmal überlegen, wo die Nazis zuschlagen könnten«, schlug sie vor und zerknüllte ihre leere Tüte. Ein paar Printen mehr hätte der faltige Hase ruhig springen lassen können. »Wo gibt es viele gesunde junge bis mittelalte Menschen, in die die Geister unbemerkt switchen könnten?

»Ich bin immer noch für das Konzert auf der Rheinaue«, sagte ich. »Die meisten da sind Studenten: jung, schlau und kurz vor dem Sprung in den Job. Die hätten also alle Möglichkeiten, den Umsturz durchzuführen.«

»Ich denk eher an ein Bürogebäude«, grübelte KaySer. »Vielleicht ein Bankhaus. Bänker sind ziemlich einflussreich.« Sie schlug mir aufgeregt auf den Schaltarm. »Was, wenn es in Frankfurt passiert? In so einem Skyscraper arbeiten tausende Menschen!«

Ich wollte nicht, dass das stimmte.

»Aber warum häufen sich die Risse bei uns in NRW? Wenn der Anschlag in Frankfurt geplant ist, würde es doch Sinn machen, den Donnerkiel auch da zu testen.«

»Vielleicht machen sie ja genau das. Vielleicht wird der Donnerkiel schon die ganze Zeit in einem Wolkenkratzer in Frankfurt eingesetzt. Dass die Membran hier im Rheinland reißt, bedeutet vielleicht einfach nur, dass sie weiter Richtung Hessen die Belastung besser kompensieren können. Ländergrenzen dürften jedenfalls keine Rolle spielen, wenn es darum geht, wo ein Riss entsteht und wo nicht.«

Ich schwieg frustriert. Wenn KaySer richtig lag und das Attentat nicht im Rheinland geplant war, würden wir es auf keinen Fall rechtzeitig zum Anschlagsort schaffen. Ehrlicherweise schien es schon viel zu happyendverwöhnt, davon auszugehen, dass wir ein Attentat in Troisdorf verhindern konnten.

Je länger ich darüber nachdachte, desto drastischer wurde mir bewusst, wie hoffnungslos optimistisch ich bisher gewesen war. War die Wahrscheinlichkeit, dass wir nichts gegen den Massenswitch würden ausrichten können, nicht viel größer? Im Radio begann *Poplife* von Prince. Ich drehte lauter, und KaySer und ich sangen aus vollem Hals mit.

***

Ich schmiss KaySer am Schrottplatz raus und fuhr direkt weiter. Den Wagen parkte ich auf dem Parkplatz vor dem Büdchen, mit einigem Sicherheitsabstand zu Nobby und Tim, die ein hitziges Tischtennismatch ausfochten. Nobby wirkte befreit, und er und Tim lachten viel. Auf der Bank und dem Tisch neben dem Eingang des Büdchens saßen einige Jungs in Tims Alter. Sie tranken Kölsch und feuerten beide Spieler frenetisch an. Ich winkte kurz und ging zum Betrieb. In der Tür kamen mir Errol und Peter entgegen. Sie strahlten über beide Ohren und zogen mich mit sich. Drinnen, hinterm Tresen, telefonierte Frauke, beim Sprechen klebte ihr Leberfleck abwechselnd auf der Ober- und Unterlippe. Im Lager schloss Peter die Tür. Er und Errol sahen mich erwartungsvoll an.

»Wir haben ihn!«, ließ Peter die Bombe platzen.

»Was? Wen?«

»Das siehst du gleich.« Errol holte eine ramponierte Umzugskiste aus dem Regal und stellte sie auf die Werkbank. Ich fasste es nicht. Das Schicksal meinte es gut mit mir: Das war ein TR-808!

»Erste Baureihe, wie befohlen«, lächelte Errol stolz.

Peter nahm den Drumcomputer aus dem Karton und steckte den Stecker ein.

»Der funktioniert sogar noch.« Er drückte zum Beweis ein paar Tasten. Ich fiel Errol um den Hals und gab Peter einen Kuss auf die runde Stirn.

»Danke, danke, danke!« Endlich bot sich mir die Möglichkeit, dem Effekt entgegenzuwirken, den der Donnerkiel auf die Membran hatte, und sie sicher zu verschließen. Dass der TR-808 funktionierte, erleichterte mir die Arbeit, denn ich konnte die Platine ins Gehäuse des Phasers einbauen, ohne vorher verschmorte Kondensatoren oder durchgebrannte Widerstände suchen und austauschen zu müssen. Natürlich wusste ich immer noch nicht, wann und wo die Geister-Nazis zuschlagen würden, aber ich konnte mich auf die Hoffnung stürzen, dass mein Frequenzphaser wie geplant funktionieren würde.

Schon weit vor Mitternacht war der Frequenzphaser hundert Prozent funktionstüchtig. Ich erzeugte einen winzigen Riss in der Membran, so klein, dass garantiert keine Wesenheit switchen konnte. Dann stellte ich den Reverse-Modus ein und verschloss den Riss. Dauerhaft. Zufrieden packte ich den Phaser in den Rucksack mit den anderen Waffen. Alles, was ich tun konnte, hatte ich getan. Alles, was von nun an passieren würde, war Schicksal.

Showdown

A<small>M</small> nächsten Morgen weckte mich das Telefon.
»Krause?«

»Costa hier. Der Tracker meldet einen Riss, der auffällig schnell wächst. Bisher ist er nur wenige Nanometer groß, aber das wird sich schnell ändern. Garantiert kein natürlicher Ursprung. Das muss es sein!«

Keine Viertelstunde später stand ich bei Costa im Büdchen. Er starrte fasziniert auf den Monitor des Trackers.

»Der Riss hat eine unfassbare Vergrößerungsrate. Wenn das so weitergeht, ist er heute Mittag so riesig wie ein Einfamilienhaus.«

Ich dachte an den Riss im Flur von Bert und Beatrixe. Das Horror-Seepferdchen hatte mir eigentlich schon gereicht. Nicht auszudenken, welche Wesenheiten durch einen Riss switchen konnten, der so viel größer war.

»Wo ist er?«

»In Bonn, nahe dem Rhein. Beim Wasserwerk.«

»Nicht dein Ernst?« Damals war Bonn noch die Bundeshauptstadt. Und das Alte Wasserwerk für eine Zeit das Ausweichquartier des Bundestages. »Na klar! Die wollen in Politiker switchen! Ich fahre sofort los.«

»Wenn du uns brauchst: Kannst jederzeit hier im Büdchen anrufen. Tim und ich bleiben, bis du wieder zurückbist.«

»Was ist mit Klaas?«, fragte ich. »Hast du ihm auch Bescheid gesagt?«

»Wolltest du den Donnerkiel-Anschlag nicht allein übernehmen?«

Von Wollen konnte keine Rede sein. Aber Costa hatte Recht: Ich kannte Klaas nicht und hatte keine Ahnung, wie er arbeitete. Besser, ich nahm Menschen mit, denen ich blind vertrauen konnte.

Vom Büro aus rief ich KaySer an. Sie versprach, sich sofort aufs Rad zu schwingen. Danach probierte ich es bei Peter.

»Peter, ich brauch deine Hilfe. Es ist ein Notfall. Allerdings kein Elektrikerjob.« Peter schwieg. Ich zog eine Grimasse. »Ist ein Geisterjob«, erklärte ich, doch Peter schnitt mir das Wort ab.

»Lass gut sein.«

»Okay«, sagte ich enttäuscht. »Aber du weißt, was Nobby passiert ist. Ich muss verhindern, dass etwas noch viel Schlimmeres passiert. Ein paar Hundert Leute sind in Gefahr. Und am Ende geht's nicht mal nur um die. Sondern um uns alle. Und die ganze Republik!«

»Hab gesagt, lass gut sein.« Am anderen Ende der Leitung klackerte es, Peter steckte sich eine Kippe an. »Ich brauch' keine Erklärung, Kassy. Klar helf ich. Du bist Familie, genau wie Nobby. Aber was das für Geister sind, oder was die da planen, das muss ich nicht wissen. Dieses ganze Geistergedöns, das halt ich für Quatsch.«

Ich lachte erleichtert. »Danke! Peter, ich bin so happy, dass du mitkommst. Dann bis gleich!« Ich legte auf.

»Wohin kommt Peter mit?« Neben mir stand Nobby. In der Hand hielt er ein Eibrötchen aus dem Büdchen. Auch heute sah er absolut klar aus. War er vielleicht tatsächlich übern Berg? Aus dem Bauch heraus entschied ich mich für die ungeschönte Wahrheit.

»Wir fahren nach Bonn. Der Tracker meldet einen Riss mit unnatürlichem Ursprung.«

Nobbys Augen blieben präsent. Er sah mich an und kraulte seinen Einige-Tage-Bart. Ich schöpfte Hoffnung.

»Du lässt nicht locker, Kassy.«

»Hab ich von dir geerbt.«

In seinen Augenwinkeln vertieften sich die Fältchen.

»Wir sind schon ein spezielles Gespann.«

»Das Beste, Papa«, antwortete ich.

Nobby lächelte. Das konnte nur ein gutes Zeichen sein. »Ich bin auch dabei«, sagte er dann. »Du hast keine Ahnung, was da auf dich zukommen kann. Ich weiß es ja selbst erst seit kurzem.«

Plötzlich hatte ich Angst, dass Nobby doch wieder wegdriftete. Ich griff seine Hände und sah ihn eindringlich an.

»Papa, das in Bonn ist nicht der Geist, der dir entwischt ist. Ich erklär dir gleich alles im Auto. Aber glaub mir erstmal. Es geht nur um einen Haufen toter Nazis, die sich nochmal wichtigmachen wollen.« Es klappte. Nobby blieb klar. Zusammen verließen wir das Büro und warteten auf Peter und KaySer. Peter mit seinem Lada kam zuerst an. Er sprang aus dem Wagen, enterte das Büdchen und verließ es kurz darauf mit Zigarettenpackungen, Brötchentüte und Limo-Dosen bepackt. Keine drei Minuten später kam KaySer angesprintet. Sie trug Sportklamotten unter einem weißen, leicht transparenten Einweg-Maler-Overall und schwarze Springerstiefel. Wir quetschten uns in den Golf und fuhren vom Hof. Da klopfte Errol an mein Seitenfenster. Ich bremste.

»Was wird das denn? Betriebsausflug? Und wenn ja, warum ist KaySer dabei?«

»Wir haben einen Einsatz. Schwierige Sache, da brauchen wir jede helfende Hand.«

Er sah fast ein bisschen verletzt aus.

»Ja, wie? Und meine Hände braucht ihr nicht?«

Ich sah Nobby an. Der hob unentschlossen die Schultern. Peter aß sein Brötchen und schien wenig interessiert. Nur KaySer nickte aufmunternd. Sollte ich Errol einweihen? Er hatte oft genug deutlich gemacht, dass er nicht an Übersinnliches glaubte. Auch wenn ihn die Sache mit seinem Opa zum Nachdenken gebracht hatte. War das genug gewesen, um seine Haltung zum Thema zu verändern? Auf der anderen Seite: Peter half uns ja auch, obwohl er nichts von dem glaubte, was um ihn herum geschah.

»Okay, spring rein. Aber beschwer dich später nicht, wenn's dir zu absurd wird.«

Ich stieg nochmal aus, und Errol zwängte sich auf den Sitz hinter mich. KaySer klemmte hinter Nobby, Peter auf dem Mittelsitz. Bequem saß niemand von uns und bis auf Peter würden wir die nächsten Tage garantiert Knieschmerzen haben. Ich fuhr los und versuchte, Errol auf das vorzubereiten, was uns erwartete.

»Du hast mir doch von deinem Opa erzählt. Dass du ihn gesehen hast, obwohl er schon tot war«, begann ich.

»Klar.« Errols Stimme klang belegt, ein Hinweis darauf, dass ihm das Thema unangenehm war. Ich konnte ihn verstehen: Er hatte es mir im Vertrauen erzählt, das ging niemanden etwas an. Aber mir fiel kein anderer Weg ein, ihm die Situation verständlich zu machen.

»Das nennt man einen Geisterkontakt«, fuhr ich fort. »Davon gibt es viele, in ganz Deutschland mehrere hundert am Tag. Die meisten sind harmlos, so wie deiner. Viele Seelen sind noch eine Weile nach dem Tod an jemanden oder an etwas gebunden und gehen nicht sofort ins Jenseits über.«

Errol antwortete nicht. Ich wertete das mal als gutes Zeichen.

»Es gibt aber auch Geister, die sind nicht so harmlos. Die gefährlichsten muss man sogar aus dem Verkehr ziehen. Mit speziellen Geräten, die Leute wie Nobby und ich bauen.«

»Leute wie du und Nobby?« Im Rückspiegel sah ich, wie Errols Blick zwischen Nobby und mir hin- und hertitschte. Nobby zeigte ihm einen Daumen hoch und lachte sein breitestes Lächeln.

»Heute wollen Nazi-Geister eine große Gruppe Menschen angreifen. Wir fahren hin, um das zu verhindern.«

»Ihr glaubt alle an Geister?« Errol sah KaySer an, Peter hatte die Augen geschlossen und schien nichts von dem Gespräch mitzubekommen.

»Ich ja, Peter nein«, antwortete KaySer. »Kannst dir aussuchen, wie du das halten willst.«

»Wo genau in Bonn soll der Anschlag denn stattfinden?«, hakte Errol nach. Dafür, dass wir sein Weltbild gerade auf links zogen, blieb er erstaunlich ruhig.

»Irgendwo beim Alten Wasserwerk«, antwortete KaySer.

»Ich tippe auf den Plenarsaal vom Bundestag. Denn eins muss man diesen Nazi-Arschkrampen lassen«, sagte ich düster, »sie haben ein Händchen für Worst Case Szenarien.«

***

Als wir das Bonner Rheinufer erreichten, begannen die Kopfschmerzen. Und je näher wir dem Ereignisort kamen, desto stärker wurden sie. Nobby hielt sie mit kleinen Absinthschlückchen aus dem Flachmann unter Kontrolle, ich verließ mich auf die Wermut-Urtinktur aus meinem Notfall-Kit, die mir ja schon in Aachen geholfen hatte. Die Migränetabletten würde ich nur im Notfall einwerfen, denn heute wollte ich so intuitiv wie möglich handeln können. KaySer strich sich Riechpaste unter die Nase und bot sie Errol an. Der lehnte sprücheklopfend ab. Auch Peter brauchte natürlich keinen Geruchsschutz, denn was es nicht gab, konnte auch nicht stinken.

Beim Wasserwerk und dem Bereich drumherum handelte es sich um eine Hochsicherheitszone. Der Plan sah vor, den Golf abzustellen und zu Fuß auf die Sicherheitsbeamten zuzugehen. Dass die Abgeordneten an einem Samstag im Bundestag debattierten, kam mir ungewöhnlich vor, ich tippte darauf, dass die lebenden Nazis da ihre Finger im Spiel hatten. Nobby hielt den Stapel Dokumente, den Costa uns mitgegeben hatte. In ihnen stand, dass wir im Auftrag der Deutschen Bundespost unterwegs waren, um eine akute Störung zu beheben. Nobby erzählte, dass Costa ihn bei seinen Einsätzen regelmäßig mit gefälschten Dokumenten versorgte. Er hatte gute Bekannte aus der Halbwelt, die ihn mit den nötigen Papieren und Stempeln versorgten. Doch diesmal war Costas gute Vorarbeit nicht nötig: Ich wollte gerade parken, da wurde uns von Weitem signalisiert, näher zu kommen. Ich hielt auf den Eingang zu und bremste den Wagen vor der Schranke zum Gelände. Mein Fahrerfenster war heruntergedreht, auch heute war phantastisches Wetter. Der Sicherheitsbeamte sah auf den Elektro-Krause-Schriftzug auf der Motorhaube.

»Sie sind der Elektriker?«, rief er uns bereits aus einigen Metern Entfernung zu und schlenderte näher. Er sah unsympathisch aus und hatte schweinchenrosa Haut und kurze, nahezu weiße Haaren.

»Die Elektriker-In.«

Errol stieß von hinten gegen meine Kopfstütze.

»Wir sind so weit gekommen«, zischte er, »willst du jetzt alles versauen?«

»Er hat recht, Kassy«, raunte Nobby und winkte Schweinchen Babe zu. »Du kannst nicht in jede Schlacht ziehen. Schon gar nicht, wenn du dafür die wesentliche verlierst.« Widerwillig zwang ich meine Mundwinkel nach oben.

»Wir sind das Elektriker-Team Krause. Inklusive helfende Hände. Wir sind vom Fernmelde-« Wieder stieß Errol gegen die Kopfstütze. Diesmal deutlich stärker.

»Aua!«, zischte ich nach hinten. »Ich hab Migräne, du Depp!«

»Sorry«, wisperte er zurück. »Aber lass ihn reden. Versuch nicht, ihm deine Geschichte aufzudrängen. Guck, wie du in *seine* Geschichte passt.«

Das machte Sinn. Eine Millisekunde lang fragte ich mich, woher Errol das wusste. Lernte man sowas an der Uni? Schweinchen Babe war nun am Fahrerfenster angekommen, beugte sich beinahe hinein und musterte uns streng. Seine Augenbrauen waren ebenso farblos wie die borstigen Wimpern, dabei war er bartlos, nicht einmal der Schatten von Stoppeln fiel auf sein Gesicht.

»Ihr seid die Elektriker«, sagte er, und es klang, als wollte er sich selbst versichern, keinen Fehler zu machen.

»Plus helfende Hände«, rief KaySer, die langsam unruhig wurde. Ich beneidete sie nicht darum, hinter Nobby zu sitzen. Aber hinter mir hätte sie noch weniger Platz gehabt. Nobby saß so weit vorn im Wagen, wie es ging, seine Knie berührten Brust und Armaturenbrett gleichzeitig.

»Sie werden erwartet. Hat sich der Stau doch früher aufgelöst? Ich hatte eine andere Ankunftszeit genannt bekommen.«

»Eine Polizei-Eskorte hat uns aus dem Stau gelotst«, improvisierte ich. Ich hatte mal gehört, dass besonders ausgefallene Lügengeschichten glaubhafter wirkten. Oder war es umgekehrt? Hinter mir zog Errol hörbar die Luft ein. Der Polizist reichte mir einen DIN-A4-Zettel mit einem Geländeplan. Ein Gebäude war rot angekreuzt, der Weg dorthin markiert.

»Fahren Sie bitte direkt bis vors Pumpenhaus. Sollten sie sich verfahren, fragen Sie die Kollegen auf dem Gelände.«

Erleichtert startete ich den Wagen. So einfach hatte ich es mir nicht ausgemalt, in den Bundestag zu kommen! Das Pumpenhaus war gut ausgeschildert; kein Hindernis in Sicht. Erst kurz vor dem Ziel brach unsere Glückssträhne ab. Ein Polizist mit dunklen Locken und Sommersprossen, vielleicht Ende zwanzig, Anfang dreißig, wollte es ganz genau wissen. Anstatt uns schnell ins Gebäude zu lassen, bat er um unsere Ausweisdokumente.

»Wir arbeiten im Auftrag der Deutschen Bundespost«, erinnerte ich mich an die Coverstory, die Costa für uns gebaut hatte. Wenn wir uns an seine Fake-Facts hielten, konnte nichts schief gehen. »Es gab eine Stromschwankung. Das hat einige Bauteile in der Telefonanlage zerschossen, die jetzt Frequenzen abgeben, die einen direkten Einfluss aufs menschliche Nervensystem haben.«

»Wir sind gegen die Wirkung schon ein wenig immunisiert«, ergänzte KaySer. Der Polizist warf einen kritischen Blick auf unser Nummernschild. Er hatte ein Superman-Kinn, breit, mit einer angedeuteten Delle. Seine Nase war leicht gespalten und zwischen seine Brauen hatte sich eine steile Falte eingegraben. Diese drei Kerben befanden sich so symmetrisch übereinander, als hätte jemand versucht, sein Gesicht mit einem stumpfen Schwert zu spalten.

»Sie sind nicht von hier. Ich weiß sicher, dass die angeforderte Firma aus Bonn kommt. Außerdem hat die Sekretärin eben angerufen. Da standen sie angeblich noch im Stau und bräuchten mindestens eine Stunde, wenn nicht sogar zwei.«

Ich bemühte mich um einen freundlichen, offenen Gesichtsausdruck und zwang mich, nicht mit den Augen zu klimpern.

»Mein Vater und ich haben zwei Läden. Die Karre hier fährt eigentlich unsere Azubine in Troisdorf. Aber unser Bulli hat 'nen Kolbenfresser, den kriegen wir erst nächste Woche wieder.«

»Dass wir doch schneller durchgekommen sind, haben wir ihren Motorrad-Kollegen zu verdanken«, übernahm Errol. Anscheinend fand er meine Lügengeschichte also doch nicht so blöd. »Als die mitgekriegt haben, wo wir hinmüssen, haben sie uns mit Blaulicht aus dem Stau gelotst.« Er schien den Polizisten gewinnend anzulächeln, denn dem Beamten huschte plötzlich der Hauch eines Lächelns über das Gesicht. Echt jetzt? Die Motorradstaffel glaubte er sofort, aber nicht, das Nobby und ich auch zwei Läden stemmen konnten? Das Walkie-Talkie des Polizisten knackte, und er tat einen Schritt zur Seite.

»Seht zu, dass ihr reinkommt«, raunte Nobby, gerade so laut, dass KaySer, Peter, Errol und ich es verstanden. »Ich bleib hier und halte sie ab.«

»Wie lange?«, fragte ich. Mein Vater betrachtete den Polizisten durch mein Fahrerfenster.

»Länger als zwanzig Minuten ist unrealistisch.« Als der Beamte sein Walkie-Talkie wegsteckte und zu uns zurückkam, öffnete Nobby die Beifahrertür und stieg aus dem Auto.

»Können Sie bitte im Wagen bleiben?«

»Junger Mann«, sagte Nobby väterlich, »meine Knie machen diese Sitzposition nicht länger mit. Wird Zeit, dass wir unseren Firmenwagen zurückkriegen.«

»Trotzdem würde ich Sie bitten, wieder in den Wagen zu steigen. Sobald ich verifiziert habe, dass Sie die Berechtigung haben, hier zu sein, werde ich …«

»Natürlich. Ich setz mich wieder rein.« Nobby machte ein Zeichen mit den Händen. Augenblicklich flogen Dutzende Geisterraben von den Bäumen, Dächern und Fenstersimsen auf und landeten in seiner Nähe auf dem Boden.

Der Geisterrabenschwarm war groß, sehr viel größer als der, der vor dem Betrieb in Troisdorf herumlungerte. Dementsprechend übel wurde dem Polizisten. Ich konnte sehen, wie es ihm in der Speiseröhre brodelte. Hinter mir erging es Errol nicht viel besser. Im Rückspiegel sah ich, wie KaySer nach ihrem Döschen kramte. Ohne Errol zu fragen, strich sie ihm Riechpaste unter die Nase.

»Was?! … Hä? Krass … Danke!«

Der Polizist hatte nicht so viel Glück. Er kotzte mir direkt an die Fahrertür und dem Geruch nach zu urteilen landeten einige Spritzerchen auch im Inneren des Golfs, realistisch betrachtet auf meinem Blaumann. Die Jacke würde ich gleich als Erstes ausziehen.

»Ich … Äh … Arrgh … Entschuldigung«, würgte er hervor.

»Schon okay. Das ist eine Nebenwirkung«, improvisierte ich und versuchte dabei, nicht allzu angeekelt auszusehen. »Stehen Sie schon lange hier?«

»Es wird schlimmer mit der Zeit«, warf Nobby ein.

»Wir sind auch nicht immun«, sagte ich. »Wir halten die Übelkeit nur länger aus. Diese Frequenz, die das mit uns Menschen macht, wird von einem durchgebrannten Bauteil erzeugt. Den meisten Menschen wird davon schlecht. Auch bestimmte Tiere schlagen darauf an.«

»Ich brauche nur ein Dokument, in dem steht, wer Sie beauftragt hat.« Die Gesichtshaut des Polizisten hatte einen unangenehmen gelb-grünlichen Unterton angenommen. »Und dann noch einen Beweis, dass Sie eine Zweigstelle in Bonn haben.«

»Machen wir es so«, sagte Nobby. Er griff durch das Beifahrerfenster in den Wagen, öffnete die Armaturenklappe und holte den Stapel Papiere hervor, den Costa uns mitgegeben hatte. »Ich bleibe bei Ihnen, und wir gehen gemeinsam durch die Dokumente. Und meine Kollegen fangen schon mal an. Diese Nebenwirkungen werden nicht weniger, ich rate Ihnen davon ab, das hier zu verzögern.«

**

Keine fünf Minuten später standen Peter, KaySer, Errol und ich vor dem Eingang des Pumpenhauses, in dem der Plenarsaal des Bundestags untergebracht war. Das Gebäude stand auf einem Sockel aus unregelmäßig gebrochenen Basaltsteinen, hatte ein hübsches Satteldach mit Türmchen, riesige Rundbogenfenster und eine schwere, hölzerne Eingangstür. Davor befand sich ein breites Plateau, ebenfalls aus Basaltsteinen, von dem rechts und links Treppenstufen zu uns hinabführten.

Ich sah mich um. Nobby machte einen guten Job, denn bisher war uns weder Polizei noch Sicherheitspersonal gefolgt.

»Was stehen wir hier rum? Wollen wir nicht rein?« Errol lief die Treppe hoch und schickte sich an, die Tür zu öffnen, ich lief ihm nach und konnte ihn gerade noch aufhalten.

»Ey? Was ist? Ihr habt mich mitgenommen, jetzt will ich auch Geister-Action sehen!«, protestierte er aufgekratzt. Ich war mir nicht sicher, ob er inzwischen an Übernatürliches glaubte. Vermutlich war sein Adrenalinpegel der Tatsache geschuldet, dass wir gerade eiskalt einen Staatsbeamten belogen hatten.

»Da können wir nicht einfach rein. Vor der Tür ist eine Schutzblase«, erklärte ich ihm. »Sowas können nur sehr mächtige Wesenheiten erschaffen. Offensichtlich haben die Nazi-Geister in der Zwischenwelt Verbündete gefunden.«

»Diese Dinger hatte ich völlig verdrängt«, stöhnte KaySer am unteren Ende der Treppe.

»'ne Schutzwas? Sowas wie 'ne Seifenblase?«

»Ungefähr«, stimmte ich ihm zu. »Nur nicht unbedingt rund. Schätze, sie umschließt den gesamten Plenarsaal. Alle Wände, den Boden, die Decke, Türen, Fenster.«

»Dann lasst uns das Ding irgendwie zerstechen.«

Ich hielt Errol ein zweites Mal davon ab, mit der Blase in Berührung zu kommen.

»Ruhig, Brauner«, schaltete sich KaySer ein. Sie trug den BRAUN-1000 auf dem Rücken und hielt das Saugrohr im Anschlag. Im weiß-transparenten Maler-Overall, mit der grünen, kurzen Sporthose und dem blauen Tanktop darunter, sah sie überraschend professionell aus. »Wenn du die Blase berührst, bist du stundenlang ausgeknockt. Ich hab so ein Teil nur mal angehaucht und war danach ewig nicht ansprechbar.«

»Klingt nicht besonders verlockend.« Errol zeigte endlich Respekt und trat einen Schritt zurück. »Aber wie

kommen wir denn dann in den Saal? Ohne das Ding an-
zufassen?«

»Dafür gibt's Waffen«, sagte ich und zog Nobbys Elektroschocker aus dem Rucksack. Der hatte garantiert genug
Wumms, um die Blase zu zerstören. »Ihr bringt euch besser in Sicherheit.«

KaySer, Errol und Peter drückten sich an die Steinmauer
des Treppenplateaus. Ich entdeckte einen Mülleimer, zog
den Plastikbeutel heraus und stülpte ihn mir über. In Au-
genhöhe riss ich zwei Löcher hinein, ein weiteres für meinen Schussarm. Dann lief ich die Treppe hinauf, ging in
die Hocke und zielte.

»Bist du sicher, dass du das tun solltest?«, rief Errol in
meinem Rücken.

»Bei dem Job kannst du niemals sicher sein«, rief ich zurück und hoffte, dass mich meine Intuition nicht täuschte.
Mir fiel ein, warum mir das Geisterjagen früher so gut
gefallen hatte: Ich musste mich dabei nur auf mein Gefühl verlassen. Wenn ich aus dem Bauch heraus gehandelt
hatte, war ich meist erfolgreich gewesen, egal, auf welche
Wesenheit ich gestoßen war. Aber wenn ich einen Plan stoisch verfolgt hatte, rational und nach Schema F, war ich
immer gescheitert.

Ich drückte ab und der Elektroschocker ließ die Blase
tatsächlich zerplatzen! Wie ein feiner Nieselregen prasselten schillernde, ätzende Tropfen herab. Ich zuckte zusammen: Meine Schusshand hatte einiges mitbekommen, den
Rest hatte wie geplant die Mülltüte abgefangen. Ich hielt
den brennenden Schmerz aus, der KaySer einmal in die
Ohnmacht gezwungen hatte, und versuchte, die Tüte ab-
zustreifen, ohne mit der darauf verdampfenden Flüssigkeit
in Berührung zu kommen.

»Der Weg ist frei!«, rief ich und sofort kamen KaySer, Peter und Errol aus der Deckung. Errol lief direkt zur Tür und rüttelte daran herum. Ich zog meinen Frequenzphaser und den Kompass aus dem Rucksack und verstaute beides vorn in meinem Blaumann. Dann drückte ich Peter den Elektroschocker in die Hand und wartete, bis Errol die Tür zum Plenarsaal aufstieß.

***

Ich brauchte eine Weile, um mich zu orientieren, denn die Migräne zog schlagartig an. Durch tränende Augen sah ich einen sehr hohen Raum mit einer spitz zulaufenden Decke, unter der Dutzende Lampen baumelten. Elektrisches Licht brauchte es allerdings nicht, denn von allen Seiten flutete die Sonne durch die vielen großen, elegant geschwungenen Sprossenfenster. Die Stühle der Abgeordneten waren bogenförmig aufgestellt, so wie ich es aus dem Fernsehen kannte. Dazwischen führten schmale Gänge zum Rednerpult. Dahinter lagen die Sitzplätze von Bundestagspräsidentin Süßmuth und ihrem Stellvertreterteam.

Obwohl sie nur die Hälfte von dem sahen, was ich wahrnahm, waren KaySer, Errol und Peter geschockt. Für die drei bot sich ein Anblick wie in Dornröschens Schloss – nachdem sie von einer Spindel gestochen worden war. Denn überall auf den Sitzen saßen und lagen Bundestagsabgeordnete, als würden sie schlafen. Auch auf dem Boden lagen Menschen, hauptsächlich Servicepersonal und Beamte aus der Verwaltung des Hauses, die es im Gehen erwischt hatte. Errol lief sofort los und kümmerte sich um sie.

Im Gegensatz zu den anderen sah ich jedoch auch die Geister. Der Raum wimmelte von ihnen. Aus dem Riss, der vor dem Bundesadler gähnte, hechteten ständig weitere. Sie landeten auf dem Boden und bewegten sich zielstrebig auf die bewusstlosen Abgeordneten zu. Kein Wunder, dass meine Migräne so stark war. Noch nie war mir eine so große Geisterlegion begegnet.

»Der Riss ist groß. Sicher sechs, sieben Meter«, beschrieb ich KaySer und Peter die Situation und deutete zum Rednerpult. »Er ist da oben aufgerissen, direkt vor dem Bundesadler.« Das Katzenauge war ungewöhnlich schmal, aus der Entfernung sah es aus, als ob es den Adler in zwei Hälften schnitt. »Aus dem Riss kommen Blitze. Die werden anscheinend irgendwie von den Köpfen der Bewusstlosen angezogen.« Ich wischte mir die Tränen aus den Augen. Die Schmerzen waren kaum auszuhalten. »Wenn ein Blitz einen Kopf erwischt, bleibt der Blitz bestehen. Sieht aus wie eingefroren. Der Mensch ist dann über den Blitz mit dem Riss verbunden. Oder mit etwas, das sich hinter der Membran befindet.«

»Hier wimmelt schon alles von Geistern. Stimmt's?«, fragte KaySer. Bevor ich antworten konnte, ging Peter dazwischen.

»Euren Geisterquatsch könnt ihr allein besprechen. Ich fang schon mal an.« Er wandte uns den Rücken zu und winkte uns beim Gehen mit dem Elektroschocker. KaySer sah ihm nach.

»Hätte nicht gedacht, dass er so ein cooler Dude ist«, grinste sie und hielt mir das Staubsaugerrohr entgegen. Ich stieß mit meinem Frequenzphaser dagegen.

»Waidmanns heil!«, sagte sie.

»Waidmanns heil!«, wünschte ich. Ein paar Schritte vor uns blieb Peter stehen. Es sah aus, als studierte er den Raum. Schräg, dass er – wie immer – null Reaktion auf die vielen Geister zeigte. Im Gegensatz zu ihm konnte ich kaum denken, so heftig hatte mich meine Migräne im Griff. Was genau es war, das Peter von anderen Menschen unterschied, sollte ich erst viele Jahre später erfahren.

»Wie hoch ist dein Schmerzlevel?«, fragte KaySer, der ich ansah, dass ihr die Geister ziemlich auf den Magen schlugen.

»'ne heftige acht. Mit starker Tendenz zur neun«, antwortete ich. Wieder wischte ich mir die Tränen aus dem Gesicht. Meine Augäpfel fühlten sich an wie gequetscht. Aber wirklich schlimm war das Pochen in meinem Gehirn; als ob mir jemand beharrlich einen Holzpflock in den Schädel hämmerte. Ich ließ meine Finger über Schädeldecke, Hals und Nacken wandern und spürte dem Pulsieren nach. Andere Triggerpunkte presste ich so fest ich konnte. Doch das machte den Schmerz nur vorübergehend erträglicher. Also zog ich die Urtinktur aus der Hosentasche und nahm fünf weitere Tropfen. Kaum berührte der Wermut meine Zunge, wich die Migräne etwas zurück.

»Die meisten scheinen okay zu sein«, rief Errol, der am anderen Ende des Saals auf dem Boden kniete. Dort, beim Rednerpult, waren einige Menschen gestürzt und lagen übereinander.

»Die Frau hier muss dringend untersucht werden! Ich glaub, sie ist schwanger! Mit dem Baby könnte wer weiß was sein.«

»Wir sollten uns beeilen«, machte auch KaySer Druck. »Peter und ich übernehmen die Geister, du den Riss?«

»Make it so«, stimmte ich zu. »Ziel mit dem Rohr am besten Richtung …«

»Lass mich raten. Knapp übers Schädeldach?«

Ich folgte ihrem Blick: Peter war schon in Aktion. Er zielte mit dem Elektroschocker knapp über den Kopf einer Bewusstlosen. Die Entladung schwächte die Verbindung zwischen dem Blitz aus dem Riss und der Frau, und das katapultierte die Nazi-Seele, die bereits eine Verbindung zur Bewusstlosen aufgenommen hatte, mit einem Ruck zurück in den Riss. Leider verschwand jedoch der Blitz nicht, und so blieb die Verbindung ins Jenseits bestehen, und einer der anderen Geister im Raum peilte die Bewusstlose an. Noch verband nicht alle Ohnmächtigen eine Blitzverbindung mit dem Riss. Und nicht alle, die schon verbunden waren, hatten bereits einen diesseits-hungrigen Zyankali-Nazi-Geist neben sich stehen.

Peter schien das alles nicht zu beeindrucken. Aber wie auch: Er sah und spürte ja nichts. Er machte einfach seinen Job – woher er wusste, was er zu tun hatte, war mir allerdings schleierhaft. Jetzt verstand ich, warum Nobby ihn zu seinem Sidekick gemacht hatte.

»Ich leg dann mal los!« Auch KaySer stürzte sich in die Menge. Ich lief durch den Mittelgang aufs Rednerpult zu. Errol war noch immer mit der Erstversorgung der Bewusstlosen beschäftigt. Die Geister, die aus dem Riss hechteten und vor uns auf dem Boden landeten, sah er nicht. Erst jetzt bemerkte ich, dass es fast ausschließlich Männer waren, die meisten im mittleren Alter, aber auch einige Ältere waren darunter. Teens und Twens konnte ich nicht entdecken. Viele trugen Uniformen, ich sah mehr Schwarz als Braun. Einige Nazi-Geister hatten hässliche Wunden, manchen fehlten Körperteile, manche humpelten oder zogen sich sogar nur noch mit den Armen voran. Anscheinend hatten viele Nazis vor dem drohenden Tod noch schnell die Abkürzung mit Zyankali genommen. Ich sah mich nach KaySer und Peter um. Die beiden leisteten ganze Arbeit: Peter beförderte mit dem Elektroschocker reihenweise Nazi-Geister zurück in den Riss, doch es war eine Sisyphusarbeit: Nach einer zu kurzen Weile ploppten sie wieder daraus hervor. KaySer konnte mit dem BRAUN-1000 effektiver arbeiten: Die Geister, die sie einsaugte, blieben verschwunden.

Ich schaltete meinen Frequenzphaser in den Reverse-Modus, schob meine Höhenangst beiseite, kletterte aufs Rednerpult und zielte mit zitternden Händen auf die untere Spitze des Risses direkt vor mir. Die Membran verschloss sich ein Stückchen. Ich ignorierte mein Schwindelgefühl und drückte ein zweites Mal ab. Der Riss verschmolz weiter. Auch Peter und KaySer kamen gut voran. Dass sie dabei wie bekifft grinsten, schob ich meinem Phaser mit der Platine des TR-808 zu. Ich selbst bemerkte die Wirkung nicht, und Peter ging es offensichtlich wie mir. Er und KaySer hatten den Saal schon von mehreren Dutzend Seelen befreit, als die Tür zum Plenarsaal aufschwang und ein Security-Mitarbeiter hereinstürzte. Er war unförmig und wirkte untrainiert unter seinem knallroten Glatzkopf. In der einen Hand hielt er eine Knarre, in der anderen ein Walkie-Talkie, das allerdings nur sperriger Ballast war – der Riss störte die Funkfrequenzen, und keiner seiner Kollegen konnte ihn hören. Er wusste, dass gerade etwas Unerklärliches passierte und ihm kotzübel war. Was er nicht wusste: Hinter ihm kam die fünfte Reiterin herangeritten.

Sie saß auf einem wuchtigen Schimmel mit dunkler Mähne und tiefschwarzen Augen. Das Tier ging im Schritt, und mit jedem Huf, den es auf den Boden donnerte, explodierten die Schmerzen in meinem Kopf. Die Reiterin trug einen wallenden Umhang, dessen Kapuze ihre Haare komplett bedeckte. Darunter war ihr Körper bis zum Hals in vergilbte Bandagen eingewickelt, ähnlich wie bei einer Mumie aus dem alten Ägypten. Ihre Gesichtshaut war ebenso leichenblass wie ihre Lippen. Lebendig wirkten nur die schwarz umrandeten roten Augen, die sich wie Dolche in mein Inneres gruben. Auch KaySer und Errol litten unter ihrer Anwesenheit und griffen sich synchron an den Hals. Peter blieb ungerührt.

»Nehmen Sie die Waffe runter«, brüllte der Security-Glatzkopf und zielte auf mich. Die Knarre hielt er jetzt mit beiden zitternden Händen, das Walkie-Talkie hatte er fallengelassen. Wenn die Reiterin seine Ängste verstärkte, so, wie sie es bei Arnulf und Nobby getan hatte, dann brauchte ich erst gar nicht versuchen, mit ihm zu diskutieren. Meine Gedanken überschlugen sich. Garantiert kamen gleich noch mehr Sicherheits-Leute. Wenn ich den Riss kitten wollte, musste ich mich also beeilen. Ich musste allerdings auch die fünfte Reiterin irgendwie in Schach halten. »Die Waffe! Runter damit! Ich warne Sie: Ich schieße!«

»Sie hat keine Pistole in der Hand!«, schrie KaySer. »Rufen Sie den Rettungswagen. Die Leute hier brauchen dringend ärztliche Hilfe!«

Ich bekam langsam Panik. Was, wenn der Typ abdrückte? Was, wenn ich versagte? Wenn ich alles nur noch schlimmer machte? So gut es ging, schob ich die Gedanken zur Seite und machte mich weiter daran, die Membran zu verschließen. Gleichzeitig schritt das Pferd weiter in den Raum hinein. Im Augenwinkel sah ich, dass KaySer und Errol wie eingefroren am Boden hockten. Sie starrten die Reiterin entsetzt an, überwältigt von ihren inneren Ängsten.

»Das ist die fünfte Reiterin«, rief ich. »Die Angst, die ihr spürt, ist nicht echt. Versucht, dagegen anzukämpfen!«

KaySer nickte mit zusammengebissenen Zähnen und wandte ihren Blick ab. Errol bewegte sich nicht. Wieder war es Peter, der mich überraschte. Er sprang zielsicher auf die Reiterin zu und setzte den Schocker ein. Der war zwar keine Bedrohung für sie, aber ihr Pferd ließ sich durchaus beeindrucken. Ein, zwei Stromstöße hielt es aus, dann stieg es auf die Hinterbeine, bockte wild durch den Saal und direkt auf mich zu. Die Reiterin hielt sich mit Mühe im Sattel und lachte dabei mit kratziger Stimme. Das Grauen wuchs wie etwas Lebendiges in mir an, und mein Herz überschlug sich. Gleich würde es vorbei sein, gleich würde ich sterben.

»Legen Sie die Waffe ab!«, schrie der Security-Glatzkopf schrill. Er schwitzte und zitterte am ganzen Körper, und in seinem roten Gesicht traten schlechter durchblutete, weiße Flecken hervor. Warum lag er noch nicht kotzend und wimmernd auf dem Boden? Und weshalb war ich für ihn eine größere Bedrohung als die Frau auf dem weißen Pferd?!

Hektisch überdachte ich meine Handlungsoptionen. Wenn ich das hier überleben wollte, musste ich meine Waffe aus der Hand geben. Wenn ich meine Waffe aus der Hand gab, hatte ich nichts, womit ich mich gegen die fünfte Reiterin verteidigen konnte. Das Pferd war schon ganz nah, noch zwei Sätze, dann konnte die Reiterin mich berühren – und damit garantiert in einen Panikwahn schicken. Ich verließ mich auf meine Intuition: Innerhalb eines Sekundenbruchteils schaltete ich den Phaser in den Elektroschocker-Modus und drückte ab. Nichts passierte: Der Akku war leer! Ich zog mit der Linken den Ersatzakku aus meiner Hosentasche und öffnete gleichzeitig mit dem Daumen meiner Schusshand den Arretiermechanismus am Phasergriff. Der leere Akku glitt heraus. Jetzt war die Reiterin nur noch einen Schritt entfernt. Ich schob den Ersatzakku in den Griff, schloss den Arretiermechanismus und drückte ab.

Das Pferd wieherte auf und sprang mit einem Satz über mich hinweg. Die Reiterin schrie, ihre Stimme war jetzt so schrill vor Wut, dass mir die Ohren klingelten. Sie griff nach mir, doch ich duckte mich und sah, wie sie und ihr Pferd durch den Riss in die Zwischenwelt verschwanden. Ich konnte mein Glück kaum fassen, auch wenn die Gefahr noch nicht vorbei war. Denn erst, wenn ich die Membran wieder komplett verschlossen hatte, konnte die fünfte Reiterin nicht zurückkehren.

Ich switchte den Phaser um und zielte weiter auf den Riss, der jetzt schon deutlich kleiner geworden war. Meine Knie zitterten, die Höhenangst kehrte mit aller Macht zurück. Auch KaySer und Errol kamen zu sich. Sie lösten sich aus ihrer Angststarre und nahmen die Arbeit wieder auf. Die Wirkung der fünften Reiterin ließ erstaunlich schnell nach. Vermutlich lösten die Frequenzen meines Phasers die Ängste auf, die die Reiterin entfacht hatte.

»Ich warne Sie zum letzten Mal!«, keifte der Security-Glatzkopf massiv überfordert. Ich sah, dass es auch ihm deutlich besser ging, die Waffe in seinen Händen zitterte nicht mehr ganz so stark.

»Das hier ist eine Notfallsituation«, sagte ich so besonnen wie möglich, während ich mit dem Frequenzphaser weiter auf den Riss zielte und beobachtete, wie er langsam – zu langsam? – zusammenwuchs. »Ich bin Elektrikerin. Das hier«, ich winkte dem Security-Glatzkopf mit dem

Phaser zu, »ist keine Waffe. Das ist ein Werkzeug, um die Störfrequenzen im Raum aufzuspüren.«

»Störfrequenzen?«, fragte er blöde. Jetzt schien endlich auch sein Magen zu rebellieren. Er schluckte einige Male, ging in die Knie und kotzte sich dann die Galle aus dem Leib. Ich konnte mein Glück kaum fassen und sah zu, dass ich die Membran vollständig verschloss. Wenige Minuten später war es so weit. Jetzt befanden sich nur noch jede Menge Nazi-Geister im Plenarsaal. Peter setzte den Schocker ununterbrochen und mit stoischer Ruhe ein und drängte sie in KaySers Richtung. Ich wiederum gab ihr Kommandos, wie sie die Geister erwischen konnte. Insgesamt vernichteten wir Hunderte. Kurz nachdem wir die letzte Seele aufgesaugt hatten und sich hier und da die ersten Abgeordneten stöhnend rührten, öffnete sich die Tür zum Plenarsaal. Der Security-Mann, der eben noch kotzend auf dem Boden gelegen hatte, lief aufgewühlt seinen Kollegen entgegen. Ich verstaute meinen Phaser im Blaumann und auch Peter steckte den Elektroschocker weg. KaySer, die sich den BRAUN-1000 nicht so schnell vom Rücken schnallen konnte, zog sich diskret aus dem Blickfeld zurück und sicherte den Staubsaugerbeutel. Bei der nächsten Gelegenheit würde ich ihn durch einen Riss in die Zwischenwelt entsorgen. Errol winkte die Securityleute heran.

»Haben Sie das Krankenhaus informiert? Hier sind einige Verletzte, die unbedingt untersucht werden müssen!«

»Der Rettungsdienst ist auf dem Weg. Hubschrauber sind auch angefordert«, bellte ihm eine kleine, drahtige Frau mit lila Kurzhaarfrisur entgegen. Hinter ihr kämpfte sich der Polizist mit dem Supermann-Kinn in den Vordergrund. Er sah schon wieder viel besser aus und lächelte uns sogar zu.

»Ich weiß nicht, was ihr hier gemacht habt«, raunte er mir im Näherkommen zu. »Aber danke, dass ihr es in den Griff gekriegt habt.«

***

Das sind also die Erinnerungen, die mich befallen, wenn ich an das Jahr des Mauerfalls denke. Am Abend des Tages, an dem wir die Verschwörung der Zyankali-Nazis vereitelt hatten, betrat Hans-Dietrich Genscher den Balkon der Prager Botschaft. Er sprach die magischen dreizehn Worte und leitete damit die deutsche Wiedervereinigung ein. Noch heute freue ich mich, wenn ich die Bilder von den fünftausend glücklichen Menschen sehe, die dort tagelang auf ein Happy End gewartet haben. Doch an diesem Abend selbst bekam ich davon nichts mit – und auch Nobby und die anderen nicht. Wir waren viel zu geflasht von unserem Erlebnis in Bonn: Wir hatten den Plan der Zyankali-Nazis vereitelt und damit das ganze Land gerettet! Keiner von uns ahnte damals, dass schon bald ein neues und leider sehr lebendiges Nazi-Kapitel eröffnet werden würde.

Zurück in Troisdorf empfingen uns Costa und Tim. Wir schilderten ihnen bis spät in die Nacht jedes noch so winzige Detail. Zur Feier des Tages schmiss Tim den Grill an und Costa spendierte die Drinks.

Ich hoffte, dass es an der Geisterfront zumindest in der nächsten Zeit etwas entspannter zuging. Wir hatten viele Nazi-Seelen vernichtet, damit war ein weiterer Massenswitch wohl erstmal ausgeschlossen. Allerdings hatte ich den Donnerkiel nicht zerstört. Dass wir ihn im Plenarsaal nicht entdeckt hatten, kam mir im Nachhinein seltsam vor: Es war doch unwahrscheinlich, dass der Riss dort nur zufällig entstanden war. Mich beschlich das ungute Gefühl, dass die Nazis längst unerkannt im Bundestag saßen, den Donnerkiel dort unbemerkt eingesetzt und ihn dann aus der Schusslinie gebracht hatten. Es war also nicht unwahrscheinlich, dass er bald erneut zum Einsatz kam. Zum Glück war Nobby wieder der Alte. Den nächsten Anschlag würde er bestimmt abwenden können – wenn der denn überhaupt im Rheinland stattfand. Für mich gab es in Troisdorf jedenfalls nichts mehr zu tun, ich konnte endlich meine Koffer packen und das Workcamp machen, von dem ich schon ewig träumte.

»Mit der neuen Knarre hast du jetzt schon Geschichte geschrieben. Wenn das Ding in Serie geht, können sich die Geister einen neuen Planeten suchen«, sagte Nobby und lächelte mich stolz an. Ich grinste geschmeichelt. Der Phaser war mir wirklich gut gelungen, ein Gerät wie aus der Zukunft zu uns gebeamt. Wir saßen vor dem Betrieb, tranken Weißbier aus Flaschen und guckten in den Sternenhimmel. Peter, Errol und KaySer waren gerade gegangen, und das Büdchen war geschlossen. Costas Wagen rollte vom Parkplatz, Tim hupte zum Abschied. Wir winkten. Nobby prostete mir zu.

»Willst du nicht noch bleiben? Ich würd mich freuen.«

»Du hast doch den Phaser. Da brauchst du mich gar nicht.«

»Komm schon, Kassy. Wir sind doch ein super Team!«

Workcamp hin oder her – im Grunde war das damals mein Wiedereinstieg ins Geisterjägerbusiness. Und – Achtung, Spoileralarm: Es war nicht meine letzte Begegnung mit Nazis, toten oder lebendigen.

Aber das? Das ist eine andere Geschichte …

DANKESCHÖNS

Eigentlich sollte ELEKTRO KRAUSE noch eine Weile auf ihre Veröffentlichung warten. Denn ich saß an einem anderen Stoff, war sogar schon ziemlich weit.

Doch dann gab es mal wieder einen rassistisch motivierten Anschlag von Rechten auf People of Color. Und daraufhin das übliche Reaktionsmuster: Weiße, privilegierte Politiker:innen und Personen des öffentlichen Lebens äußerten die üblichen Betroffenheitsbekundungen, und in den Talkshows wurde diskutiert, wie es zu diesem »Anschlag auf uns alle« hatte kommen können.

Krause gibt darauf eine eindeutige Antwort: Die braune Brut war nie weg! Und auch wenn Krause sich in diesem Fantasyabenteuer hauptsächlich mit Nazi-Geistern herumschlägt: Neo-Nazis, Rassisten und andere Menschenhasser sind ein trauriger und gefährlicher Teil der Realität! Das waren sie nicht nur in den Achtzigern, sondern sind es noch heute. Menschen wie Krause, KaySer, Errol oder Carlos wissen das. Und erleben es täglich.

Ich danke allen, die mir geholfen haben, diesen Roman herauszubringen.

Meiner Familie, die mich supportet und immer versucht zu verstehen, wie es ist, in Deutschland Schwarz zu sein. Und dir, HiPa Eckus, noch einmal ein Extra-Dankeschön dafür, dass du trotz Ruhestand für einige Tage deinen inneren Sekretär herausgekramt hast.

Ich danke Ite, die leider viel zu früh vorangegangen ist, für die gemütliche Atmosphäre in Celerina. Und ich danke dir, lieber Ralf, dass ich dort einen Monat leben und schreiben durfte.

Ich danke Mela für die vielen kreativen Vorschläge und das fantastische Cover. Ich hoffe, du schaffst es bald mal wieder über den Teich ins Rheinland!

Ich danke Judith – selbst eine fantastische Autorin – für die bereichernde Zusammenarbeit. Nicht nur, dass du unschlagbar in Sachen Korrektorat und Layout bist – du hast mir auch geholfen, den Text inhaltlich dichter und stimmiger zu machen. Außerdem waren deine Kommentare beim Überarbeiten ein echtes Highlight für mich. Danke auch an deinen Mann und Co-Autor Christian und an eure Kids für die Nummer mit dem Schweigefuchs!

Last but not least danke ich dir, Stefan. Du bist nicht nur ein fantastischer Autor, Co-Autor und Ehemann, sondern auch der beste Ally der Welt!

Weiterführendes

Farbe bekennen. Afro-deutsche Frauen auf den Spuren ihrer Geschichte.
Hrsg:innen: Katharina Oguntoye, May Ayim, Dagmar Schultz
Orlanda Verlag GmbH; 4. Edition Februar 2020

Pop Life
Album: Around the World in a Day, 1985
Prince and the Revolution
© Paisley Park, Warner Bros.

Israelites
Album: The Israelites, 1969
Desmond Dekker & The Aces
© Pyramid

Zur Skinheadbewegung in Großbritannien und Deutschland gibt es u.a. diese Dokumentation:

Scharfe Glatzen – Skinheads zwischen Musik und Politik.
Dokumentarfilm, 1993
Darin schildern die Mitbegründer der Skinheadbewegung, wie alles entstanden ist. Und jüngere Skinheads aus Deutschland erzählen, wie sie sich gegen Rassisten und Nazis abgrenzen.
Mit Judge Dread, Laurel Aitken und Derrick Morgan
© AK Kraak & Medienwerkstatt Eyeland

Drumcomputer TR-808
Das Gerät der Firma Roland, entwickelt von Tadao Kikumoto und seinem Team, kam 1980 auf den Markt und wird noch heute von Musikern der verschiedensten Musikrichtungen verehrt. Die Geschichte des Hip-Hop ist ohne die »Geheimwaffe« TR-808 undenkbar. Dennoch wurde er offiziell nur 2 Jahre produziert und galt nicht als kommerzieller Erfolg.
https://www.roland.com/de/promos/roland_tr-808/

Zeitfracht Medien GmbH
Ferdinand-Jühlke-Straße 7
99095 Erfurt, Deutschland
produktsicherheit@kolibri360.de